当代金融文学

精选

文学理论与评论卷

主编 —— 阎雪君

湖南大学出版社

图书在版编目（CIP）数据

当代金融文学精选.文学理论与评论卷/阎雪君主编.— 长沙：湖南大学出版社，2019.11

ISBN 978-7-5667-1815-0

Ⅰ.①当… Ⅱ.①阎… Ⅲ.①中国文学 – 当代文学 – 作品综合集 ②中国文学 – 当代文学 – 文学理论 – 文集 ③中国文学 – 当代文学 – 文学评论 – 文集 Ⅳ.① I217.1

中国版本图书馆 CIP 数据核字（2019）第 264032 号

当代金融文学精选·文学理论与评论卷

DANGDAI JINRONG WENXUE JINGXUAN · WENXUE LILUN YU PINGLUN JUAN

主　　编：阎雪君

责任编辑：全　健　饶红霞　郭　蔚　李　婷

责任校对：尚楠欣　周文娟

装帧设计：秦　丽

出版发行：湖南大学出版社　　　　　　责任印制：陈　燕

社　　址：湖南·长沙·岳麓山　　　　邮　　编：410082

电　　话：0731-88822559（发行部）88820008（编辑室）88821006（出版部）

传　　真：0731-88649312（发行部）88822264（总编室）

电子邮箱：presszb@hnu.cn

网　　址：http://www.hnupress.com

印　　装：长沙鸿发印务实业有限公司

开　　本：710mm×1000mm　16 开　　印张：301.75　　　字数：4481 千字

版　　次：2019 年 11 月第 1 版　　　印次：2019 年 11 月第 1 次印刷

书　　号：ISBN 978-7-5667-1815-0

定　　价：1980.00 元（全 12 册）

故事感动历史 文学照亮人生

——记载和讴歌壮丽的中国金融事业

中国金融文学艺术界联合会主席 梅志翔

古人云："盖文章，经国之大业，不朽之盛事。""文章千古事，得失寸心知。""江山留后世，文章著千秋。"由此可见，文章是经国济民的大事，是记录时代的大事，是讴歌时代的大事。

文脉与国脉相同，文运与国运相连。2019 年是中华人民共和国成立七十周年，七十年风雨沧桑，七十载山河巨变。七十个春秋，发生了多少震撼人心的故事，承载了多少金融人的热血情感。在过去的七十年中，中国金融事业伴随着新中国的成长不断地发展和壮大，取得了举世瞩目的成就。这些成就的取得不仅得益于新中国的好国情、好形势，更得益于数以千万计的金融职工筚路蓝缕、开拓创新，继往开来、一往无前的无私奉献。

新中国的金融事业无论在理论领域，还是实践领域，取得的成就都是翻天覆地、亘古未有的，中国金融人在专业领域创造了一个又一个奇迹，我们用几十年的时间追赶上西方人上百年甚至几百年金融发展的步伐。金融发展过程中涌现出了很多可歌可泣的故事，这些故事都是由千千万万顶天立地、敢作敢为的中国金融人用行动书写出来的锦绣篇章。中国金融已经成为支撑和推动经济发展的核心动力和促进时代繁荣的重要表征，为金融文学的创作提供了源源不绝的营养，金融文学像中国金融事业一样，是一片值得深耕的沃土，是一个内含价值极高的宝藏。

文章合为时而著。文学就应该为时代鼓与呼，金融文学就应记录和讴歌壮丽的中国金融事业。可长期以来，由于种种原因，中国金融文学创作未能与中国的金融事业取得同步的发展，金融文学作品创作落后于金融事业发展，在全国林林总总的文学橱窗和文艺殿堂里，金融文学常常缺席，在文学领域难闻金融之声，在文章海洋难觅金融浪花，在文化磁场里难以感知到金融文化的力量。2011年11月，在中国金融工会的大力支持下，中国金融作家协会正式成立；2013年5月，中国金融作家协会光荣地成为中国作家协会的团体会员。这是中国金融文学史上的一件大事和盛事，因为它不仅实现了金融作家组织的"零"的突破，而且让全体金融作家找到了心灵慰藉的"家"，它让所有金融作家找到了归属感和荣誉感。此后，金融文学创作不再是"不务正业"的闲事，而是可以为之终生奋斗的正事。过去许多金融作家在涉足文学创作上，"温温恭人，如集于木。惴惴小心，如临于谷。战战兢兢，如履薄冰"。如今在文学的康庄大道上，金融作家不用再羞羞答答地迈着碎步，而是可以昂首阔步地勇往直前。在中国金融工会、中国金融文联、中国作家协会的关怀指导下，七年间，中国金融作家协会延伸机构已经达到23家，其中先后成立省（自治区、直辖市、计划单列市）金融作家协会13家、总行（会司）作家协会10家。截至2018年底，中国金融作家协会已发展会员942人（其中，中国作家协会会员76人）。中国金融作家协会从无到有、从小到大、由弱到强，让写作变成了与金融工作一样充满阳光的事业。

执一支笔，写万千事。是啊，文学就这样不经意嵌入了金融人的生活，像春雨滋润着金融人，让金融人感恩生命的厚爱，让金融人的每一天、每一刻都充满激情、蓬勃向上；像疾风提示着金融人，生活和工作是坚守，也是搏击。文学之美让金融人心生愉悦，让日子有奔头，生活有笑声，奔跑有动力；文学之美让金融人涨满风帆，努力创造和实现自我价值、社会价值。值得肯定的是，一大批以金融人物为塑造对象的文学作品，都具有鲜明的时代特色，催人奋进。金融生活中无数可歌可泣的故事，不仅反映了金融系统广大员工投身改革、勇于奉献的精神，而且传播金融理念、倡导金融精神，展现了金融现实生活与人文关怀，成为千万金融员工启发心灵的精神力量。

在互联网金融时代，中国金融作家协会充分认识到平台对于会员发展的巨大推动和促进作用。金融作家协会是全体金融作家的"创作之家"，长期致力于为金融作家搭台子，为全体金融作家提供广阔的施展空间，为全体会员搭建了三大平台：《中国金融文学》杂志、《金融作家》公众号和中国金融作家网（内部）。《中国金融文学》杂志为季刊，设置了中篇小说、短篇小说、散文、诗歌、诗词、金融报告文学、金融作家随笔、金融作家艺术家、金融作家作品评析、金融文坛风景线、史海沉钩、学习与借鉴、金融文学剧本等18个栏目，每期发行3.2万册，年刊登作品数量近300篇（首）近100万字。目前，《中国金融文学》杂志不仅成为中国作家协会直属的行业作协重要会刊，为作家们提供施展才华的舞台，也是弘扬时代精神、传播金融文化和连接全国金融员工的重要文学桥梁，成为金融系统内外大众喜爱的读物。《金融作家》公众号，年发表300多位金融作家400多篇优秀作品。为了搭建多形式、多渠道的平台，中国金融作家协会还协同《中国金融》《金融时报》《金融博览》《中国金融文化》《银行家》《金融文坛》《金融文化》等报刊，为金融系统作家文学爱好者提供了更加广阔的文学舞台。

自中国金融作家协会成立以来，以"中国金融文学奖"为支撑点，着力创建金融文学品牌。自2011年至今已经成功举办了三届中国金融文学奖的评选，累计有200余部（首）作品获奖。中国作家协会领导及著名作家、评论家李敬泽、阎晶明、李一鸣、彭学明、梁鸿鹰、邱华栋、孙德全、何振邦、冯德华等人担任终审评委，体现了获奖质量和评奖的权威性。中国金融文学奖评奖活动范围广、层次高、影响大，评奖后正式发文通报全国金融系统，新华社、《人民日报》《光明日报》《文艺报》《金融时报》等多家媒体都进行了宣传报道，在全国引起了较大反响。

"千淘万漉虽辛苦，吹尽狂沙始到金。"这些文学成就充分证明广大金融作家具备了胸怀国家、胸怀金融的视野，金融扶贫、绿色金融的理念已经扎根于他们的作品中。如反映农村金融扶贫的《天是爹来地是娘》，带领乡亲脱贫致富的电影《毛丰美》，讴歌金融体制改革的长篇小说《新银行行长》《贷款》《高溪镇》《催收》，反映金融服务实体经济的《银圈子》《希望银行》

《海天佛国的中行人》《驼背银行》，反映促进多层次资本市场健康发展的《资本的血》《中国金融风云》，健全金融监管体系的《一眼看穿金钱骗术》，记录金融历史的《大汉钱潮》，等等。创作题材涉及金融改革发展的方方面面，创作类别也涵盖了长篇小说、中篇小说、短篇小说、散文、诗歌、评论、影视剧本、报告文学等。一部部作品记录的是金融事业的一个个生动场面，一串串诗行呈现的是金融人的一幅幅鲜活画卷。这是中国金融事业的春天，更是中国金融文学的春天。

成绩的取得主要归功于三个方面：一是经过新中国七十年的大发展，中国金融事业取得了令世界瞩目的成绩，它为文学创作积蓄了肥沃的土壤；二是中国金融作家协会励精图治、奋发有为，以快马加鞭的节奏为会员创作提供了绝佳的环境，为金融作家创作提供了一流的服务；三是中国金融战线上涌现了一批有思想、有情怀、有理想、有能力的作家，他们快乐地奋战在金融第一线，幸福地记录着身边优秀的人、精彩的事。这三个方面因素凝聚了"天时地利人和"的精华，而精华的基石还是中国金融事业的波澜壮阔和发展壮大。

如何让金融文学为中国文学大家庭发光发热，并成为指引全体金融文学人前行的光亮，这是中国金融作家协会重点研究的课题。经中国金融文联批准，中国金融作家协会与湖南大学出版社通力合作，决定由中国金融作家协会征集、选编，湖南大学出版社出版《当代金融文学精选》一套，系统地展现新中国成立七十周年以来，中国金融题材小说、散文、诗歌、报告文学、剧本、文学评论等创作成果，弥补当代中国文学丛林金融文学丛书的空白和缺憾，以推举和激励优秀金融文学艺术工作者，繁荣中国金融文学事业，为新中国成立七十周年献上一份金融人的文学厚礼。

《当代金融文学精选》堪称鸿篇巨制。本套丛书以讴歌金融人的精神为己任，根据文学自身的规律和金融文学的特征，秉承"金融人写金融事"为主要特征的文学理念，确定基本框架，精心策划，精心遴选，精心编排。为了确保作品的质量，中国金融作家协会成立了以中国金融文联领导、专家和杂志编辑为编委的作品编辑委员会。按专业特长分工，从金融机构和作家申报的作品中，经过长达数月的辛勤工作，最终组稿成12卷本的中国当代金融文学精选丛书一套：长篇小说4卷、中篇小说1卷、短篇小说2卷、散文

1卷、诗歌1卷、报告文学1卷、影视戏剧文学1卷、文学理论与评论1卷。选取了长篇小说23篇，中篇小说15篇，短篇小说45篇，散文45篇，诗歌近400首，报告文学31篇，影视戏剧文学10篇，文学理论与评论37篇。硕果累累，气势恢宏。

这些入选作品是新中国成立以来，尤其是改革开放四十年来壮丽的金融事业发展记录，更是中国金融事业取得巨大成就的见证。中国金融作家协会在中国金融文联和中国作家协会的正确领导和大力支持下，以记录和讴歌壮丽的中国金融事业为使命，带领全体作家深入学习贯彻习近平总书记有关文艺和金融工作重要讲话精神，以深化金融作家组织建设为基础，以宣传介绍金融行业先进的人物和事迹为重心，以鼓励和扶持金融作家创作优秀作品为己任，以推广金融作协和金融作家的影响力为追求，以文学的名义用精品力作为中国的金融事业鼓与呼。

从"养在深闺无人识"到"万人瞩目任端详"，《当代金融文学精选》能在这么一个值得纪念的年份出版，这是全体金融作家的幸事，更是金融文学的幸事！广大金融作家适应行业需要，兼顾写作的实用性、文体的多样性、参与的广泛性，初步形成中国金融文学的特色，那就是"写人叙事，不拘文体。信札公文，亦可荟萃。百花竞放，满园春色。开锦绣文章之先，为中国金融存史"。作为一名金融作家，最荣耀的不过是将自己最精彩的作品奉献给国家、社会和人民，让自己的作品与祖国同寿，与天地齐辉。这是一名金融作家对新时代最好的表达，也是一名金融工作者最无上的光荣。祝贺所有入选丛书的金融作家，也衷心感谢那些为金融文学默默奉献的金融作家和广大的金融工作者！

寄语金融文坛好，明年春色倍还人！

是为序。

2019年9月7日

北京金融街

目录
Contents

181　第二辑　文学作品与作家评论

第一辑

金融文学
理论探究

作者简介

　　陈炜，江苏无锡人，1958 年 5 月生于北京。中国金融文联副主席，中国书法家协会会员，中国摄影家协会会员。曾任中国金融工会副巡视员，中国文艺志愿者协会理事，中国金融书法家协会常务副主席。

传承和弘扬中华美学精神

努力推进金融文学体系建设

陈　炜

　　习近平总书记在文艺工作座谈会的重要讲话中指出：必须把创作生产优秀作品作为文艺工作的中心环节，努力创作生产更多传播当代中国价值观念、体现中华文化精神、反映中国人审美追求，思想性、艺术性、观赏性有机统一的优秀作品。

　　他指出：中华优秀传统文化是中华民族的精神命脉，是涵养社会主义核心价值观的重要源泉，也是我们在世界文化激荡中站稳脚跟的坚实根基。要结合新的时代条件传承和弘扬中华优秀传统文化，传承和弘扬中华美学精神。我们社会主义文艺要繁荣发展起来，必须认真学习借鉴世界各国人民创造的优秀文艺。只有坚持洋为中用、开拓创新，做到中西合璧、融会贯通，我国文艺才能更好地发展繁荣起来。

一、中华美学精神的来源和内涵

文学艺术是美的主要载体和表现形式。美学精神，是指导文学艺术创作和发挥文学艺术功用的基本思想。中华美学精神，是诞生于中华文学艺术创造中并指导中华文学艺术创作和发挥文学艺术功用的基本思想。中国文史学家普遍认为，《诗经》和《楚辞》是中国文学艺术的两大源头。中华美学精神即蕴含在其中。

（一）《诗经》概述

《诗经》是周王朝在几百年中陆续制作、收集和编辑，供推行礼乐而应用的305篇乐歌歌词的结集。它是中国上古由口头文学创作转化为书面文学创作的第一部诗集，是中华文化的元典，是世界重要的文化遗产。（夏传才，曾任诗经学会会长）

1. 形成过程：周王朝全面继承了夏商两代文化，形成了灿烂的西周礼乐文明。西周初期，周公旦大规模制礼兴乐，设置专职管理音乐的太师并培训乐工。帝王亲自参与乐歌的制作，发动大臣创作和进献歌词，通令各诸侯国进献本地歌谣，还派出专职人员到各地采诗，由王朝乐官合乐，供中央和地方各种礼仪应用。从西周到东周，规整积累了305篇乐歌。由于没有声音保存条件，曲谱失传，只剩歌词。春秋战国时称《诗》或《诗三百》，孔子曾把它作为六部教材（诗、书、易、礼、乐、春秋）之一进行注释讲解。西汉独尊儒术，把它奉为经典之一，称为《诗经》，成为国家法定教材，科举考试的重点内容。

2. 基本内容：《诗经》305篇，分为风、雅、颂。

风（十五国风）160篇，风的本意是乐调，十五国风就是十五个国家和地区各用其地方乐调演唱的歌诗。周王朝收集应用，一方面是为了推行政治和社会教化，"上以风化下"；另一方面是了解民情改良政治，"下以风刺上"。一般用以记录日常生活。

雅105篇，分小雅74篇，大雅31篇。古代雅、夏通用，夏朝王畿之地为政治中心，其言为正声（普通话）；用"雅"这件乐器演奏正乐。因此雅歌为宫廷朝会典礼的正乐，大雅写天下大事，言王政之所由兴废；小雅或用于贵族生活礼仪或讽谏王政。

颂 40 篇，分周颂 31 篇，鲁颂 4 篇，商颂 5 篇。"颂"是歌、乐、舞合一的表演形式，"颂"与"容"同，样子的意思；"颂"又与"镛"（大钟）通假，声韵深沉、缓慢、庄严、宏大、悠远。《毛诗序》谓颂"美盛德之形容，以其成功告于神明"，向祖先和神明表达崇拜、礼赞、祈祷，感戴神明的恩惠、祖先的荫庇。

3. 历史贡献。

《诗经》是中华第一部在鲜明美学精神指导下形成的文学艺术作品（诗、歌、乐、舞）。但由于有明确的美学精神指导，即创作和应用的指导思想，它的历史价值和贡献已不仅仅表现在文学艺术方面。《诗经》的历史贡献主要有三：

一是历史文化贡献。《诗经》是周代礼乐文化的产物，305 篇诗都是周代各种典礼仪式上应用的乐歌，用于宗庙祭祀、朝会典礼、宴餐宾客、贵族交往、民间结社等等；真实反映周代礼乐文化的具体情景和基本内容，是记录经济、政治、天文、农学，阶级关系、部族斗争、社会生活，以及政治伦理、道德修养、教化育人等意识形态最可靠的史料。如梁启超所说，现存先秦古籍——《诗经》其首也。17 世纪欧洲汉学家称它为中国古代社会生活和民俗风习的画卷，认识古代中国的百科全书。

二是文学艺术贡献。《诗经》标志着中国文学史的光辉起点。它是中国现实主义文学的源头，直接为改革政治、揭露社会弊端、反映人民生活和思想感情而作。现实主义的创作精神为中国后世文学艺术的创作所继承，形成了"风雅比兴"的美学传统。

三是语言文字贡献。首先，字词创造丰富。诗经一共用了 2949 个单字，其中有的单字一字多义，按字义算大约有 3900 个单音字，又用以构造 1000 多个复音词，二者相加将近 5000 个词，其中流传下来的成语就有近 300 个。上古时代中华民族创造出这么词汇丰富又具有强大表现力的语言，在世界上是绝无仅有的。其次，修辞手法丰富。综合运用了比喻、比拟、借代、夸张、对比、对偶、衬托、排比、设问、反问、顶真、回环、摹状、拟声、双关、反语等16种辞格。最后，音韵节律规整。《诗经》的语言经过了规范化处理，已经形成了"单音五声、声韵相合"读音规则。每个单音节有五个声调（阴平、阳平、上、入、去），有音韵（声母韵母），表达不同词义，加上双声、叠字、叠词、叠句、叠韵和谐组合，产生了抑扬顿挫、悦耳动听的音乐效果。风是十五国作品，方言经过了字词语音的统一规范，雅、颂更是士大夫用统一规范进行语言文字的创作。因此孔子说"《诗》《书》，执礼，皆雅言也"（《论语·述而》）。雅言，就是先秦时的普通话、标准音。

对于《诗经》，白居易《与元九书》说："人之文，六经首之。就六经言，《诗》又首之。何者？圣人感人心而天下和平。感人心者，莫先于情，莫始于言，莫切于声，莫深于义。《诗》者，根情、苗言、华声、实义。"性情为根本、语言为枝叶，声韵为花朵，义理为果实。《诗经》通过风雅颂，反映现实、讽谏政治、关怀民生、颂扬成就，发挥正善民心、补差时政的社会教育和社会改造作用。

（二）《楚辞》概述

屈原明显继承和发展了《诗经》的美学传统。他的政治抒情诗，更加体现和发展了"大雅"的政治讽喻精神和比兴艺术手法。他关心国家的命运、民生的疾苦，批评政治的弊端，揭露佞臣的祸国。他以先王圣贤的业绩理想劝解君王醒悟，他以花草美人美玉比喻和赞颂高洁不屈的人格，他还营造了神奇、瑰丽、魔幻又美好的另类空间场景，创造了浪漫主义艺术方法。屈原是《楚辞》的主要创作者，也是《楚辞》得以成为中国文学的巅峰的原因。梁启超说："吾以为凡为中国人者，须获有欣赏《楚辞》之能力，乃为不虚生此国。"

1.《楚辞》的编纂过程。《楚辞》是以屈原《离骚》等作品为主要代表的战国末期至汉代同类体裁诗歌的合集。可查到的最早版本是王逸编的《楚辞章句》。经《楚辞》专家、中国屈原协会第一任会长、章太炎晚年入室弟子——汤炳正先生考证，《楚辞》的编纂经历了几代人的集成——楚国末期辞赋家宋玉初编，西汉淮南王刘安续编定名《楚辞》，西汉末年光禄大夫刘向增编集成，后汉校书郎王逸注释成《楚辞章句》。这四个人都敬仰屈原以及他的辞赋，因此在增编时都在最后编上了自己写的同体裁辞赋，以示敬仰前辈、后学模拟。现在我们看到的最早最完整的《楚辞》著作，是王逸的《楚辞章句》，今本《楚辞章句》据朱熹考证，由宋仁宗天圣年间的进士、秘书丞陈说之按作者年代顺序改订，后注者皆用此本至今。

2.《楚辞》的艺术源泉。楚辞来源有四：一是《诗经》，诗三百篇的风——民间的歌谣，雅——文人的吟咏，颂——礼祭的歌颂；二是《山海经》的山川风物神话；三是楚地的祭歌和风物，"屈宋诸骚，皆书楚语、作楚声、纪楚地、名楚物，故可谓之楚辞（北宋末年黄伯思语）"；四是屈原的政治实践和艺术创新，体现在《离骚》《九歌》《天问》《招魂》《哀郢》《桔颂》《怀沙》等主要篇章。《楚辞》因题材内容定格在最早创作的《离骚》而称为骚体，并与《诗经》合称为"风骚"。风，指写实主义艺术创作方法；骚，指浪漫主义艺术创作方法。

3.《楚辞》的艺术成就。《楚辞》与《诗经》，虽然都是诗歌总集，但它们是中国文学艺术的发源，尤其是诗词、歌乐、戏曲的开端，其他文学艺术形式也无不受其影响和启发。我们从《楚辞》，尤其是屈原的作品中可以看到：

融入政治理想的《楚辞》：屈原把自己的政治理想、哲学思想和爱国情怀熔铸在诗篇中，《离骚》中提出"举贤而授能兮，循绳墨而不颇"，"长太息以掩涕兮，哀民生之多艰"。

塑造清高人格的《楚辞》：历史上的圣君贤臣，神话中的美人好事，自然界的鲜花丽鸟，均被作者作为崇高人格的象征而大加赞颂，并引以为自己"修能""修名""好修"的榜样，"制芰荷以为衣兮，裁芙蓉以为裳"，自喻为出淤泥而不染的荷花；"怀瑾握瑜"，自喻乱石中的温润美玉。

想象瑰丽的《楚辞》：思绪驰骋于神界、人间、鬼域三界，以神界寓人世。神灵仙女、圣君贤臣、崇山大川、奇花异草、灵鸟美玉等等，均拿来笔下，营建了瑰异的气氛，渲染出美妙的意境，创造了至今仍用的词语和诗句。

可歌能舞的《楚辞》：《礼记·乐记》说："诗，言其志也；歌，咏其声也；舞，动其容也。三者本于心，然后乐器从之。"诗歌舞乐本为一体。屈赋正是这样吸取了楚地民间歌舞、祭祀歌舞的形式，经过加工再创作，特别是"兮"

（先秦读"呵""啊"）的运用，使得它的大部分诗赋可歌可舞。《离骚》就是一部反映屈原生平的歌舞剧；"《九歌》之乐，有男巫歌者，有女巫歌者；有巫觋并舞而歌者；有一巫唱而众巫和者"，再现了祭祀娱神的歌舞剧。

《诗经》汇集了夏、商、周三代文学艺术创作的优秀文学艺术作品（《诗经》本就是歌乐舞合一的作品），尤其是周代800年的创作、收集、整理、应用、传播、淘汰；《楚辞》以《诗经》为创作源泉，经过了战国至汉代近600年传播、承袭。其中形成和蕴含的美学精神是中华文学艺术的基因，规定着后世中华文学艺术的创作和应用，同时发展和丰富着中华美学精神自身。在这3000年的历史发展进程中，中华文学艺术创作不断涌上高峰。两汉、魏晋、隋唐、宋元、明清均有经世之作，成为当时世界文学艺术之高峰。今日，我们呼唤中华美学精神的复兴。

（三）"调天和中"——呼唤中华美学精神的复兴

为什么要呼唤中华美学精神的复兴？因为任何文明的发展创新，必然要承袭自身文明的基因。中国近一百多年来，国家屡遭摧毁和人民饱经奴役，文化遭否定，艺术品遭掠夺，中华美学精神还曾一度遭自己的文化精英怀疑、排斥、否定、抛弃；新中国成立前后，中华美学精神在新中国回归，但未持久又潜伏或失落。尤其近期，在西方价值观影响下，一些艺术家及他们的文学艺术创作活动、作品几乎成为了资本的奴隶、发泄私欲的方式，中国的文学艺术少了精品，没了大师，更不见高峰。究其原因，是缺失了中华美学精神传承。

文学艺术是人类精神的创造，是人类心灵对自然和社会的折射。如果文学艺术是天空与大地，人类的心灵就是水汽或棱镜，美学精神就是阳光彩虹。中华美学精神是中华文明的阳光彩虹。总结以《诗经》《楚辞》发端的中华美学精神，可用"七彩阳光"类比。

"调天和中"是中华美学精神的精髓，是中华美学精神的哲学。"调天"：中国人天的观念有二，一是上天，即宇宙自然；二是天下，即人类社会。人类社会要与宇宙自然相调，顺应自然；个人要与社会相调，融入社会，集体为先。文学艺术要反映天然美和人类美，并人人享有美；符合人类社会德善的艺术是美的。

"和中"：中国人认为阴阳是一切事物的根本法则。阴阳相依而存，孤阴不生。独阳不长，所以不能偏废一方，要和合中庸。反映在美学精神上，是两两相生、七彩相融。七彩分别是：

1. 情志相成：是中华美学精神的方法论，文学艺术创作的指导原则。"志"，心之所向，心之所属，有立场，有价值，有取向，是现实主义创作原则；"情"，心之所发，心之所泄，发人之喜、怒、哀、思、悲、恐、惊七情，是浪漫主义创作原则。

2. 美善与讽谏兼用：文学艺术的社会功用或目标，是涵养人心、扶正扬善，评价社会、改良治理。示美要引善，刺讽为劝谏。

3. 风、雅、颂共襄：郑玄《周礼注》说："风，言贤圣治道之遗化也；雅，正也，言今之正者，以为后世法；颂之言诵也，容也，诵今之德，广以美之。"风是以圣贤之道进行教化的诗，雅是表达政治美佳或政治缺失的诗，颂是今人以歌诗舞显扬功德的诗。孔颖达概括为三类不同乐调和内容的诗。

4. 赋、比、兴并举：郑玄《周礼注》说："赋之言铺，直铺陈今之政教善恶；比，见今之失，不敢斥言，取比类以言之；兴，见今之美，嫌于媚谀，取善事以喻劝之。"赋是铺陈直叙政治美恶，比是不直言而以比喻或寓言的形式批评社会不良现象，兴是通过意象来赞美现实中美善事物。赋比兴是文学艺术的三种表现方法。朱熹说："赋者，敷也，敷陈其事而直言之；比者，以彼物比此物也；兴者，先言他物以引起所咏之辞也。"

5. 辞章、音律、意境齐彰：锤辞造境，创作中实现字辞锤炼、音韵畅达、意境营造三美齐彰。

6. 众乐乐：《孟子·梁惠王》：（孟子）曰："独乐乐，与人乐乐，孰乐乎？"（梁惠王）曰："不若与人。"（孟子）曰："与少乐乐，与众乐乐，孰乐？"（梁惠王）曰："不若与众。"最后孟子说："今王与百姓同乐，则王矣"。美的创造和享用主体，是全体人民：官人、文人、商人、民人、艺人，共建文化，共享文化成果。

7. 美美与共：对各艺术门类、各民族风情、各文化传统，要惺惺相惜，类类相赏，殷殷相习。"各美其美，美人之美，美美与共，天下大同"（费孝通语）。

中华文学艺术是中华文明的一座百花园，中华民族创造的伟大文明是土壤、水肥、空气，中华美学精神就是七彩相映的阳光，礼制就是这座百花园的管理制度。

二、努力推进金融文学体系建设

经过世界各文明传统、地域、国家不同文学艺术和美学精神的比较，我们发现中华美学精神是具有世界普遍意义的美学精神。所有文学艺术精品具有两大显著特征，一是映射人性，二是映照社会。推进金融文学体系建设，必须传承和复兴中华美学精神，这是我们金融作家协会和金融文学家的责任。在创作内容上要塑美示真、赞民颂绩、扬善抑恶、怡情悦性；在作品形式上要崇实尚意、风骚并举、根植国粹、融新拓境。我们的核心目标或历史责任是：映射金融人性，映照金融生态。

（一）金融文学体系构成

金融文学体系由金融文学组织、金融文学作品、金融文学活动以及相配套的制度机制构成。

1. 金融文学组织体系："条块结合"的作家协会组织网络，各个层级的作家队伍和爱好者群体以及发展组织和会员的机制。

2. 金融文学作品体系：以小说、纪实报告文学、影视戏剧文学剧本为主，辅之以散文、诗词等。

3. 金融文学活动体系：金融文学作品评奖、评论、研讨活动，金融作家交流、培训、深入生活活动，金融文学推广志愿活动，金融文学与音乐、舞蹈等其他门类艺术创作活融动合。

（二）当前金融作协工作的几点思考和建议

1. 根据金融作协和作家性质定位开展工作。姓金融、非职业是金融作协、作家的基本性质定位。据此，我们的工作思路是三句话：依托金融各级工会，聚焦金融人事，集中办一两件大事。

2.吸收"跨界"会员，创作"跨界"作品，开展"跨界"活动。艺术类的：一些金融画家、书法家、摄影家等文学素养也不错；文史类的：文学作品以外的文史研究、介绍书籍的作者；学术类的：发表过金融学术重要文章、出版过书籍，比如金融业务产品、金融历史事件、金融管理等等作品的作者。这都应是我们金融作家协会吸收的对象。跨界作品：连环画、摄影故事、相声、小品、曲艺说唱词、歌唱、朗诵、音乐剧歌颂词剧本等。跨界活动：几个协会的共同采访、采风活动和文艺志愿者活动，职工家属、子女、客户、社区参与的活动等。应借助地方文联、作协、文化部门重点扶持作品。

3.阅读经典书籍。金融作家要有自己的阅读，各作协要组织辖内金融职工的阅读、解读活动。阅读的内容有：上古六经《诗经》《尚书》《礼记》《乐经》《易经》《春秋》；战国诸子，《论语》《孟子》《道德经》《庄子》《墨子》《韩非子》《孙子》，外加《黄帝内经》《山海经》；秦汉，《楚辞》《史记》《淮南子》《文心雕龙》、汉赋，秦汉之后，乐府诗、唐诗、宋词、元明清小说戏曲，外加《坛经》。

4.选定目标，制订计划，行动起来。各作家协会可确定有意义、有影响的一个项目，可以是作品创作，金融作协可以和中国金融出版社商量金融作家作品出版计划；也可以是一项文艺活动，一年的、三年的、五年的规划都可以。

（本文为"首届金融文学研讨会"交流文章）

┃作者简介

　　郭永琰，湖北省随州人。毕业于北京师范大学艺术系。1978 年 12 月到中共中央办公厅警卫局 8341 部队参军，历任战士、文化教员、书记员、文化宣传干事等。2001 年调至中国金融工会全国委员会，历任组织宣传部副部长、组织部长、宣传教育部长等职。兼任中国金融文联第一届副主席兼常务副秘书长、第二届副主席兼秘书长，中国金融书法家协会第一届副主席兼秘书长、第二届常务副主席、第三届主席，中国职工书法家协会第一届副主席，中国金融美术家协会第一届副主席兼秘书长、常务副主席，中国金融思想政治工作研究会副秘书长。是中国文学艺术界联合会第九届、第十届全国委员会委员，中国书法家协会第六届新闻出版工作委员会委员、第七届行业建设委员会青少年工作部委员。中国书法家协会会员、中华诗词学会会员、中国文艺志愿者协会会员。其文学作品发表于《人民日报》《解放军报》《金融时报》《北京日报》《中国金融文化》《中国金融文学》等。

以习近平重要讲话精神为指导

推动金融作协工作不断创新和发展

郭永琰

　　2019 年对于我们党和国家是非常重要的一年。不久，将召开党的十九大。对于中国金融文联来说，今年是落实中国文联十大、中国作协九大精神，全面深化改革的开局之年。2018 年 11 月 30 日，在中国文联十大、中国作协九大开幕式上，习近平总书记发表重要讲话，对文联作协的工作提出明确要求。强调要通过深化改革增强文联、作协组织活力、组织向心力、组织吸引力和组织影响力。2018 年 12 月以来，中央先后印发了《中国文联深化改革方案》《中国作协深化改革方案》，对中国文联、中国作协深化改革工作做出了全面部署，提出明确要求。2019 年 2 月 22 日，刘奇葆同志在听取中国文联党组工作汇报时，强调要按照总书记关于增强"四个力"的要求，变思维、换思路、调机构、转职能，有力有序地向前推进。5 月 5 日，中国金融文联一届六次全委会在京召开，中国金融文联郭利根主席在讲话中强调，2017 年金融文联要深化改革、转变作风，始终以服务基层职工为天职，丰富金融职工的精神文化生活。一是要始终把职工群众放在心上，坚持面向基层、面向职工，坚持为金融职工精神文化需求服务的理念。二是要创新活动方法和内容，持续开展以"中国梦·劳动美·金融情"为主题的文艺创作活动。2019年上半年，我们圆满完成了中国金融舞蹈家协会第二届"金舞飞扬"（华融杯）职工舞蹈大赛、中国金融作家协会第四届"金融文学奖"评选活动。目前，我们正在进行的工作有中国金融美术家协会第四届（辽东农商行杯）全国美术作品展，拟定9月在辽东展出。中国金融书法家协会第四届（国安社区杯）全国书法篆刻作品展，收到稿件1000多件，评选已经结束，拟定于10月13日在北京全国政协礼堂展出。中国金融音乐家协会第二届"金声奖"金融歌曲合唱大赛，拟定10月14日在北京音乐厅举行。中国金融摄影家协会第四届（农行杯）全国摄影艺术作品展，12月15日在北京中华世纪坛艺术馆世纪大厅开幕。一大批有筋骨、有道德、有温度的优秀作品脱颖而出。三是要接地气转作风，广泛开展"深入生活、扎根人民"实践活动。2019年5月中国金融文联志愿者慰问重庆金融机构，举办了3个书画笔会，办了15个艺术辅导班，基层职工学习文学艺术情绪高涨。7月14日至15日全国金融工作会议在京召开，这是我们金融界的一件大事，习近平总书记出席会议并发表重要讲话。他强调，金融是国家重要的核心竞争力，金融安全是国家安全的重要组成部分，金融制度是经济社会发展中重要的基础性制度。必须加强党对金融工作的领导，坚持稳中求进工作总基调，遵循金融发展规律，紧紧围绕服务实体经济、防控金融风险、深化金融改革三项任务，创新和完善金融调控，健全现代金融企业制度，完善金融市场体系，推进构建现代金融监管框架，加快转变金融发展方式，健全金融法治，保障国家金融安全，促进经济和金融良性循环、健康发展。金融工作每一次改革发展都离不开金融文艺家的参与，党中央为今后一年时期的金融工作指明了方向，金融作家要抓住机遇，围绕中心、服务大局，深入基层、深入一线、深入职工、体验生活，全身心地以文学为载体写好新时期金融工作的新篇章。

今天，我就进一步学习贯彻习近平总书记重要讲话精神、加快金融作家协会职能转变，推动金融作协发展谈两点想法和意见，和大家一道来交流研讨。

第一，要用习近平总书记重要讲话精神统一金融作家队伍的思想和行动

十八大以来，习近平总书记、党中央高度重视党的群团工作、文艺工作和文联工作、作协工作。先后召开了文艺工作座谈会、党的群团工作会议。总书记就党的群团工作、文艺工作、作协工作发表重要讲话。在中国文联十大、中国作协九大上，总书记在开幕式的讲话当中，对新形势下党的群团工作、文艺工作特别是文联工作提出了新的明确要求。总书记的几次重要讲话，都是我们做好文艺工作、文联工作的根本遵循。总书记的讲话大家都已经反复学了，中国文联、中国作协、金融文联也举办了一系列学习班，本次金融作协培训班，我们又作为会议文件进行印发，人手一份。总书记讲话对文艺工作者的指导意义和指导作用是我们文艺界所有文艺工作者有目共睹、深有体会的。我们要认真学习领会习近平总书记重要讲话精神的基本观点，准确把握精神要义，切实把思想统一到讲话精神上来。

一是充分认识文艺的地位和作用。文艺事业是党和人民的重要事业，文艺战线是党和人民的重要战线。文艺是时代前进的号角，最能代表一个时代的风貌，最能引领一个时代的风气。伟大事业需要伟大精神，举精神之旗、立精神之柱、建精神家园，都离不开文艺。在不同时期、不同阶段，文学作品所能唤起的不仅仅是时代精神，也会成为一个讲话、一个文件、一个通知、一个号召。如1944年郭沫若先生《甲申三百年祭》发表，这篇一万九千字的文章，着重分析了李自成领导的农民起义军几起几落。毛主席读到该文后，把它作为整风文件，号召党员干部学习，要求党员，首先是高级领导同志千万不可冲昏头脑，忘其所以，重蹈李自成的覆辙。再如，美国记者斯诺1936年在延安等根据地采访四个月后，写了一部介绍中国共产党和中国红军的《西行漫记》，也叫《红星照耀中国》，出版后轰动了国内及海外华侨聚集地，在国内，成千上万个青年因为读了《西行漫记》纷纷走上革命道路。毛主席曾在不同场合多次谈到《漫记》宣传红军的作用。

如 1970 年毛主席曾对护士长吴旭君说，1936 年在陕北时，这个年轻记者就闯进了中国红色政权首府的所在地，他在那里自由自在地转了好几个月，后来还写了本《西行漫记》，让外国人对外国人进行宣传，这种做法的说服力，有时比我们自己宣传的效果要好得多。金融业的改革发展，离不开金融作家对伟大精神的创作和跟进。

二是充分认识文艺的本质。我国的文艺事业从本质上讲，是人民的文艺。要坚持以人民为中心的创作导向，把满足人民精神文化需求作为文艺和文艺工作者的出发点、落脚点，把人民作为文艺表现的主体和文艺审美的鉴赏家、评判者，把为人民服务作为文艺工作者的天职。在这里，老一代作家为我们做出了榜样。著名作家丁玲在谈自己如何走上文学之路时说：我诞生在 20 世纪初，因家败父亡，我成了一个贫穷的孤女，而当时的中国又处于半封建、半殖民地的黑暗时代，人民在水深火热中煎熬，这些痛苦不能不感染着我，使我感到寂寞、苦闷、愤懑。我要倾诉，要呐喊，要反抗。因此我拿起笔，要把笔作为投枪。我追随我的前辈，鲁迅、瞿秋白、茅盾……为人生、为民族的解放，为国家的独立，为人民的民主，为社会的进步而从事文学写作。著名作家巴金曾经问道：人为什么需要文学？回答是：需要它来扫除我们心灵中的垃圾，需要它给我们带来希望，带来勇气，带来力量。他又问道：我为什么需要文学？回答是：我想用它来改变我的生活，改变我的环境，改变我的精神世界。金融作家们要向老一代作家学习，自觉发挥金融人写金融事，金融人抒金融情的作用，用文学的力量影响金融环境，塑造金融人的精神世界，创作出无愧于我们这个时代的作品。

三是充分认识文艺工作的中心环节。金融作家必须把创作生产优秀作品作为文艺工作的中心环节。衡量一个时代的文艺成就最终要看作品，推动文艺繁荣发展，最根本的是要创作生产出无愧于我们这个伟大民族、伟大时代的优秀作品。没有优秀作品，其他事情搞得再热闹、再花哨，也只是表面文章。就我们金融作协来说，有中国金融工会、中国金融文联和各金融机构党政大力支持，有金融作协所依据的《章程》来开展工作，使得金融作协有一个广阔和宏大的平台。金融作家应该牢记：创作是自己的中心任务，作品是自己的立身之本。在去年 11 月的全国文代会、作代会上，铁凝主席讲到在对外文化交流中，不止一位外国人表达对中国作家的羡慕。她讲道：去年9月，年近九旬的德国作家马丁·瓦尔泽拜访中国时，曾说自己非常羡慕今天的中国作家。中国社会的巨变，每一点进步都牵涉了许多人的命运变化。这些斑斓的生活对一名作家是多么宝贵的矿藏啊！相较马丁·瓦尔泽的祖国德国，他觉得"德国显得太安静了"。铁凝主席感慨道："今天，在我国960多万平方公里的大地上，13亿多人民正上演着波澜壮阔的话剧，国家蓬勃发展，家庭酸甜苦辣，百姓欢乐忧伤，构成了气象万千的生活景象，充满着感人肺腑的故事，洋溢着激昂跳动的乐章，展现出色彩斑斓的画面。广大文艺工作者大有可为，也必将大有作为。"如她所说，当代金融作家生活在我国金融事业不断变革的时代，可以说正处在天时、地利、人和这样一个大背景里，要积极地在当今时代寻找素材，要敢于下"十年磨一剑"的苦功夫，加强生活积累，不负伟大时代，在创作上出成果、出精品。

四是充分认识文艺的生命。创新是文艺的生命。文艺创作是观念和手段相结合、内容和形式相融合的深度创新，是各种艺术要素和技术要素的集成，是胸怀和创意的对接。古人有读万卷书行万里路，今天我们谈创新也要有积累、有体力。据以往大家的总结，出现文学创新瓶颈的原因是否有以下几点？请大家研究思考。一是透支生活积累。作家无论写什么，都是写他经历过的，听说过的，看过的，想象得到的。很多中文系的高才生、中文系教授为什么写不出小说，并非文化层次低，也不是读的名著少，或文学理论差，而是他们生活的积累不够。很多作家成名后，再也写不出好作品，并不是不会写，而是把生活积累透支了。我们金融作家也是一样，在写到一定时期也要防止生活积累被透支的问题。二是创作风格不变。一个作家发表了很多作品，已形成自己的风格，从此开始不停地复制小说形式，轻易不敢改动，生怕改动了人家不承认是你的作品。三是总认为自己最好。孩子是自己的好，总认为自己写出的小说是精品，别人提出缺点说人家没眼光。四是思想境界升华不了。当你有生活积累，作品的语言与技巧达到精致，这时候要看你的思想境界。你的文章能不能给读者产生影响、共鸣，与作家本身的思想境界有直接的关系。五是身体健康的问题。我们的作家有时为了写部作品，生活积累够了，执笔书写时身体却吃不消。偏头痛，心律不齐，关节疼痛，高血压，糖尿病，导致创作时坐不住，有些作家直接说自己写不了长篇是因为体弱，不能久坐。可为什么很多书法家、画家90多岁还能创作，像齐白石先生，现今画册、拍卖的作品基本上都是先生90岁以上创作的，但像茅盾、夏衍、田汉、郭沫若、曹禺成名之作都是在60岁以前，有人称之为他们把"文学的辉煌留在了前半个世纪"。大家可以查查名著，会发现作家在六十岁后写出来的作品，远不如四五十岁写出来的多。这就是身体的原因造成的。人到一定年龄，不只身体机能会退化，精神、思维、想象力、艺术感觉也会退化……所以我们提倡金融作家在文学题材、形式、手段充分发展同时，更要强健自己的身体，推动观念、内容、风格、流派切磋和互鉴。

五是充分认识两个效益、两种价值的关系。一部好的作品，应是经得起人民评价、专家评价、市场检验，能够把社会效益放在首位的作品。优秀的文艺作品，最好是既能在思想上、艺术上取得成功，又能在市场上受到欢迎。《水浒传》是中国四大名著之一，全书描写北宋末年以宋江为首的108位好汉在梁山起义，以及聚义之后接受招安、四处征战的故事。《水浒传》是汉语文学中最具备史诗特征的作品之一，也是中国历史上最早用白话文写成的章回小说之一。流传极广，脍炙人口，对中国乃至东亚的叙事文学都有极其深远的影响。毛主席一生都对《水浒传》这部名著保持阅读和关注。他对梁山好汉的反抗精神、民主精神、平等精神、拼命精神、"打虎"精神……都进行了深入的挖掘和精心的吸纳；对梁山好汉的政治和政策、胆略和策略、战略和战术……都给予了别开生面启人心扉的解读，并恰到好处地将其转化为革命实践中敢于斗争和善于斗争的物质力量。毛主席在延安时期，在讲话、报告和文章中经常引用《水浒传》的故事来说明深刻的革命道理，或者用来印证、阐发他的认识。如在《中国革命战争的战略问题》一文中，以林冲打翻洪教头为例，说明战略退却的必要性。在《论人民民主专政》这篇著名的文章中，用武松打虎比喻人民民主专政的关系，告诫人们，在野兽面前"不可以表示丝毫的怯懦"。在江西革命根据地的时候，红军游击队里有些干部不注意了解当时的社会状况，往往离开实际情况去估量政治形势，指导工作，因而出现了许多问题和错误。毛主席批评这种人是"李逵式的官长"。毛主席还评论过课本中收录的《三打祝家庄》，通过《三打祝家庄》的故事强调我们要重视调查研究。美国作家赛珍珠曾翻译《水浒传》，英译为《四海之内皆兄弟》。1938 年，赛珍珠在诺贝尔奖授奖仪式上所致答谢辞便是以中国小说为题。她说：中国的古典小说与"世界任何国家的小说一样，有着不可抗拒的魅力"。《水浒传》在政治、军事、人文等方面有着广泛的影响，在世界范围内都具有很大的影响力。

六是充分认识造就金融文艺名家队伍的紧迫性。繁荣金融文艺创作，推动金融文艺创新，必须有大批德艺双馨的金融文艺名家。要把建设金融文艺队伍摆在更加突出的位置，努力造就一批有影响的各领域金融文艺领军人物。培养金融名家队伍，一靠组织，二靠自己。我国著名国画大师齐白石先生一生之中给人们留下了丰富的艺术珍品。晚年的时候，他每天天不亮就起床，先去自家的菜园，为葡萄、丝瓜、花生等瓜果除草、施肥，以此观察植物的生长过程，长年坚持。齐白石生活很有规律，早睡早起并且很讲究睡眠质量。他一生恪守"七戒"。一戒饮酒：除偶尔饮少量葡萄酒外，平时从不喝烈性酒。二戒空度："人生不学，苦混一天"。坚持每天绘画不止，他逝世前一年仍作画 600 余幅。三戒吸烟：齐白石不吸烟，亦不备烟。四戒懒惰：齐白石坚持自己料理生活，补衣、洗碗、扫地等活，都亲自去做。五戒狂喜：他的画经常获大奖或被选入国际画展，但平静坦然，毫无狂喜之态。六戒空思：空思，即思想杂乱无章地忆旧，不能自制。七戒悲愤：既不大喜过望，也不大悲大泣，始终保持平静乐观的人生态度。齐白石先生的人生态度值得我们每一个文艺创作者思考和学习。造就金融文艺名家队伍，需要不断提高我们文艺工作者的学养、涵养、修养，培养正确的人生态度和积极的生活态度，加强思想积累、知识储备、文化修养、艺术训练，从而建设出一支宏大的金融文艺人才队伍。

七是充分认识优秀文艺作品的标准。优秀文艺作品反映着一个国家、一个民族的文化创造能力和水平。要努力创作生产更多传播当代中国价值观念、体现中华文化精神、反映中国人审美追求，思想性、艺术性、观赏性有机统一的优秀作品。凡是传世之作、千古名篇，必定是作家艺术家笃定恒心、倾注心血的作品，必须发扬工匠精神。老舍先生称自己为"写家"，不说"作家"，还称自己为"文牛"。鲁迅也称甘当"孺子牛"。1942年8月，老舍先生曾写过一篇叫作《艺术与木匠》的文章，其中有这么一段："我有三个小孩，除非他们自己愿意，而且极肯努力，作文艺写家，我决不鼓励他们；因为我看他们作木匠、瓦匠，或作写家，是同样有意义的，没有高低贵贱之别。"这是一种反传统的教育思想。第一，干文艺并不比当木匠高贵；第二，干文艺比作木匠还更艰苦；第三，干文艺更需要一些基础，诸如文字要写得通顺，要有生活底子等等。我们在座的金融作家中，大部分都是从柜员、客户经理、部门主官、行长经理等一路走来，经历了无数的工作磨练，懂得从朴素到辉煌的不易。1949年在重庆，朋友们为老舍先生祝寿，并祝贺他从事写作20周年，大家说了许多鼓励的话，轮到他致词的时候，早已泣不成声，只喃喃地说出一句来："20年，历尽艰苦，很不容易，但是拉洋车、做小工20年也很不容易，我定要用笔写下去，写下去。"依然是把当作家比作拉洋车和做小工。老舍先生的谦卑正是中国传统文化中最宝贵的美德，他以一位木匠人的匠心精神，对我们金融文学的发展有很好的教育意义。习总书记重视文艺工作，因为强国首先做文化强国，然后才是经济强国。改革开放重视经济建设，现在我们要补文化建设这一课。

第二，要贯彻落实中央关于文联、作协深化改革精神，推动金融作协工作的创新与发展

总书记明确要求文联、作协组织要增强组织活力，要求我们工作向基层倾斜，服务向最广大文艺组织拓展，改变机关化、行政化倾向。要增强组织活力，一方面是在工作的深度上挖掘，一方面是在工作的广度上拓展。

一是要夯实基层服务。文联的职能不论是过去的6个字，还是现在的16个字，服务始终是关键是要害。服务不能取代其他的职能，许多职能都要通过服务来实现。2015年，金融工会、金融文联组织10位金融作家采写全国金融道德模范，出版了作品集，在金融系统产生了良好的反响。今年，金融工会、金融文联要加强大国工匠的宣传工作，希望金融作协动员广大

会员积极参与。

二是要壮大作家队伍。要转变思想观念，优化入会规范，把视野和服务向最广大金融基层的文艺爱好者拓展，把协会的大门向创作一线基层青年和女文艺爱好者敞开。吸收新鲜血液，壮大会员队伍。同时创新工作平台，联络服务更多的文学骨干。

三是要注重组织创新。要延伸工作手臂，创新工作方式和组织形式，要发挥主席团、理事会作用，给总行会司作协、省金融作协工作给予更多支持。

四是要加大骨干培养。从去年上半年开始，按照中央领导同志的要求和中宣部、中国文联、中国作协的统一部署，中国金融文联各文艺家协会开展了协会文艺骨干大培训，这项工作也得到了各级工会、金融文联的大力支持，效果非常好。我们要把培训工作常态化、制度化。

五是要建立长效机制。"深入生活、扎根人民"主题实践活动已经开展两年多了。这项由中宣部牵头、七个部门共同参与的活动，已经成为团结引导文艺工作者推动文艺创作的一个重要抓手。中国金融文联和各文艺协会要认真总结这两年的经验，进一步制定完善激励保障机制，推动"深入生活、扎根人民"主题实践活动开展。

六是要深入开展调研。金融作协有一支素质高、文笔优的队伍。要把这支队伍聚集到金融行业改革这条主线，深入基层，深入一线，围绕中心工作和行业服务进行调研，同时，希望大家也多提一些好的办法和建议，推动金融作协工作有新的突破。

我来之前，杨树润副主席要我向大家把他理事会上强调的讲政治、守规矩、接地气、出精品的四条要求再重申一遍。这也是金融工会、金融文联领导对金融作家协会的重视和爱护。

最后，就这次培训班我再说两句。这次培训班是在全国人民喜迎十九大胜利召开、在中国文联作协深化改革、金融工作会议召开不久这样一个特殊的时间节点上举办的。时间虽然不长，但内容安排上还是非常紧凑的。希望大家把时间和精力集中在学习上，尤其是研讨如何发挥金融作协的作用时，愿大家能开动脑筋，深入交流，把自己好的工作经验体会、好的意见和建议留下来，使我们通过学习培训，能够有所收获，有所提高，切实把思想和行动统一到中央对文艺深化改革的要求上来，通过我们努力的工作和我们文艺创作的实际成果，迎接党的十九大胜利召开。生活中产生了无数可歌可泣的故事，震撼着金融员工的心灵，搅动着金融系统文学青年的视觉神经。金融界文学青年纷纷操刀提笔，踊跃投身于文学创作，形象地记录和展现了金融人的精神，讴歌这一伟大的金融变革时代。大量金融题材的诗歌、散文、小说、报告文学等作品，出现在全国文学报刊和影视中。比如小说类，有王祁的《行长将出庭作证》、陈立新的《刀技》、杨海滨的《伍佰里》、袁先行的《影子》、杨树明的《旧贷纪事》、胡炜民的《行长的故事》、房连水的《钱这东西》、龚文宣的《河与海的交汇处》和《蓝色经纬》等；长篇报告文学有韩晓、杨玉莹合作的《"白条子"对银行的冲击》等，在金融系统内外，产生了较大的反响。这些标志着金融文学犹如一株柔嫩的小苗，破土而出了。这一时期，姑且称之为金融文学的孕育期，雏形吧。

（本文为"首届金融文学研讨会"交流文章）

‖ 作者简介

　　赵清宇，河南封丘人，曾任中国农业银行湖北黄冈市分行行长。曾创办了全国第一份金融文学期刊《金潮》杂志，并任该刊社长、主编。著有《岁月沧桑——我的金融生涯》《金融纵横谈》等。

简论金融文学

赵清宇

　　在当代的文坛上出现了许多文学门类，有以行业划分的军旅文学、铁路文学、地质文学、法制文学，有以地域划分的西部文学、城市文学，还有以性别或以年龄划分的女子文学、青年文学等。这种对文学门类的划分各有其据，也为我国文学发展起到了些许作用，但从当前的社会主流和科学意义上讲，我认为还有一种文学门类更值得大力提倡，那就是金融文学。

　　金融文学的创立和发展，我们至今已经为此奋斗了数十年之久，但对许多作家、学者来讲，可能还是一个并不常听到的概念。尽管有些作家已经在不自觉中进行着金融文学作品的创作。

　　什么是金融文学？根据近数年我国文学发展的实践，可以把它概括为：以描写人们的金融活动为内容的文学作品即金融文学。这里需要说明的是"金融活动"一词的含义：金融活动就是人们用金融手段组织经济，发展生产和使货币增值的活动。因此，它不只局限于金融业自身的活动，更包括金融活动所涉及的各个领域，因此，绝不能把它视为银行文学。它绝不是狭隘的行业文学。

金融即资金（在市场经济的条件下它应称之为资本）的运用和融通。它是货币、信用和银行活动的总和。邓小平对金融曾作过完全正确的论断，他说：金融是现代经济的核心。目前世界和中国的现实也正是如此：君不见东南亚各国在金融危机影响下，货币贬值、经济停滞、大批失业、政局不稳、社会动荡、惨景一片。如果金融政策运用适当则又能促进经济的发展和繁荣稳定。中国当前的社会经济改革无不涉及金融这一核心问题。

可以这样认为：当代中国社会意识的根本特征就是全民金融意识的普遍觉醒。数十年前，中国人还是很少讲钱的，甚至还把商品货币关系视为产生资本主义的土壤和条件。人们崇尚的是"工作不讲条件，劳动不计报酬"。而现在人们都把追逐金钱、尽快致富、使手中的货币尽快增值当成首要目标。于是就使金融的波涛一浪高过一浪，就有了1988年的"十亿人民九亿商"的经商热潮，接着是91、92年的股市狂潮，以及随后几年的下海热、房地产热等等。金钱的魔力已使很多人神魂颠倒，梦寐以求。金融资产以每年40%的速率高速增长。试问，中国十多亿人谁能超然于金融生活之外？人们还可以看到，在街上排长队的已不再是购买商品，而是在抢购股票、债券。人们在支配自己手中的货币时，已经开始使用各种金融手段使自己的货币更多更快增值。职工、居民以超常的热情投入金融活动。不论你是否自觉，中国社会已有越来越多的人涌入了金融生活的洪流。几乎每一个人都与金融活动结下了不解之缘。人们的财富已不是实物的形态，而主要体现在所持有的金融资产（存单、股票、债券、保单、信用卡等）上。据不完全统计现在居民金融资产已达五万亿以上，来自金融资产的收入已占同期总收入的10%以上。因此，国家金融政策的变化，货币供应的松紧，利率汇率的变动，都对人们的收入和经济的发展产生重大影响。金融渗透的领域可以说已经是无所不包，无所不在。在市场经济条件下，每个人都离不开金融生活，它与物质生活和精神生活一样。金融也像一只"无形的手"，操纵着千千万万个企业，驾驭着人们的物质生活和精神生活。既然"文学即是人学"，那么，这样一个广阔而重要的领域难道会不在文学上得到反映吗？

目前正处于文学的转型期。随着中国经济改革的深入和市场经济的逐步完善，以及金融核心作用的充分发挥，金融文学必将成为文学作品的主流和方向。现在已经有不少知名作家对金融文学有了深刻的认识并写出了一批较高水平的文学作品。上海作家俞天白在《金融与文学结缘》一文中曾写道："金钱是灵魂的镜子，金融是社会的镜子"，"金融运作的速度与效率始终是衡量一个国家、地区、社会、民族经济的重要尺度"。文学评论家李运抟教授写道："我们不能孤立封闭地理解金融文学所面对的生活领域，而应该将其放在社会大系统中来予以审视"，"金融文学创作是一个广阔的文学世界，其生活触角几乎伸延到大千世界的每个角落，每种关系之中"。事实上许多知名作家早就关注金融文学并进行了创作实践。例如程乃珊的《金融家》，钱时昌、欧伟雄的《商界》，俞天白的《大上海的沉没》《大上海的漂浮》《金环套》，钟道新的《股票市场的迷走神经》《特别提款权》《权力的界面》，毕淑敏的《原始股》，沈乔生的《股市日记》，何继青的《军营股民》，季宇的《当铺》，刘鸿的《泡沫》，王庆辉的《钥匙》，矫健的《红印花》，朱崇山的《风中灯》，颜廷芳、王之春的《女银行家》，舒龙的《赤都财魁毛泽民》，以及香港梁凤仪写的大批财金小说。还有《股疯》《金融家》《女行长》等一批金融题材的电影、电视剧。随着时间的推移，形势的发展，必然有更多的作家投入金融文学的创作。

金融文学的发展是客观的必然，但还需要有人倡导，有人推动，有更多的人举起这面旗帜，需要舆论宣传，需要高质量的作品。我们殷切地希望金融系统内外的作家们支持金融文学的发展，投身于金融文学事业。

（原载《金潮》杂志 1995 年第 3 期）

‖ 作者简介

　　龚文宣，江苏人。毕业于湖南财经学院（现湖南大学）金融系，曾任职于中国农业银行总行和中国长城资产总公司，现任中国金融作协常务副主席。曾在《中国作家》《长篇小说选刊》等重要文学期刊发表散文、小说、诗歌、报告文学、文学理论研究等文学作品。见长于小说。代表作有《太阳河》《河与海的交汇处》《新银行行长》等。

关于金融文学的几个认识问题

龚文宣

　　金融文学从孕育成长，到成立了金融作家组织的中国金融作家协会，且为中国作协团体会员，以新兴的文学题材，跻身于中国文学之林。之所以能有今天的昌茂之势，得益于党和国家改革开放、深化金融体制改革的英明决策和文化大繁荣大发展的开明举措；得益于中国银监会、中国金融工会的大力支持和有关领导的躬亲关怀与高效组织；得益于金融系统各级行司的支持与推动，特别是每个热爱金融、爱好文学的作家作者，持之以恒，辛勤笔耕，形成今天不断壮大、快速发展的局面。这既是金融改革之文化硕果，也是金融企业文化发展中的里程碑。

　　二十年前，笔者曾应约写过一篇关于《试析金融文学创作的制约因素》（《现代金融》1991 年第 5 期）的文章，也谈了金融文学创作与发展问题，却没料到二十年后发生了如此巨大的变化。今是昨非，今非昔比。可以预见，再过二十年，金融文学将是一个怎样令人欣喜的景象！作为金融文学的作者、读者和其成长的见证者，我们有责任和义务，关心推动金融文学的稳健发展。

笔者现就金融文学的孕育成长过程、几个理论问题，做些归纳与探索，针对创作实际，提出几点不成熟的建议，以期更多的专家作家参与讨论研究。

一、中国经济金融改革潮起之时，金融文学应势而生

（一）经济金融改革为金融文学提供了孕育的土壤

1978年底，我国推行全面经济金融体制改革。从1979年起，金融体制改革实施了一系列重大举措，比如，相继恢复了农业银行、中国银行、建设银行，成立了工商银行，重新组建交通银行，恢复了保险公司和"三农"性质的农村信用社；新发展了城市信用社和各种信托投资公司、证券公司、租赁公司、中外合资银行、外资银行等，彻底改变了金融"大一统"模式，建立了以中央银行为核心，以四大专业银行为主体，多种金融机构并存的金融组织体系。随着波澜壮阔的中国市场经济改革的深入推进，金融逐步成为经济的核心，推动中国经济快速发展的发动机作用日趋显现，金融在我国政治、经济、文化等领域的地位，也得到了空前提高。同时，这种走出旧的金融体制，解放思想，使全国各级行司的金融员工，释放和激发出史无前例的能量与热情，为金融文学的创作提供了活生生的素材，也为金融文学的孕育，提供了肥沃的土壤。

（二）新时期文学的突起，为金融文学的孕育提供外部条件

改革开放初期，各种文学思潮和创作题材，流派纷呈、佳作涌现。比如，反思文学、伤痕文学、改革文学、行业文学、产业文学，代表作有张洁的《沉重的翅膀》、贾平凹的《浮躁》、蒋子龙的《开拓者》、路遥的《平凡的世界》、刘心武的《班主任》等。这些作品，主要揭示旧体制的种种弊端，强调改革的历史必然性。叱咤风云的"开拓者"与保守势力的尖锐冲突，构成了这一时期改革文学的基本框架。这样一个新文学时代，为金融文学孕育提供了学习借鉴条件，也提供了适宜的外部环境。

（三）新时期文学和金融改革双重影响下，金融文学破土而出

一方面，新时期文学突起带动和金融改革对人们旧的观念产生强大冲击，另一方面，金融生活中产生了无数可歌可泣的故事，震撼着金融员工的柔软心灵，搅动金融系统文学青年的神经。一时间，金融界文学青年纷纷操刀提笔，踊跃投身于文学创作，形象地记录和展现了金融人的精神，讴歌了这一伟大的金融变革时代。大量金融题材的诗歌、散文、小说、报告文学等作品，出现在全国文学报刊和影视中。它们标志着金融文学犹如一株柔嫩的小苗，破土而出了。

二、金融文学刊物为金融文学的孕育与成长，起到推波助澜作用

金融文学刊物，不仅是发表金融题材作品、传播金融理念、倡导金融精神、展现金融人文关怀和反映金融现实的阵地，更是团结作者、培养作者和读者的重要的基地。为呼应金融改革的节奏，金融系统先后诞生了多家文学刊物。

（一）《金潮》文学杂志

1988 年，当时拥有 140 多万名员工的农业银行（含现在全国农村信用社、中国农业发展银行、中国长城资产管理公司），在湖北黄冈诞生了以刊发金融题材为主的文学刊物，定名《金潮》。该刊由农总行工会、湖北省分行和黄冈地区中心支行合办（黄冈承办），是国家新闻出版署正式批准的金融文学期刊。该刊物得到了叶君健、秦兆阳等老一辈作家、编辑家和文学理论家的指导，发表了许多有思想深度和艺术水平的金融文学作品，培养了一批金融文学作者和爱好者，其中，一些作者先后被省级作协和中国作协发展为会员。该刊较早提出"银行人写银行人"和"金融人写金融人"这一新型的金融文学概念。刊址，先后在湖北黄冈、武汉、北京。该刊于 1997 年停刊，历时近十年，应该是中国当代文学史上具有重要标志的金融文学期刊。

（二）《金融作家》文学杂志

《金融作家》创办于1994年底，由农总行工会和内蒙古作家协会合办。刊名由已故作家汪曾祺先生书写，扎拉嘎胡、王祁任主编，龚文宣等为副主编。其主要特色：一是刊物顾问资历高、文学素养高。如作家王蒙、李国文、扎拉嘎胡，文学编辑家崔道怡，文学评论家何镇邦等。二是作品层次高。特约的中国作协会员的作品约占70%。三是刊物的总体设计、栏目编排等，参照了《十月》《萌芽》等大型文学期刊，也具较高水准。该杂志在金融界乃至文学界都有较好的评价，但因编辑部主要人员岗位变动，只刊发了1995年创刊号，即停刊。

（三）《神州金苑》杂志

1996年，由中国金融工会组宣部和湖南株洲市金融学会联合主办的文学艺术刊物《神州金苑》，刊载了反映和激励金融人生活的书法、美术、词曲等作品，也发表了反映当时金融改革现实、展现金融人情怀的诗歌、小说和文学剧本。出了6期之后停刊。

除此之外，还有《银海花絮》等金融文学艺术类报纸。当时各家行司及其分支机构内部的金融研究刊物，也都设有文学副刊专栏，专门发表金融作家作者的文学作品。这些刊物和报纸，无论存续时间长短，对金融文学的成长和金融作家的培养，应该说发挥了至关重要的作用。

三、金融文学的基本概念

中国文学史乃至世界文学史，是找不到"金融文学"一词的。不是说没有金融文学，而是叫法不一样。早在20世纪初，以金融为题材的小说作品，就已登上美国和日本的文学舞台，并逐渐成为当代文学主流。代表作家作品有美国西奥多·德莱塞的《金融家》《美国的悲剧》，日本城山三郎的《日本银行》《金融腐蚀岛》等。他们归类于商业小说、商业悬疑惊怵小说，或财经小说，而在金融文学概念的理解上，也是有区别的。

改革开放初期，中国文坛上出现了"金融文学"，无疑是中国文学史上的一大创举。然而，它的概念一直比较模糊，它的内容，抑或有了界定，也比较抽象。什么叫金融文学，金融文学的孕育成长、基本含义、特征特点是什么，应该是金融文学创作和理论研究不可逾越的命题。任何一种文学形式的创作实践，都要有理论来支撑，反过来又丰富这种理论。既然叫作"金融文学"，就有必要搞清楚金融文学的基本理论问题。对此，笔者有几点探索性的思考。

（一）金融文学概念的延伸

金融文学概念为《金潮》杂志首创，《金融作家》杂志进行了补充。应该分两个阶段：第一阶段，早在1988年《金潮》创刊之始，该刊物就标注为"中国唯一的金融文学刊物"，金融文学定义为"银行人写银行人"，再外延到"金融人写金融人"。这是金融文学最初的简单概念。既没有专门组织研讨会，也没有人从金融文学理论上加以必要的概括和阐述。初始的文学实践中，主要作者是各家银行（信用社）的员工，所反映的也是银行人的生活。第二阶段，是在之后的几年间，尽管没有作为一个讨论课题，进行深入研究，不过，金融文学的作者、刊物编辑们，已经认识到这一问题，对金融文学含义的理解有了一定的提升。到了1995年，《金融作家》创刊筹建时，龚文宣等认为，"金融文学，就是以金融行业的人物为原型，以金融行业的故事、情感为素材创作的文学作品。金融文学注重对金融体制深层次问题的思考，注重对金融人物的刻画，试图用文学的形式来演绎金融的历史，甚至反映经济、金融事件……"这是迄今为止有据可查的定义。虽然这个定义对金融文学的概念有了进一步的归纳，但还是比较宽泛，不足以准确描述金融文学的概念。

（二）金融文学的基本含义

"文学即人学。"这是高尔基1928年6月提出的文学命题和对文学的经典性定义，为世界所公认，广为传布。人学是什么？是研究关于人的生命，人的存在、本质及其产生、运动、发展、变化规律的科学。

笔者以为，基于"文学即人学"的原理，金融文学也是金融人学。其一，金融文学应该描写和表现的中心对象是金融人。文学描写的物、描写的自然界是人化了的物、人化了的自然界，它们体现了金融人对自己生存环境的态度，它们本身就具有了人的思想感情。因此，物和自然界进入金融文学领域，并不影响金融文学是认识人和反映人这一基本性质。其二，不仅金融文学的描写对象是金融人，而且，金融文学所反映的对象也是金融人及与金融相关联的社会群体。在金融文学领域里，一切都是从人出发，一切都是为了人。其三，金融文学既以金融人为主要对象，在创作中就应该肯定人的本质力量，体现金融文学对金融人、金融相关联的整个社会的关怀。

因此，金融文学的基本含义是：以语言文字为工具，形象化地反映金融客观现实、表现作家对金融的审美意识和心灵世界的艺术，包括小说、诗歌（古典诗与现代诗）、散文、戏剧、报告文学等。金融文学是金融文化的重要表现形式，以不同的体裁，反映金融人物内心情感与现实命运，再现一定时期一定地域的金融生活。金融文学作为一种文化样式，是具有社会审美意识性质的、凝聚着作家个体体验的语言艺术。

（三）金融文学的基本特征

特征，即指金融文学区别于财经文学、商业文学等其他文学题材的外部独特地方。金融文学的主要特征，应该有三点：一是典型的金融人物，二是典型的金融环境，三是典型的金融事件。三者有机联系，形成金融文学特定的标签。典型的金融人物，即典型金融环境中具有代表性的、表现金融人物特质的、个性鲜明的人物形象。典型的金融环境，即人物活动的自然环境渲染烘托和社会环境交代，符合金融行业的事件背景。典型的金融事件，即反映金融题材的故事，贯穿作品的全过程，包括序幕、开端、发展、高潮、结局与尾声。

上述特征就狭义而言。从广义上讲，金融文学属于社会实践活动范畴，与社会鱼水相连、不可割裂。进一步理解为：金融文学作品所塑造的主角应该是金融人，配角是社会群体；作品所依衬的主要背景，是社会生活中的金融生活；作品所展现的主要情节，是社会题材中的金融题材。因此说，只要是符合金融文学的三个特征要素，"典型的金融人、典型的金融环境、典型的金融事件"，不管是谁写的，哪怕是外国人写的作品，都应视为金融题材文学作品。

至于金融作家创作的其他题材小说，不在本文探讨之列。

有人把香港梁凤仪女士的作品，比如《尽在不言中》等归类于金融文学，称茅盾先生的《子夜》开创了中国金融文学先河等。笔者以为，从金融文学的基本特征来看，尽管它们是杰作、巨著，尽管内容也涉及银行、证券、保险、投资、理财，也涉及银行家、金融从业人员和金融投资投机者，但按照金融文学的基本特征来认识，它们应该属于经济类或商业财经类小说。而《子夜》更是"一部反映大时代的社会矛盾、商业矛盾与大革命斗争的小说"（沈雁冰先生语）。

同时，"金融人写金融人"的提出，笔者以为，尽管它不具备金融文学的基本含义与特征，不过，从传播学意义讲，以简洁的语言产生的一句宣传鼓动式的口号，更容易表明或者号召金融人、金融作家肩负一种责任、义务和文学担当。因此，"金融人写金融人"的口号，还要喊得再响亮些，传播得更远些。

（四）金融文学的基本特点

如果说金融文学的三个特征是外在的、一眼即可分辨的，那么，它的特点，就是金融文学内在的独特的地方，主要在四个方面：

首先，创始性。就是第一次完整地反映了金融人、金融环境和金融事件。金融文学是中国文学史上首创的一种新兴的文学题材（或流派），就像新长出来的一枝小花，散发出不同于其他花卉的馨香。其创始性，主要体现在作品中，除上面提到的作品外，还有中长篇小说，比如，王祁的《江渝十五号》，反映银行人对现代生活的感悟；袁先行的《营救》，展现金融人的情操与风骨；闫雪君的《香水沟》，讲述信用社员工酸甜苦辣与敬业精神；付顾的《影子行长》，提出了当下非银行业金融机构监管问题；吴泓英的《穿经红马甲的女人》，讲述证券从业人员的奋斗经历；赵宇的《都是重名惹的祸》，记述银行人平凡而充满色彩的生活；李世经的《金融巨子》，记述一个行长成长的足迹；龚文宣的《奔腾的灌江》，反映国有商业银行股改上市前后的金融现实与金融人对信念的追求等。还有陈一夫的《金融街》、徐建华的《金融风暴》、闫星华的《查账》、牟丕志的《机关小说十题》等。这些作品，一定程度上展现了金融文学的创始意识。

其次，实用性。金融文学源于生活，又影响着人们的生活。由于金融作家既是金融文学创作者，又是金融行业劳动者，不仅作品题材涉及银行、证券、保险三大板块，触角还探伸到基金信托、租赁担保、金融资产管理等，而且艺术地展现了文学的实用性，或提出警示和劝诫，或提出经验和借鉴，或鞭挞丑恶和贪腐，或歌颂正义和善美，或判断是非与曲直，或励志人生和净化灵魂。有的作品反映了银行理财，有的作品反映了保险投资，有的作品反映了股市风险等，都体现了金融文学对于现实生活的实用性。有位外国女作家《洗钱》的小说，一时成了人们"合法的逃税的读物"。诚然，金融文学作品不是教科书，但它的实用性是其他文学题材无法替代的。

再次，特殊性。人，之所以喜欢文学，缘于文学与哲学、宗教并驾于人类最高的精神范畴。哲学，人类思想的荟萃，人类文明进程中的一盏明灯，指引人类前行；宗教信仰是人类心灵的寄托；而文学艺术呢，它是人类对万物之美的诠释。文学因体裁、题材和受众不一样，各有其独特之处。金融文学的特殊性，在于它所处的位置，是社会经济核心的现代金融，而现代金融所服务的社会产品又是不可或缺、其他行业不可替代的，牵涉到国民经济全局，影响到整个社会的稳定，与国家利益、民族利益、个人利益密切相关。金融文学通过艺术形式，在影响大众生活选择的同时，艺术地揭开金融神秘的面纱，对金融产品信息的不对称性，作了一定的补充，比如，披露各行各司关键部位的"核心秘密"和"内幕"等等，一定程度满足了人们对金融的窥视心、好奇心。同时，金融文学以其特殊性，填补了中国文学的空白。

第四，专属性。金融本身是专业性较强的技术行业，不是每个作家都能写出金融文学作品来的，也不是在文学作品中，比如商业财经小说中，提到了几个金融人物，描写了几个相联事件，就叫金融文学的。因为，两者所反映的方向，存在错位。金融文学是从金融的内部，向外反映金融生活的实质，较好地揭示了金融的本源。而一些貌似金融文学的商业财经小说，是站在外面向内看金融的，反映的，只是金融的局部、表象。比如，法国左拉的《金钱》，一部在人物塑造和表现手法上与《子夜》十分相近的伟大作品，即便它写了银行证券、交易所及股票基金，展现的也仅仅是金融市场的一种现象，而非金融的本质。金融的本质，不是罪恶也不是黑洞，更多是智慧、财富，为人类社会带来光明和温暖。为什么呢？隔行如隔山嘛！中国金融作家协会于2011年11月成立，2013年被中国作家协会吸收为团体会员，目前已有470多名会员，他们既是文学艺术的创作者，也是550万金融员工队伍的成员，分布在金融行业各个层级、环节、岗位。由于行业的专属性，无形中，金融题材成了金融作家创作金融文学的专属空间。

金融文学的孕育、产生、发展，同其他任何新生事物一样，不仅具有明显的外部特征，而且，更具有内在的独特之处。它的创始性、实用性、特殊性、专属性，既是金融文学的特点，也是金融文学的优势所在。正是凭着它的特点、优势，金融文学才有独树一帜的今天，才没有被当代文学潮流所淹没和替代，才能发掘这块处女地，并保持行进的姿势，艰难而努力前行。

四、金融作家的概念与分类

第一，作家的概念

"作家"一词最早出现在三国时期至晋代，专指管理家务、"治家"的人。到了唐代至近代，是对小说创作成绩卓著者的一种尊称。到了当代，中国文联成立及中国作协分设后，泛指各级文联、作协的会员。文联会员，统称艺术家；作协会员，统称作家。

第二，金融作家的概念

凡是文学艺术达到一定成就，具备一定资格并被中国金融作家协会发展为会员的，包括诗人、散文家、小说家、报告文学家、剧作家、词作家、杂文家和文学理论家等，也包括自然吸收省级以上作家协会会员，都称为金融作家。至于创作何种题材、体裁，或表现何种文学形式，应该尊重金融作家个人的选择。

第三，金融作家类别的产生

作家的类别，基于创作题材或作家所在行业。比如，财经作家、乡土作家、军旅作家、煤矿作家、科普作家等。目前，国内对作家的分类也不尽统一，有的按照创作载体分类，如网络作家；有的按照读者分类，如儿童作家；有的按照创作理念分类，如现实主义作家。还分出许多流派，早期分公安派、桐城派、山药蛋派作家，当今分青春偶像派作家等。现在的主流分类，一般是按照创作题材或作家所在行业分类的。据相关资料，中国港台作家也类同。而西方，一般按照创作理念分类，自然主义、浪漫主义等。如，美国作家协会对德莱赛的评价是"美国文学史上最杰出的现实主义作家"。这些，对于金融作家的类别界定，起到认识和借鉴的作用。

五、金融文学队伍和作品存在的不足与问题

这几年，金融文学队伍不断壮大、题材更加广泛、作品也丰富多彩，取得了长足的进步。但是，由于我们起步晚（水利作协 1983 年成立，国土作协 1989 年成立，石油、煤矿作协 1991 年成立，电力作协 1992 年成立），不可否认，现实状况中，存在一些不足和问题。尽管是发展中的不足和问题，也应引起重视。主要归纳为"四多四少"现象：

（一）作协会员多，有影响的作家少

从首批金融作协发展会员数量来看，320 人是一支不算小的队伍，而其中中国作协会员只有 18 人，全国有影响的作家不多。比较其他行业作协，他们不仅中国作协会员多，且知名作家占有较高比例。据作协年报披露，2011 年，电力作协会员 439 人，中国作协会员占 41 人；石油作协会员 501 人，中国作协会员占 42 人；而煤矿作协会员 527 人，中国作协会员占 54 人，在国内外有影响的作家就有 30 多人，老作家有梁东、张枚同、黄树芳等，中青年作家有刘庆邦、荆永鸣、徐迅、叶臻、冯俐等。多培养有影响力的作家，是我们前进的目标。

（二）创作体裁多，有影响的作品少

什么是有影响的作品呢？就是让读者体验到文学的意味、艺术的美感、悲悯的情怀、人生的经验，为读者提供人生旅途的温暖和光明，并产生广泛的共鸣和社会影响的作品。应该说，现在金融文学创作的体裁，是比较广泛的，诗歌、散文、小说、杂文、报告文学、影视剧本等都有，基本囊括了主要文学形式。前面也说到，确实有许多金融作家和作品受到金融界、文学界和社会的关注。但是，如果站在高处看，有几部（篇）成为全国畅销书呢，有几部（篇、首）发表在《十月》《收获》《中国作家》《人民文学》《诗刊》等，这些可以产生重要影响的文学刊物上的呢。有是有的，我们许多金融作家在上述刊物发表过文学作品，有的小说还被《小说选刊》《小说月报》转载刊发。但与创作的体裁比，其比重还是有待提高的。不是说，不是畅销书、没上大刊物就不是好作品。司汤达的《红与黑》一百年后才成为名著畅销书。但起码说明，当下有影响的金融文学作品太少。我们对自己要有更高的要求，要有一个共同努力的目标。据了解，公安作协这两年在全国推出了 100 部左右的优秀作品，宣传公安干警，反映公安精神，很有反响，值得借鉴。

（三）创作数量多，高水平的产品少

今年，金融工会和作协组织作品评选，这应该是全国金融系统文学作品一次汇展。除少数作品没有参评外，各级行司或个人推荐的长篇小说就有 22 部。笔者担任小说组主评委。总体感觉，质量呈宝塔式，顶尖上有上乘之作，譬如，付顾的《影子行长》、牟丕志的《机关中的机关》、司南的《民国银号》、高瞻的《暗流》等。这次获奖小说，也体现了文学的思想性、艺术性、行业性、现实性的结合。但越往塔底，艺术含量越低，文学元素越少，且占有一定比重。

（四）补贴出书多，市场发行少

通过"补贴"出版的作品，没有规模投入市场，也就产生不了社会影响。近些年来，补贴出书已成为社会各领域的一种文化现象并有蔓延之势。据报载，广东一个地市级作协会员的作品中，补贴出书占 95%；河南有一农民倾其积蓄卖掉粮食只为出两本诗集；一些地方中小学生也出书成风；

以至于，反映到舞台小品中，农村老大娘"白云"出本书也成了作家。

六、加强和改进金融文学工作的建议

（一）坚持党对金融文学工作的领导

首先，坚持政治方向上的领导。自延安文艺座谈会以来，坚持党对文学艺术工作的领导，一直是党的文艺工作的基本方针，得到历届中央领导集体的重视。为了加强党对金融文学工作的领导，应选择适当时机，召开一次全国金融文学工作会议，贯彻落实党的文学艺术工作方针，阐明金融文学工作的政治主张、艺术要求和工作方向，促进各级行司和广大文学工作者，提高思想认识、找准历史方位、把握根本方向，引领金融系统文学艺术工作健康、快速发展。

其次，坚持组织建设上的领导。一是增强作协领导力量。在保持现有作协领导成员不变的情况下，增加由两会领导或部门领导担任的名誉主席或驻会主席，以便于上传下达，协商内外，沟通左右，增强作协号召力、执行力。二是增强秘书处力量。至少有相对专职的工作人员，负责处理秘书处日常事务。作协秘书处可以同《中国金融文学》编辑部合署办公。三是指导和支持归口管理。金融作协是由金融工会申报、经中国作协正式批准的专业团体，属于体制内组织。各级金融工会应将金融文学纳入建制内的工作管理与考核范围，成为一项常规性工作。

第三，坚持对作家队伍的关怀。尊重、保护、理解作家的创造性、积极性、艰苦性和为金融文化事业的奉献精神。政治上信任，生活上关怀。各级行司对做出突出成绩的作家，应像树立金融先进典型那样，予以宣传表彰，使他们真正感受到党组织的温暖和力量，激励作家为我们这个大变革、大发展的金融时代，创作出更多的文学力作和艺术精品。

（二）进一步加强作协制度建设

建章立制，是金融作协自身建设的最重要部分，也应该是当前重中之重的工作。为逐步完善运作程序，有条不紊地做好各项工作，至少有以下六点考虑。一是建立健全金融作协中长期工作规划。二是建立和完善秘书处及下设的八个委员会工作制度，明确各部门的职责、权利、义务、工作重点，并有相应的考核机制。三是建立作协成员与各岗位人员的行为规范。四是建立优秀作品和重要题材的激励、扶持制度。五是建立公文管理系统。六是建立电子信息联络系统等。

（三）进一步办好会刊、会网，加强创作阵地建设

笔者作为一名金融文学作者，也做过几年文学编辑，创办过文学报纸和参与创办过文学杂志，因此对创作阵地建设有较深刻的认识。客观上讲，阵地是反映金融现实、社会意识、文学理想的平台，而主观上，阵地可以培养人，解决作品发表难、出版难的问题，有了阵地，就能将一帮人拢到一起。加强创作阵地建设可以从以下几点着手。一是积极争取新闻出版署批准刊号，将《中国金融文学》由内部刊物转为公开发行。如果近期不能实现，应即着手考虑重组一家文学期刊，或者用其他方式，如委托代理等，保证会刊公开发行。二是充分利用好现有的金融作协网站，实行专人管理。可以参照一些作协网站成熟的经验，包括网站策划、网页设计、栏目设计、内容整理、宣传企划、信息发布、会员信息、服务保证等，并明确各个板块责任人。三是适时考虑设立金融作家出版社或中国金融文学出版社，让优秀的金融文学作品有个出路。四是适时设立金融文学基金。五是注重培养会刊、会网的文学编辑人员，进一步提高会刊、会网的质量，指导和影响创作实践。六是从金融文学发展的长远考虑，逐步实现会刊、会网商业化公司运作。实行专门团队管理，由团队负责组稿、约稿、编稿、审稿、发放稿酬及征订发行等工作。把会刊、会网真正办成传播金融理念、弘扬金融精神、倡导金融关怀、反映金融现实的阵地和培养作家的摇篮。

（四）加强会员管理，逐步培养和吸收高水平作家

一是严格会员审批程序。坚持作协章程中规定的会员申报入会条件，宁缺勿滥，确保作家应当具备的文学艺术水准。二是挑选一些有实力和潜力的作协会员，实施重点培养，每年下达指导性的创作计划，提供较为宽松的写作环境，力争在几年内产生全国有影响的金融题材的文学作品。三

是注重吸收系统外作家。包括知名作家、文学理论与批评家、文学翻译家、文学编辑和语言文学教育工作者，只要他们愿意，就应及时吸收到金融作家队伍中来。对于金融企业文化的发展，也是件大好事。

（五）强化作协会员培训，逐步提高队伍素质

我们会员队伍中，只有少数人接受过专业文学训练，大部分还是"单打独斗"，全凭自己的天赋与勤奋，闯出一片天地。加强专业培训，如同竞技体育中的撑杆跳高，给他们一根杆子，就能飞越高度。应将专业培训列入作协的常规性工作。一是作协内部组织培训。现在，金融作家队伍中有许多人在大专院校或文学班开设讲座，应该充分利用好现有的资源，就地取材。二是请进来、走出去。请进来，就是邀请国内有影响的作家、评论家，或授课或点评作品，特别注重邀请大型文学期刊和出版社的有经验的编辑来授课，既能增长知识，又能联络情感。走出去，就是组织委培代培，比如，委托鲁迅文学院、大学的语言文学院，专门开设金融作家培训班。三是鼓励和委托各级行司，或者有条件的团体会员单位负责培训。四是加强会员交流。通过各类文学座谈会、创作笔会、作品研讨会、改稿会，交流创作经验，提高文学素质，增强文学修养，为作协会员插上想象的翅膀，让他们的才智和潜质，得到充分地展现。

（六）作家须努力，多出好作品

其一，做到"六多"。一多读：增加阅读量，博览群书，读国内外的好书，读名著，读获奖作品。读书破万卷，下笔如有神。二多思：写作需要悟性，遇到问题，包括工作和生活中点滴见闻，都要善想善思。朝思夕计，天成文章。三多求：诚心求教，程门立雪，虚心征求和听取别人意见，哪怕是不同意见，对自己也有裨益。四多记：博闻强记，积累见闻，积累素材，积累故事；及时记下来，"一闪念"的东西，很可能就是作品中的经典和亮点。五多学：学习借鉴写作方法，主题立意、整体布局、结构设计、人物刻画、场景烘托、细节描写等；尤其注重研习自己喜欢的，同自己语言风格、叙事手法相近的著名作家的作品。文学艺术也是传承的艺术。读《金瓶梅》再读《红楼梦》，就能看到艺术的传承。六多写：多练多写，熟能生巧，宝剑锋从磨砺出。

同时，金融是文学的一块沃土，我们都是工作在金融行业的各个领域和环节，要写自己熟悉的生活、事件与人物，会有事半功倍之效果。

其二，处理好工作与创作的关系。工作第一，写作第二。无论你创作了多少作品，或在金融作协兼任什么职务，当好本单位的员工，干好本职工作，是立身之本；当好作家，只是展现人生的附加值。这是业余作家基本特性之一。还要放下自己，协调好关系。作家的头衔既耀眼又刺眼，只有把握得当，方能赢得宽松的写作氛围。

其三，要有文人品德和胸怀。功成不居，荣辱不惊，戒浮躁、戒自喜，明白天外有天。自古以来，真正的作家，真正的文人雅士，应该是道德楷模，正义榜样。对金融作家来说，笔下人物出将入相，自身也需修身养性。作家具有高雅的情操，高尚的品格，才能山高水长，写出优秀的作品来。

（原载《中国金融文学》2014 年第 1 期，并为"首届金融文学研讨会"交流文章）

‖ 作者简介

　　廖有明，湖南湘阴县人，中国银保监会《中国农村金融》杂志社原党委书记、社长。中国毛泽东诗词研究会第五届理事会常务理事，中国金融文联第二届委员会委员，中国金融作家协会副主席。致力于中国古典诗词歌赋和毛泽东等老一辈无产阶级革命家诗词的研究，至今已有百余首词或文章在有关报刊上发表。2017年被中国金融文联授予"金融德艺双馨文艺工作者"称号。

关于繁荣我国金融文学的几点思考

廖有明

　　围绕繁荣我国金融文学事业这个主题，我谈一些看法，抛砖引玉，并求教于各位同行。

一、关于文学和金融文学本质问题

　　今天中国金融作家协会召开的金融文学研讨会上还讨论文学和金融文学内涵这些基础性内容，乍看起来似乎不合时宜，但我认为对于一家成立不久的行业作家协会而言，这是在情理之中并且是非常必要的。任何一门科学都有其发展的内在规律，需要我们去探索和发现，以把握其规律，金融文学也不例外。

　　《辞海》将文学定义为社会意识形态之一。现在通常指用语言塑造形象以反映社会生活、表达作者思想感情的艺术。故又将文学称为语言艺术。它是一种艺术创造而非机械地复制现实。在阶级的社会里，文学具有阶级性，优秀的作品往往具有普遍的社会意义。文学的形象不具有造型艺术的直观性，而需借助词语唤起人们的想象才能被欣赏。这种形象的间接性既是文学的局限，同时也赋予文学反映现实生活的巨大自由和艺术表现上的极大可能性，特别是在表现人物内心世界上，文学可以达到其他艺术形式所不可及的思想广度和深度。文学作品可以分为诗歌、散文、小说、戏剧及影视文学等体裁，每种体裁下又有多种具体样式。《现代汉语词典》对文学的定义简明精当：文学是"以语言文字为工具形象化地反映客观现实的艺术，包括戏剧、诗歌、小说、散文等"。

从上述两则定义中我们可以归纳出文学的一些基本特征：1. 它的载体是语言文字；2. 它反映的对象是客观现实包括典型人物、典型事件和典型环境；3. 它的特征是形象化；4. 它的本质是一种艺术形式。

早在 1928 年 6 月，俄国著名作家高尔基即说过"文学即人学"。他之所以这样说，是在于揭示文学要着力再现人物内心世界和人物与人物之间的矛盾冲突，本质是刻画人物。这是迄今关于文学本质最权威的观点，已经得到世界各国作家们的广泛认同，影响深远。我国著名学者、文艺理论家钱谷融于 20 世纪 50 年代也提出了"文学是人学"的观点，曾经引起广泛争论，对现代和当代中国文学研究产生了深远的影响。

中外文学作品汗牛充栋，是一座万仞高峰，我们不应该畏其高峻而仓皇躲开，更不应该稍微看了两眼就自以为了如指掌。重要的是我们应该认真阅读研究前人的作品特别是中外文学名著，探索其发展规律，先找到其入门的向导，然后虚心诚恳循着前人指出的路径、积累的经验在这条崎岖山路披荆斩棘地往前走，唯如此才有可能有所创造有所前进，为文学高峰添土垒石。

近年来在促进社会主义文化繁荣兴盛的呼唤下，我国文学百花园姹紫嫣红，诗词歌赋、小说、报告文学等文学艺术形式纷呈；作家队伍不断壮大，少长咸集，群贤毕至；专业作家担当重任，佳作颇丰，业余作家大量涌现，操刀提笔，奋力疾书，踊跃投身于文学创作，成就斐然。特别是许多业余作家表现出高度的文学自觉，在完成本职工作之余勤于笔耕，褒扬身边人性的真善美或鞭挞社会现实生活中的丑陋，或记载有影响的事件、描写典型环境，形成了以人群或行业冠名的文学种类。如儿童文学、大众文学、武侠文学、石油文学、煤矿文学、公安文学、军事文学等，相应地成立了中国石油作家协会、中国煤矿作家协会、中国人民解放军作家协会等行业文学社团。

2011年中国金融作家协会成立后，同行们将过去形成的银行文学刊物应秉承"银行人写银行人"的理念予以拓展，将金融文学内涵概括为"金融人写金融人"。这一概括总体上揭示了金融文学的行业特征，反映了中国金融作家协会的办会宗旨，也体现了中国金融作家协会与中国作家协会、地方作家协会和其他行业作家协会的区别。当然任何事物不可能完美无缺，这个表述在反映文学的本质是人学这点上也需要进一步商榷。比如未将金融系统以外人员用语言文字方式形象化表现金融人物、金融事件这一客观事实纳入其中，因此，这个表述还存在一定的局限性。笔者建议对金融文学内涵作如下表述："金融文学是以语言文字为工具，形象化地反映典型金融人物、典型金融事件和典型金融环境的一种艺术形式。"这个概括似乎更接近高尔基关于"文学即人学"的经典定义，也比较容易被文艺界和金融界所接受。

二、坚持现实主义创作导向，讴歌金融人创造性劳动，鞭挞消极丑陋金融现象

在世界文学生生不息的发展长河中形成了许多流派，如欧美文学中存在现实主义、超现实主义、浪漫主义、自然主义、存在主义和象征主义流派之分。这些流派各领风骚，但占据文学创作高地、传承不绝、历久弥新的是现实主义文学巨匠及他们的作品。如14世纪英国诗歌的启明星乔叟，他的代表作《坎特伯雷故事集》，对英国社会不同阶层人物的语言都能运用自如，开创了该国现实主义文学的先河。乔叟曾说过："真诚是人所能够保持的最高尚的东西。"这是他的道德准则，也是他的艺术标准。18世纪英国女作家简·奥斯汀是第一个现实地描绘日常生活中平凡人物的小说家，她的长篇小说《傲慢与偏见》，饮誉世界文坛。这部作品以细腻的笔触，把那些日常生活中普通的事件、人物刻画得惟妙惟肖。19世纪三四十年代，

欧洲各国在英、法资本主义势力影响下，经过工业革命洗礼，陆续经历了从封建主义制度向资本主义制度的历史性过渡，极大地促进了现实主义文学的形成和发展。现实主义流派经过泰纳、恩格斯、别林斯基直至20世纪卢卡契等文学大家的发展，通过巴尔扎克、托尔斯泰等伟大作家的创作实践，日臻成熟，达到高潮。如巴尔扎克的《人间喜剧》，福楼拜的《包法利夫人》，夏洛蒂的《简·爱》和狄更斯的《双城记》等，均为这一时期现实主义文学名著。

法国著名作家巴尔扎克的《人间喜剧》系列小说，以细腻的笔触，概括了19世纪前半期法国资本主义社会的全貌，展示了传统社会向现代社会转型时期错综复杂的人际关系，精心塑造了2400多个栩栩如生的人物，成为一部全景式地描绘法国当时社会风俗的画卷，是现实主义的经典之作。对典型人物的刻画是巴尔扎克作品的最大特色。马克思称赞巴尔扎克的作品"用诗情画意的镜子反映了整整一个时代"。司汤达也是19世纪法国批判现实主义文学的奠基人，其代表作《红与黑》的问世标志着以当代社会生活为题材的现实主义文学的诞生。同样，福楼拜的《包法利夫人》在一定意义上是对浪漫主义与浪漫小说的清算。作家们的创作活动逐步摒弃浪漫主义的主观想象和抒情，倾心于对社会现实的如实细致描绘。"真实客观地再现社会现实"是现实主义文学的基本主张，它强调文学对现实生活的忠实和责任。

俄罗斯文学之祖普希金花费8年心血完成的诗体小说《叶普盖尼·奥涅金》，描述了19世纪20年代俄国上层社会的生活，表现了本国的民族习俗，讽刺了形形色色的城市贵族和乡村地主，奠定了俄罗斯批判现实主义文学的方向。19世纪俄国著名作家屠格涅夫讲过："准确而有力地表现真实和生活实况才是作家的最高幸福，即使这真实同他个人的喜爱并不符合。"

在我国悠久的文学史上，以歌颂和批判社会现实为主题的作品林林总总。从远古神话到传奇笔记再到小说，从先秦诸子著述到唐宋八大家文章、明清小说再到白话散文，从《诗经》到唐诗宋词元曲，再到现代新诗以及当代口语诗歌，无一不是反映时代的产物。国学大师王国维先生曾说过："凡一代有一代之文学。"中国共产党领导的革命文学，秉承继承和创新的优良传统，形成了革命的浪漫主义和现实主义相结合的创作风格。现实主义文学理念符合马克思历史唯物主义揭示的认识论的基本原理，具有旺盛的生命力和深厚的群众基础。按照这种理念创作的文学作品，无论是批判性的还是歌颂性的，一般都经得起实践、人民和历史的检验。

列宁指出，"我们的文艺应当为千千万万劳动人民服务"。毛泽东强调，"为什么人的问题,是一个根本的问题、原则的问题"。习近平总书记指出,"文艺要反映好人民心声,就要坚持为人民服务、为社会主义服务这个根本方向。"金融文学是社会主义文学的组成部分，应当坚持为人民服务、为社会主义服务，百花齐放及弘扬主旋律、提倡多样化的方向。金融作家不能将笔墨只倾情于少数行业"精英"，满足于写那些风花雪月、鸡零狗碎之事，陷入花边文学泥潭。这种花边文学给读者带来的只能是晦气和颓废之声，而不能带来催人奋进的锐气、顶天立地的骨气和昂扬向上的正气，不可能为广大金融人鼓与呼，为金融业改革发展和监管增加正能量。

我国目前有500多万金融从业人员，他们是推动金融业改革发展稳定的主力军，只有依靠他们的奋斗和奉献，才能创造金融业的辉煌。他们的平凡而富有创造性的劳动、日常生活、喜怒哀乐及其跌宕起伏的情感世界，有影响的金融人物以及国内外重大金融事件等，是金融作家取之不竭的写作养料，题材源自于斯，风格肇始于此，读者的聚焦点也在这里。

改革开放给我国金融事业带来了勃勃生机。41年来，我国金融业组织体系、业务种类、资本实力。从业人员队伍和电子技术装备水平等方面都有长足的发展，在国际上的话语权从无到有，抵御风险能力和国际竞争力明显增强，金融业已经成为现代服务业的重要组成部分，我国已经成为重要的金融大国。截至2018年末，我国银行业法人机构共4688家，包括1家开发性金融机构，2家政策性银行，6家国有大型商业银行，12家全国性股份制商业银行，134家城市商业银行，1427 家农村商业银行，1616家村镇银行，1家住房储蓄银行，17家民营银行，41家外资法人银行， 912家农村信用社及其省级联社，4家金融资产管理公司，13家贷款有限责任公司，45家农村资金互助组，68家信托股份有限公司，253家企业集团财务公司，69家金融租赁股份有限公司， 5家货币经纪公司,25家汽车金融公司,23家消费金融公司及14家其他银行业金融机构。根据人民银行、原银监会、证监会和原保监会联合编制的《金融人才发展中长期规划（2010—2020年）》对金融从业人员队伍增长趋势的测算，未来10年我国金融从业人员总数将按照年均增长3.5%的速度增加。到2020年达到约515万人。这支队伍中虽然绝大多数从事的是第一线平凡的工作，但我国金融业波澜壮阔的历史是由他们书写的。这支金融从业大军的生活、工作和喜怒哀乐，金融业的昨天、今天和明天都是值得金融作家记录和讴歌的客观存在。

金融业以经营货币信用为本，诚信是金融业从业人员基本的职业操守。金融作家应当迈开双腿，走出书斋和故纸堆，到火热的金融工作第一线实践中去，真正贴近现实、贴近生活和贴近员工，与广大金融从业人员交朋友、结同心、问暖寒、送精神食粮，这样才能接地气，拉近距离，增进了解，培育出植根于广大金融从业人员之中、充满乡土气息的金融作家。金融作家应坚守诚信，坚持反映金融现实的创作态度，力戒浮躁虚荣和好高骛远，把更多具有深厚群众基础和历史影响的金融人物、金融事件和金融环境，通过自己的生动笔触描绘出来奉献给广大读者。

三、挖掘和丰富金融文学创作题材

习近平总书记强调，"文艺的一切创新，归根到底都直接或间接来源于人民"。人民创造历史的活动，是文艺创作的丰厚土壤和源头活水。金融作家要贴近金融工作实际，贴近金融员工生活，贴近基层营业网点，深入到金融改革开放的第一线，创作出让金融员工满意的作品，满足广大金融从业人员多层次、多样化和多方面精神文化需求。我国金融历史悠久，现实金融活动丰富多彩，金融人物众多，个性鲜明。丰厚的历史题材和现实题材都有待金融作家去放歌，应当说金融作家创作题材是取之不竭的，金融作家终其一生也难以穷尽。

（一）着力刻画代表性金融历史人物

这些前辈勇于站在时代前列，有的济世安民、善于经略，有的治行有方、长于理财，他们为创立民族金融业筚路蓝缕，创造的业绩为中国金融史增光添彩。他们的人生历程跌宕起伏，品德风范泽被后人。这里简介几位代表性人物：

1. 我国金融业泰罗式人物——雷履泰。雷履泰先生系山西平遥细窑村人，日升昌票号首任总经理，生于1770年，卒于1849年。由于雷履泰先生后来出了名，他所在的村也更名为雷家堡。雷履泰先生最初的学徒生涯是在平遥城北的票房度过的，在那里他练出了一副好眼力，娴熟地掌握了快速心算术。

雷履泰先生并没有沉迷于票号掌柜手里的特权，他追求的是一位职业经理人的远见卓识。1821年（道光元年），雷履泰与山西运城的颜料商人李箴视共商创设了"日升昌票号"这种专营汇兑业务的金融机构，一改明清两代账局只经营存放款业务的行规。随着日升昌票号兴旺发达，李箴视、雷履泰忍痛割爱，果断地对已经轻车熟路的颜料生意做出了歇业决定，改为跨行从事金融业，表现出乘势而变的勇气。近代著名思想家、史学家梁启超评价说，山西票号执中国金融界牛耳。日升昌票号作为票号的领头羊，得到了"天下第一号""汇通天下"的赞誉。在雷履泰先生70岁生日时，山西商会为这位票号鼻祖赠予一匾，匾上写着"拔乎其萃"四字，以表彰他首创票号之功。

2. 民族金融业开拓者资耀华。资耀华1900年生于湖南省耒阳市，17岁留学日本，26岁毕业于日本京都帝国大学经济学院。回国后先入北京中华汇业银行会计处，崭露头角，先后有数篇论文在《银行月刊》上发表，后来任该刊总编辑。1928年加入上海商业储蓄银行并工作至1950年，历任调查部主任、天津分行经理和华北管辖行总负责人。新中国成立后曾任上海银行总经理，后长期担任人民银行参事室主任直至1996年去世。资耀华系中国金融学会创始人并长期担任副会长、顾问。他投身中国银行业长达70年之久，是著名银行家和中国近代金融学界泰斗。一代金融巨子陈光甫评价他，"才学兼长、服务精勤"。资耀华见证了20世纪的岁月，经历了中国几个时代，遭遇过无数次的风云变幻，却始终怀有一颗爱国敬业之心。国家领导人曾评价他是"对共和国的建立有襄赞之功"的重要统战人士。资耀华常说的一句话是："工作需要我，我需要工作。"忠诚爱国和勤勉奉献是资耀华最突出的特点。

3. 我国金融界耆宿沈日新。沈日新先生，原名沈鸿逵，字日新，1905年生于宁波镇海县，2007年去世，长期担任人民银行参事室主任、研究员。中国共产党的亲密朋友，我国金融界耆宿。沈日新10岁时，邻居的一场大火烧掉了沈家的房子，全家生活更为艰难。他15岁为求生计毅然远离江南故土，到遥远的河北省张家口市边业银行当一名练习生，由此与银行结下了一世情缘。他在边业银行工作不久，因天资聪颖，又勤奋认真，深得上级和同事认可，不久调到劝业银行，以后又经人推荐任西北银行办事员，一人承担5个岗位工作，显示出管理才能。1927年冬，年仅22岁的沈日新升任西北银行总管理处总稽核，不久兼任陕西分行行长。当时甘肃钞、河南钞都能兑换银元，唯西北军总司令冯玉祥严禁陕钞开兑。当时陕西省库存银元并不充裕，沈日新精心测算后，决定只在自己银行里保留少量银元，而将绝大部分银元按信誉高低分别存入各家银号，以提示他们陕西分行库存银元充足，以此稳定人心，最终陕西省开兑有惊无险，成功摆出了"空城计"。沈日新的金融管理才华也被社会广泛认可。在人民银行参事室工作期间，组织编审了《中华民国货币史资料》和《中国清代外债史资料》。多次为《文史资料》《中国金融》撰写文章，热心于人民银行干部培训，先后在人民银行管理干部学院分行行长学习班和研究生部讲课。他任人民银行参事室副局级干部40余年，从不计较名利地位，直到1997年经组织批准任参事室主任才晋升为正局级干部。由于沈日新的卓越贡献，他被国家领导人批准为永不退休的公务员。

4. 中国共产党金融事业的奠基人毛泽民。毛泽民，字润莲，化名周彬，湖南省湘潭县（现韶山市）人，生于1896年4月3日。1922年加入中国共产党，入党后在毛泽东创办的湖南自修大学做庶务工作，他边工作边学习马列主义，思想进步很快。同年长沙笔业工会成立后，毛泽民任秘书。中华苏维埃共和国国家银行创立者、行长。1931年7月任闽粤赣革命根据地军区经理部部长，同年10月中央决定设立中华苏维埃临时中央政府国家银行，由毛泽民负责筹备，从此开始银行家的职业生涯。1932年2月国家银行正式履职，毛泽民任第一任行长。国家银行初创时期的首要任务是为战争筹集款项。为了筹措军需款项，工作人员必须随军出征，既是国家银行一员，又是战斗员，随时都有牺牲自己生命的危险。他们手中的算盘声常被猛烈的枪炮声湮没，其足迹随主力红军踏遍赣南闽西的山山水水，烈士们的鲜血染红了碧绿的锦江和汀江。"在刀尖上伸手，在枪林弹雨中穿行。"这是以毛泽民同志为行长的中华苏维埃中央政府国家银行工作作风的真实写照。

1934 年 10 月他带领国家银行干部随中央红军开始艰苦卓绝的二万五千里长征。抗日战争爆发后，他受党中央派遣先后出任原新疆省财政厅、民政厅厅长等职。1942 年 9 月 17 日他被反动军阀盛世才逮捕，1943 年 9 月 27 日在任八路军新疆办事处主任时被盛世才秘密残忍杀害，英年殉国。

这些金融界前辈是我国民族金融业和中国共产党领导金融事业的开拓者，探路者，做出过重要贡献。金融作家应当用手中的笔用心去反映他们，通过文学作品这一载体宣传他们创业兴业精神，弘扬其爱国、勤俭、严谨的优秀品德，以启迪今人，鞭策后者。

（二）着力描写典型金融事件

这些典型金融事件对推动金融业进步起到了催化剂的作用。挖掘这方面内容可以起到存史鉴今的作用。近现代以来，值得金融作家们留下记忆、可圈可点的典型金融事件就举不胜举，金融作家们可以从万花园中采摘若干绚丽的花朵奉献出来，以飨读者。

1. 中国共产党领导金融事业的发端——浙江省萧山衙前农村信用合作社。浙江省萧山衙前农村信用合作社 1924 年成立，它是我党早期党员沈定一亲自创办的，是中国共产党领导的红色金融事业的起始。这家信用社设在农民协会里，工作人员不取分文工资，完全是义务为贫苦农民提供存贷款服务，经营 11 年到 1935 年歇业。现在这家信用社社址已经成为了博物馆。这件事无论对于中共党史还是革命金融史都具有重要意义，值得金融作家艺术地再现出来。

2. 建立起国家统一银行货币制度的标志性事件——中国人民银行的诞生。1948 年 12 月 1 日在华北解放区重镇石家庄成立中国人民银行，即中央银行。从此结束了边币和法币，各解放区、国统区货币混合流通的不正常状态，为形成统一的货币金融制度创造了根本前提，是我国金融发展史上的一座丰碑和浓墨重彩的一笔。今天金融业已经成为现代服务业中的支柱性产业，新中国成立初期的幼苗已经成长为遮天蔽日的参天大树，但树有根，水有源，今天金融系统的各位同仁永远不能忘记薄一波、南汉宸和杨秀山等革命前辈当年筚路蓝缕，为建立中国人民银行付出的辛劳和表现出的远见卓识。

3. 中央银行制度的确立。我们走过了一段刻骨铭心的艰辛路，新中国成立后国家实行中央银行和专业银行（商业银行）一身二任的体制，政府的金融监管职能和金融企业的经营职能混为一谈。1978年党的十一届三中全会决定将党和国家的工作重点转移到经济建设上来。光阴荏苒，到了1984年，按经济规律办事，发挥银行的经济杠杆作用，把银行办成真正的银行的认识逐步深入人心。这一时期金融机构如雨后春笋般地出现，迫切要求人民银行改变既行使中央银行职能又办理商业银行业务一身二任的状况，专门承担银行的银行、发行银行和政府银行之职。当时人民银行领导高瞻远瞩，顺应这一不可逆转的趋势，报请国务院决定人民银行专门行使中央银行职能。从此，人民银行以中央银行的角色跻身于世界中央银行之林，发挥着独特的作用。

4. 给国人留下深刻印记的"327"上海国债期货事件。这一事件是指1995年2月23日在上海国债期货市场爆发的对代号为"327"的三年期国债期货不正当炒作行为。由于机构联手操纵，致使"327"品种交易价格出现较大异常波动。这一事件教育我们，证券期货市场是高风险、投机性强的市场，对投资者的风险提示和教育、严密监管都是须臾不可少的。

5. 监管亮剑之举——接管中银信托投资公司事件。根据人民银行关于对资不抵债的中银信托投资公司实施接管的决定，1996年9月24日广东发展银行与中银信托投资公司签订收购协议，从即日起中银信托投资公司原董事会依法解散，其权利自行终止。广东发展银行对中银信托投资公司承担股东责任，依法清理其债权债务。此举标志着我国国有金融企业退出市场不仅仅是"论道"，而是付诸实施了。

6.2011年及2013年金融稳定理事会分别确定中国银行股份有限公司、

中国工商银行股份有限公司为"全球系统重要性银行"。这是我国金融业发展成就获得国际同业认可的重要标志。

7. 包商银行被接管。鉴于包商银行股份有限责任公司（简称包商银行）出现严重信用风险，为保护存款人和其他客户合法权益，依照《中华人民共和国银行业监督管理法》等法律规定，中国银行保险监督管理委员会决定，自 2019 年 5 月 24 日起对包商银行实行接管，接管期一年。从接管开始，接管组全面行使对包商银行的经营管理权，并委托中国建设银行股份有限公司托管包商银行业务。这是依法处置我国商业银行经营风险迈出的可喜一步。

（三）着力烘托典型金融环境

何谓"环境"？《现代汉语词典》对"环境"一词释义为两个方面，一是指周围的地方，二是指周围的情况和条件。无论是典型金融人物还是典型金融事件，他们的成长、发展和变化都受到周围情况和条件的影响。典型金融环境是指金融人物活动的自然环境渲染烘托和社会环境交代以及符合金融行业的事件背景。它与典型金融人物内心世界形成、典型金融事件发生是外因与内因的关系，前者是变化的条件，后者是变化的根据。一部优秀的金融文学作品，是正确地处理了三者的关系，三者相互影响、协调统一的结晶。

（原载《中国金融文学》2018 年第 1 期，并为"首届金融文学研讨会"
交流文章，有增改）

┃ 作者简介

　　杨军，中国金融作家协会理事，陕西金融作家协会主席，中广联电视剧编剧工作委员会会员，中国电影文学会会员，陕西省编剧协会理事，中国现代诗歌学会会员。中国作家协会重点作品扶持项目作家，陕西省百优人才。供职于中国工商银行陕西省分行。著有长篇小说《大汉钱潮》《女客户经理》；儿童系列小说《埙娃传奇之神奇魔怪》《埙娃传奇之神秘地穴》《埙娃传奇之恐怖陶窑》等；散文集《魂系城墙》；诗集《爱过的感觉》《雨夜听风》《情感荒原》等。编剧电影《上海女人在西北》《等你回来我已长大》《危情倒计时》《咱们的娘家人》《清风》《秦岭母亲》等，舞台剧《埙娃传奇》《送你去延安》等。

以金融文学打造中国行业剧的新领地

杨　军

一、金融作家有理由进军影视市场

　　现代中国金融业发展经历了一百多年，改革开放 40 年则初步建立了现代金融体制，金融业的发展历程和金融人奋斗开拓的精神，为文学艺术创作提供了丰富的题材，特别适合以影视剧的形式记录和反映。影视剧是当今中国文化领域中十分重要的一个文艺门类和文化产业中的一个重要行业，它承载了多层面的社会功能和产业功能。两者的有机结合，必将出现众多体现原创性、思想性、时代性的精品力作。

　　（一）文学是影视剧本的根

　　小说创作的过程是一个人的战斗，剧本创作过程是一群人的系统工程。文学是剧本的根，从莎士比亚到夏衍，国内外著名编剧首先都是作家。剧本是打造精品影视剧的基础，是一剧之本，是源头，是根本。中宣部刘云山部长对剧本创作明确要求："用正确的价值观展现思想力量，用科学的历史观反映社会本质，用多彩的乐章奏响主旋律，用现实主义与浪漫主义情怀观照现实生活，用精益求精的态度打造精品力作。"他的这段话同时也是对文学创作的要求。

（二）市场需要大量剧作家

中国的影视行业正处在高速成长的发展期，未来20年将是中国影视行业的黄金期，市场呼唤大量剧作家。就电影来说，2016年全年共生产故事影片772部，比上年增长12.54%，数量同比增加86部，电影产量再创新高（备案1200多部）。另外，2016年还生产动画片49部，纪录影片32部，科教影片67部，特种电影24部，影片总数量达944部，比上年增长6.31%。全年仅城市观影人次达13.72亿，同比增长8.89%，超过北美观影人次。在电视剧行业，中国正处于全速现代化的历史时期，电视是观众获取娱乐和资讯不可或缺的媒介，2016年备案公示电视剧1207部，47760集，获准发行的670多部，27000多集，这是一个非常大的数量。当然，网络剧产量更是高歌猛进，2016年仅在各视频网站备案的网络剧已达4530部，产量总时长已突破12万分钟，同比增长超过200%。巨大的市场需求，需要非常智慧、有灵气的剧作家群体来支撑。

（三）影像作品更容易"走出去"

影视剧和文学相比，巨大的观众群体使得作家更容易"走出去"。小说和剧本的构思，完全可以用同一主题、同一起点、同一人物、同一角度、同一故事、同一结局，都有其创新的独特性，承载的思想也都一样，讲的故事也可以是一样的，只是讲的方式不同而已。影像是比较容易走出去的，它不像小说，如果想把中文小说翻译成其他文字还不损失其韵味是比较困难的，所以，我们也无法想象唐诗宋词翻译成英语会是什么样子？但影像作品相对来讲比较容易得到认同，因为只用翻译对白就行。只要制作艺术和承载的故事、思想到位，挂在网上，就可以一举成名天下知。当然，从经济效益来讲，编剧的待遇相比小说稿酬来也更具吸引力。

（四）金融文学已具备雄厚的基础

近年来，金融文学异军突起，创作成果在中国文坛备受关注，特别是中国金融作协的成立，为金融文学的发展奠定了良好的创作生态，涌现出一大批有实力的金融作家和有影响力的金融文学作品。阎雪君的《天是爹来地是娘》、龚文宣的《新银行行长》、付顾的《影子行长》、陈一夫的《金融街》、徐建华的《极少数》、杨军的《大汉钱潮》等长篇小说，都是非常好的 IP，具备了改编影视剧的条件，另外，还有一大批非虚构文学作品以及正在创作中的作品，为金融题材影视剧的未来发展创造了先决条件。

二、金融行业剧面临空前创作空间

（一）国内行业剧的定位

近年国内自称或者被称为行业剧的剧集有很多，但很大一部分只不过是以这个行业作为全剧剧情的背景，"行业剧"也只不过是宣传推广的一句营销广告语而已。不是所有的"行业剧"都是真正的行业剧，如果把这个剧的核心人物、核心事件、主要矛盾冲突剥离那个行业，全剧就无法成立，这才是所谓的行业剧。从这个角度说，涉案剧是标准的行业剧，如《法医秦明》。为此，电视业缺少了一枚动力强劲的内容引擎。行业剧还有一个时间上的限定，必须是现当代题材，才可以有这样的类型分类。

（二）国外行业剧的启发

国外的行业剧，做得最多的是警匪剧。如美国的《识骨寻踪》《国土安全》《海军罪案调查处》，韩国的《吸血鬼检察官》《神的测验》《特殊案件专案组》，日本的《警视厅搜查一课》等，都是近年的热播剧。警匪剧的动作、悬念、强情节带给观众强烈的感官刺激，非常符合电视媒体特质。具体到制作层面，欧美剧更加追求视觉效果，场面大，还原度高；韩日剧侧重逻辑推理，表现冷峻的人生主题，呈现出东方人的哲思。医疗剧是第二大火热类型，近两年的产量追平警匪剧。美剧《实习医生格蕾》《豪斯医生》，日剧《天空诊疗所》《最上的命医》，韩剧《第三医院》《仁医》《神医》……医疗剧的高产是一个很有意思的现象，电视业敏锐捕捉到"现代社会没有战争"，观众最关注的终极问题是疾病和意外——这个被编剧频频用来逆转剧情的元素得到了快速放大。美食剧和航空剧是很容易把家庭伦理、偶像等时尚元素混搭创作的类型，它们看起来轻松娱乐，不费脑子。总体上讲，国外行业剧所涉及行业和国内行业剧聚焦点交集很多，有不谋而合的，也有改编模仿的。行业剧在国外是一支收视劲旅，在中国也一定能够获得成功。

（三）金融行业剧前景广阔

中国正处于深化经济金融改革的关键期，世界金融环境变化对我国金融业造成巨大的冲击和影响，这种大变革时期，金融成为社会生活的主流，正经历着传统和现代、理想和现实、心灵和物化、东方和西方等种种元素多层面的碰撞、交融，为金融行业剧创作者提供了海量素材。而国内行业剧正处在极佳的发力环境之中，社会个体情感特别渴望从电视等大众媒体获得情感共鸣的滋养，观众比以往更有兴趣去了解和深入与他们息息相关的金融行业。如何适应这一社会需求，成为摆在金融作家们面前的一道即时命题。

三、如何塑造金融行业剧"群像"

电视剧《医者仁心》和《钢铁年代》《翻译官》等播出后，为国产"行业剧"带来了新的生命。国内行业剧虽然发展了多年，但是始终停留在正面宣传个体形象，讴歌行业风尚的层面，与发展相对成熟的美、日、中国香港等国家和地区的行业剧相差甚远。金融行业剧要想有所超越，就要抓住"行业群像"的塑造。如何从金融行业出发，超越个体，塑造一群真实生动的群像，并从他们身上折射社会现实，关注社会话题，这是金融行业剧创作的关键点。

（一）精心设置人物形象

编剧在人物形象上要精心设置，不仅要重点考虑主要人物的塑造，还要讲究关系网上人物的设置。首先，人物以正面为主，是行业精神的正面体现，最好不是反面形象，否则不利于行业精神的正面呈现；其次，典型人物一到两名，尤其以两名为宜，不需要过多，多了则易分散表现力，不利于主题的表达；再次，如果设置两个以上的主要人物，人物之间的个性特点、行业优势、职业理念等要有明显差异，他们或是张扬与内敛相别，或是中规中矩与大胆革新相异，但人物均需具备一个共同特点——为行业努力奋斗。除主要人物外，次要人物都是服务于主要人物的。行业剧与一般电视剧在人物呈现上的最大区别就是，次要人物不仅仅服务于主要人物，它同时服务于行业剧的"行业"，剧本要通过他们来刻画整个行业的面貌与精神。同时，上级主管部门的领导、相关工作人员、行业的服务对象、主要人物的同事等等，共同串起来的故事，才可以让观众对行业有更加深入的了解。

（二）合理布局典型情节

与一般类型电视剧不同的是，行业剧的剧情选择除了突出冲突性外，还要着重考虑系列性，在典型段落和连贯情节中，从不同方面和角度凸显人物，塑造群体形象。行业剧的冲突具有自身的特点：首先，冲突要从整个行业的主要矛盾中产生，如客户金融服务纠纷、金融风险防犯；其次，要在主要人物的周边关系网中普遍寻找矛盾，只有冲突涉及面广，才能够全面体现行业特征。连续性体现在主要人物的贯穿以及主要职业精神的延续上。不同系列从不同角度反映主要人物的行为、处事方式和原则，全方位凸显人物形象。同时，在每个系列中，主要人物与次要人物的互动展现了职业精神，反映了行业风尚，表达了社会风气，成就了完整的故事与群体形象。

（三）注重张扬行业精神

从个体品质到群体品质再到职业精神的展现，这是行业剧对于行业群像的精神层面塑造的根本要求。个体品质是行业剧精神表达的第一层面，在行业剧中，如果仅是个人在战斗，个人很伟大，那么行业发展则失去了发展的强大的群众基础；群体品质是行业剧精神表达的第二层面，不是一个人在战斗，不是一个人伟大，群体中的大部分个体都在自身的岗位上恪尽职守，发挥最大的作用，他们同心协力，为人民服务，即便曾经失足的人们也能够重新找回集体品质，这是行业剧主题表达的重点；行业精神是行业剧精神表达的第三层面，也是行业剧精神表达的终极目标。表现行业群像，呈现行业环境，凸显行业精神，是行业剧的本质要求。

（本文获"首届中国金融文学理论研究最佳论文奖"）

‖ 作者简介

　　牟丕志，辽宁朝阳县人，毕业于中国人民大学，文学学士。中国作家协会会员，国家一级作家，《读者》杂志签约作家。中国金融作家协会副主席，中国农业银行作家协会主席，辽宁省金融作家协会常务副主席兼秘书长，辽宁省杂文学会副会长。1987年开始创作。已发表小说、散文、杂文、小品文、报告文学等作品300余万字。著有长篇小说《机关中的机关》，杂文随笔集《世象小品》《人间话本》《一个人的官场》《小故事 大职场》等。有30余篇作品收入学生课本及阅读教材。有数百篇作品选入《中国年度最佳杂文》《中国年度随笔精选》《中国年度最佳小小说》等多种文学年度选本，以及《人一生要读的经典》《人一生要读的60篇杂文》《读者》《散文选刊》等文集和选刊。获冰心文学奖，第一届、第二届金融文学奖，中国散文论坛一等奖等。

金融题材纪实文学创作的几点思考

牟丕志

　　金融题材纪实文学是金融文学体系中的重要组成部分。由于它具有写实和文学的双重特性，成为宣传金融先进典型和改革发展成果的重要手段和良好媒介，在发挥典型的引路作用和提升金融企业的品牌形象等方面发挥着积极的作用，因而得到了各级领导和广大员工的广泛关注和推崇。

一、金融题材文学创作的现状及特点

（一）金融文联和作协积极推动纪实文学的创作

　　一是组织开展了中国金融报告文学评奖活动。经过组织征稿和评选，中国金融报告文学大奖赛于2014年11月29日在北京揭晓，此次大奖赛共评出获奖作品29部（篇），其中，最佳题材奖3名，最佳创意奖3名，最佳人物奖3名，最佳表达奖3名，优秀奖17名。在评奖过程中，中国金融报告文学大奖赛评审办公室收到来自全国金融系统的参赛作品136部（篇）。

经过初审评委认真审读、投票推荐，并由中国作协专家组成的终审评委评定获奖作品，评委会专家对获得最佳题材奖、最佳创意奖、最佳人物奖、最佳表达奖的作品撰写了评语，并召开专门会议，对获奖作者代表进行了颁奖。二是举办了"大堂金融故事"征文活动，取得了良好的效果。经过近一年的征文和评奖，"大堂金融故事"评奖活动于 2016 年 2 月揭晓，评出一等奖 3 篇、二等奖 6 篇、三等奖 12 篇、优秀奖 30 篇，对推动纪实文学的创作和普及起到了重要作用。三是开展了专项纪实作品撰稿活动。中国金融文联于 2016 年开展了撰写和宣传金融道德模范人物先进事迹的纪实文学创作活动，组织金融系统 10 位作家组成专门团队，自 2016 年 3 月至 5 月，分批赴内蒙古、西藏、上海、贵州、大连、海南、山西等地的道德模范所在单位、社区、家庭，对劳模本人、单位的领导同事、受救助和帮扶人员、家属等进行全景式采访和撰稿，作品陆续在《中国金融工运》《中国金融文学》等媒体发表，收到了良好的宣传效果。

（二）各级金融机构十分重视利用纪实文学方式推介先进典型

用纪实文学的手法对典型人物和单位的事迹进行归纳、提炼、报道、宣传，以便引导员工向典型学习和看齐，是金融机构一种常用、成熟而实用的工作方法。许多金融机构在召开重要工作会议时，专门推出先进典型的纪实作品，供参会者学习和借鉴。可见，撰写纪实作品，已成为各级金融机构推动实际工作的重要举措。比如，农行辽宁分行于 2016 年组织 4 名作家总结撰写 8 个典型人物的先进事迹，采用召开典型事迹报告会的方式进行了广泛宣传，起到了良好典型引路的作用。对其中的佼佼者、优秀三农客户经理王立山，印发了《关于向王立山同志学习的决定》，号召全辖 1.8 万名员工向王立山同志学习，成为近几年来农行辽宁分行树立的唯一的先进人物"样板"。

（三）金融题材纪实作品组织创作渠道呈多样化态势

从纪实文学作品的创作的发起和组织角度看，显现出多层次和多样化的特点。一是以机构立项方式撰写专项纪实作品。近日，中国农业银行作家协会启动了人文关怀等 6 个专题的纪实文学作品采访和撰稿工作，已制定具体工作方案，在农业银行系统中选择3名擅长撰写纪实文学作品的作家，成立撰稿专题工作小组，目前，相关工作已经顺利开展。每篇作品篇幅要求1—2万字，作品完成之后将统一进行宣传和推介。二是组织开展征文活动。金融机构经常组织开展基层故事类等纪实作品的征文活动，比如，"大堂故事""一线风采""我的故事"等，字数一般控制在2000—3000字，采取演讲、评奖和作品发布相结合的方式，与广大员工的工作生活紧密对接，参与性和互动性较强，采用多种渠道广泛进行传播，提升了纪实作品参与性和影响力。三是媒体专门推出纪实作品专栏。《中国金融文学》《金融文化》《金融文坛》《中国金融文化》等杂志均开设了纪实作品专栏，并开展相应的约稿和征稿工作，增加了刊发纪实作品的数量，有的组织杂志年度优秀作品评奖工作，对纪实类作品给予了足够的重视和"偏爱"，为纪实类作品提供了良好的发表和推介平台。四是出版纪实作品集。2016年中国金融文联和中国金融作协联合出版了《金融道德模范报告文学集》，由中国言实出版社正式出版，在金融系统内发行，对劳模的事迹和精神起到了良好的宣传作用。还有一些金融作家出版了个人纪实作品集，产生了较大的影响。比如，金融作家刘道惠创作了大堂系列纪实作品120篇，于2017年7月由人民文学出版社出版，作品分为《十年大堂》《客户故事》《超柜时代》《农行情结》等7辑。作者以细腻的笔触、纪实的手法和真情的描写，真实地记录了一位农行大堂经理从2006年至2017年11年间的见闻故事、内心感悟和经验思考，展现了农行"大行德广，伴您成长"的靓丽形象和"根植中华沃土，耕耘美丽中国"的赤诚情怀，更从一个侧面展现了中国基层金融工作者的职业风采和中国银行业的服务水准，成为商业银行提升员工职业荣誉感、增强企业文化凝聚力的励志书和超柜时代大堂经理应对复杂工作环境的案例手册。书中记录的客户案例故事，充满了一个金融工作者的经验思考，既有十分感人的故事，又有浪漫可爱的情怀，更有专业理论著作一样深入的思考，非常适合银行职员休闲阅读，获得感动的力量和心灵的净化。此书获得了读者和专家的高度好评。

在看到金融纪实作品创作取得可喜成绩的同时，也应看到金融纪实作品创作中存的问题和不足：一是受条件限制，许多金融作家难以涉笔金融纪实作品的创作。由于纪实作品需要大量的一手素材，一般需要进行实地采访和资料收集，许多金融作家不具备采访的机会和条件，或者难以对接"双先"人物和单位，导至纪实创作经验缺乏，承担纪实作品的能力不强。二是纪实文学艺术水准有待提高。近年来，金融作家创作了大量的优质纪实类文学作品，但是，也有一些纪实文学作品"纪实"有余，而艺术性和文采不足，细节刻画不到位，泛泛地记录工作，或者内容单薄、分量不够等，弱化了作品的感染力和影响力。三是纪实文学创作开展得不平衡。有的单位开展得风风火火，有声有色，有的地方却冷冷清清，毫无生机，形成了反差和对比。四是金融纪实类作品刊发渠道较窄，金融作家撰写的金融纪实作品大多刊发在《金融工运》《中国金融文学》《金融文坛》《中国金融文化》等金融类杂志或地市级文学期刊，全国知名或著名的文学期刊刊登较少，在出版社出版的纪实作品集也相对较少。

二、关于推动纪实文学作品创作的几点思考

针对目前金融纪实作品创作的现状、特点和不足，笔者提出如下几点思考和建议：

（一）建立平台，强化纪实类作品的立项工作

金融系统每年都会涌现出大量的先进人物和先进单位。"双先"是金融系统改革和发展过程的佼佼者和引领者，同时也是金融行业内在的宝贵资源和财富。实事求是地讲，各级行领导和基层广大员工，对"双先"的宣传、推介、学习的需求潜力是很大的。因此，利用纪实文学手段，加强对"双先"的记录和宣传、推介显得十分重要，也十分迫切。各级金融机构应选准合适的宣传对象，采用适当的角度，积极开展双先纪实作品立项撰稿工作。所谓"立项撰稿"，就是由各级金融机构、工会、文联或作协等牵头，确定宣传对象并制定专项的撰稿方案，组织作家开展撰稿、审稿、宣传、推介等"一条龙"的纪实文学创作过程。同时，各级金融机构、工会、文联、作协等，通过出台政策、印发文件、加强引导等多种举措和方式，引导和鼓励各级

纪实作品的立项撰稿工作，推进纪实作品撰稿工作的常态化和可持续，使纪实作品创作与典型宣传紧密对接，相得益彰，积极为开展金融工作服务。

（二）建立机制，强化纪实类作品的评奖工作

建立相应的激励和引导机制对推动纪实文学作品的创作具有十分重要作用。建议各级金融文联和作协建立纪实作品的年度或双年评奖机制，并将评奖制度落实到具体工作环节，理顺作品评奖的发起和组织流程。在具体评奖过程中，可适当扩大评奖的数量，并给予一定的物质奖励。对获奖作品，可结集出版，并在各种媒体进行广泛推介，提高纪实作品的影响力。

（三）优化团队，强化纪实作家的组织工作

各级金融作协应建立纪实文学专业委员会，加强对纪实作家创作的管理和引导。具体工作中，应对纪实类作家进行专门管理，制订专门年度创作指导意见或工作计划，明确创作的目标和重点，确保纪实作品创作有章可循，扎实推进；采取多种方式，对金融题材纪实作家进行传帮带，比如，适时开展纪实作品讲座、召开纪实作品研讨会、开展纪实作品点评等，也可聘请擅长撰写纪实文学作品的专家和作家为金融作家传经送宝等等，以此来发展和壮大金融题材纪实作家的队伍，提高金融纪实作家的写作水准。

（四）做好推介，强化纪实作品刊发和出版工作

从某种角度讲，纪实作品既是文学作品，又是宣传作品。报刊刊发纪实文学作品，不仅是对纪实作家的支持，也为报刊扩大读者群打下良好的基础。一般来讲，专注于文学的读者是十分有限的，而典型人物和单位事迹宣传材料的读者是众多的。作为宣传作品，其受众较专门的文学作品扩大成百上千倍。因此，建议各级金融类杂志特别是金融文学类杂志应加大对纪实作品的刊发工作。应围绕不同时期的金融发展和改革的特点，以及国家大政方针的要求，比如，服务三农、金融精准扶贫、支持一带一路建设、支持小微企业、支持东北振兴、支持供给侧改革等，进行广泛约稿，扩充稿源，突出重点，提高质量。同时，应利用纪实作品受众广的特点，大力组织开展作品结集出版工作，并理顺和畅通作品的发行渠道，让优秀的纪实作品

进入金融系统的众多机构和网点，实现其应有的价值。

（五）对接影视，提高纪实文学作品的影响力

事实证明，文学作品转化为影视作品后，其受众、宣传效果和影响力会迅速扩大，往往会发挥"以一顶十"的效应。应该说，纪实作品转化为影视作品的可能性和潜力是巨大的。近年来，金融领域涌现出了大量的微电影、电影和情景喜剧等，大多是以纪实作品为基础，转化为剧本进而拍成电影和电视剧。各级金融文联和作协，应加强对纪实作品"转化影视"工作的引导和支持。要突出正能量，努力做出精品，及时总结经验，形成可以复印的"模板"，畅通纪实作品与金融发展需求的对接，以此实现"双赢"的效果。

（本文获"首届中国金融文学理论研究最佳论文奖"）

‖ **作者简介**

　　黄国标，中国金融作家协会会员，中国农业银行江苏省盐城分行督导员，盐城市金融研究院顾问、研究员。先后在《人民日报》《半月谈》《经济参考报》《经济管理》《银行理论与实践》《中国金融文学》《金融文化》《金融文坛》《新华日报》《盐阜大众报》等媒体发表各类作品近 300 万字。

哲学视角下的当代金融文学之管窥

黄国标

　　当前，在文学界有一股突起的"异军"，他们用艺术的形式讲述金融界的故事，以文学的手法演绎金融业的历史，这些"文学大军"催生了一种新的文学门类——金融文学。那么，这一现象的时代背景和基本特征是什么，如何因势利导、趋利避害，促进金融文学的繁荣与发展？本文试图用哲学的观点、辩证的思维、比较的方法，对其中的一些热点问题进行粗浅的思考与探索。

一、金融文学既是现实的，更是历史的

　　在文学发展的历史长河中，呈现出许多纷纭复杂的现象。研究文学的发展，就要用历史的观点考察文学现象，探讨其发展的原因及规律。而文学又是一面时代的镜子，是一个时代的精神风向标。20 世纪 70 年代末 80 年代初，我国的金融体制发生了重要的变革，在计划经济向市场经济转轨

的过程中，金融业的体制与机制又经历了多次的改革、调整和完善，这些重大举措，极大地激发和解放了金融生产力，使金融业在我国现代经济社会发展中发挥了不可估量的作用。与此同时，从"大一统"到业务细分，从国家的簿记机关到市场主体，从国家干部到行司职员，从旱涝保收到找米下锅，从等客上门到主动营销，从平均分配到拉开差距……这一系列体制、机制、制度、办法、思想、观念的变化与碰撞，让银行、证券、保险系统的员工迷茫、担忧、彷徨、欣喜、热情、奔放，委屈与隐忍、疼痛与觉醒、成长与希望、继承与创新、机遇与挑战，无时无刻不在冲击着人们的思想，荡涤着大家的灵魂，所有这些，都是活生生的文学素材和肥沃的创作土壤，金融文学的孕育和诞生也就势所必然、顺理成章了。

刘勰在《文心雕龙》中指出："时运交移，质文代变"，"歌谣文理，与世推移"，"文变染乎世情，兴废系乎时序"，说明时代社会条件的演变，影响着文学的发展。金融文学是社会进步、经济发展、金融变革的必然产物，对繁荣文艺、推动改革、服务大众具有重要意义。金融文学源于金融实践，反过来指导金融实践，最后又随着金融实践的发展而发展。没有金融实践，产生不了金融文学；没有金融文学的影响，金融实践缺乏文化引领和精神支撑。因此，要从历史的长河中、时代的背景下、现实的环境里去思考、去研究、去探索金融文学的孕育、发展和壮大。一要积极营造有利金融文学发展的社会环境。中外大量的事实和研究表明：能够在当今市场竞争中真正支撑金融企业健康发展的是知识，是渗透在金融企业决策者、管理者、经营者精神世界并落实在经营管理过程中的金融文化。繁荣和发展金融文学的重要意义不言而喻。财政、文联、作协、宣传、新闻出版、金融工会、税务及社团登记和管理机关等，要进一步细化、明确扶持金融文学的政策、办法和措施，加大舆论宣传、政策倾斜、资源配置、业务指导的力度、深度和广度，使金融文学真正成为文学百花园里的一朵奇葩，更加鲜艳夺目，光彩照人。二要加快锻造保障金融文学发展的专业队伍。客观地说，在现有的金融文学大军中，比较系统全面地接受文学基础理论、文学创作业务培训学习的比例不高，绝大部分都是通过实践磨炼、自身努力，一步步摸索、成长起来的。这支队伍，熟悉金融业务，热爱文学创作，具有一定的社会阅历、工作经历和人生历练，意志坚定，吃苦耐劳，甘于奉献，在本职工作和文学创作上初有建树，但文学理论、文学知识、文学业务、创作水平和文化修养相对薄弱，业务水准和创作能力参差不齐，这也是一个不争的事实。要采取"请进来""走出去""传帮带"等多种方式和途径，对金融文学队伍进行小班化、分层次、针对性的文学理论和创作实务培训，促进金融文学如虎添翼、蓬勃向上、健康发展。三要提高推动金融文学发展的组织程度。作为一个群众性文学团体，中国金融作协成立五年多来，实现了"班子"（领导班子）"招子"（推进措施）"本子"（协会会刊）"台子"（微信公众号平台）"果子"（协会工作和文学创作成果）的"五子登科"，这与"一行三会"（人总行、银监会、证监会、保监会）及各政策性银行、商业银行、保险公司、证券公司总部，特别是各级作协和金融工会的全力支持、倾力配合密不可分。当前，要进一步健全组织、完善体系、出台办法、举办活动、强化考评，切实加强金融作协的组织化程度，倾心打造各类平台，包括人才扶持平台、社会实践平台、沟通交流平台、宣传展示平台等，以达到协会搭台、会员唱戏的目的。生命在于运动，协会在于活动。只有通过小型多样、贴紧贴实的各类活动，将金融作家有力地组织起来，将创作积极性极大地调动上来，将正能量有效地激发出来，用"硬措施"提升"软实力"，才能不断提升金融文学的影响力和美誉度。

二、金融文学既是感性的，更是理性的

当金融遇到文学，当金钱碰见艺术，就会无时无刻不在考验着我们的良知，叩问着我们的灵魂。现在，一些金融题材或涉及金融的小说和影视作品，凭着作者对金融的片面认知或主观好恶，亦或为了片面追求可读性、收视率和票房价值，不论是所谓的"行长""主任""信贷处长"，还是"行长夫人""主任情人""处长友人"，几乎无一例外地不是行贿受贿、贪污腐败、利益输送、吃拿卡要、内外勾结、监守自盗、损公肥私、腐化堕落的"反面角色"，他们有的是玩转政界、商界、金融业界的"多栖候鸟"，

有的是拉帮结派、结党营私、攀权附贵的"高人"，有的是"金融黑洞""银行窝案""经济诈骗""融资难、融资贵"的"始作俑者"，还有的成了"增加企业负担""扰乱金融秩序"的"千古罪人"或"资金掮客"，给人们的印象基本上都是"一身名牌""一掷千金""一帮情人"，穿的是黑的、用的是黑的、心更是黑的。即便有些正面形象，也陷入了"非黑即白""非坏即好"的角色悖论，完美无缺得几近"圣人"。

习近平总书记在文艺工作座谈会上指出："低俗不是通俗，欲望不代表希望，单纯感官娱乐不等于精神快乐。"文学源于生活、高于生活。我们既不能文过饰非，对金融领域的个别"害群之马"和部分"丑恶现象"视而不见、置若罔闻，特别是在整治"金融乱象"中的典型案例，更应该用文学的力量给予揭露和抨击，也不可为了追求作品的商业价值和轰动效应而极尽夸张、渲染、诋毁、诽谤之能事，故意抹黑金融队伍的整体形象，给大众以误导。事实上，长期以来，全国金融系统涌现出了一大批模范人物，诞生了许许多多可歌可泣的动人故事和英雄事迹。如：勇斗歹徒、英勇牺牲的"二兰"（潘星兰、杨大兰）；"红土地上的金融赤子——饶才富"；守望三沙的"金融特种兵"——罗海云；"创新发展、服务社会"的刘军……这一个又一个英雄人物和英模事迹，是金融文学创作的丰富宝藏和生动教材，值得我们去深入发掘、广泛宣传、积极讴歌和大力弘扬。

金融文学作品的创作，虽源出于感性，却要时时蕴含有理性的因子，方可有说服力；要处处保证其理性分析的科学性和正确性，方可昭显其真理的光芒，作品才会具有生命力。但金融文学作品还须有感召力和可读性，如只有冷冰冰的理性分析和逻辑论证，那就成为了学术论文一类，所以其感性的因素也是不可或缺的。金融文学作品的最高境界，就是能够正确地处理好主观与客观、感性与理性的关系，把理性的真理光芒形象生动地传达给读者。

伟大的作品永远都是不动声色、大巧若拙和指向宏大的。当前，金融改革已经进入"深水区"，金融形势日新月异，金融作家们要按照习总书记提出的"胸中有大义，心里有人民，肩头有责任，笔下有乾坤"的"四有"要求，崇德尚义，把创作看成是与读者生命相遇、精神相系、情感相连的地方，"用一辈子的时间创作好每一个作品"，进一步讲好金融故事，努力创作出有筋骨、有道德、有温度的精品力作，牢记"双百方针"，坚持正确的政治方向，弘扬真善美，鞭挞假恶丑，传递奋发进取、昂扬向上的正能量，为实现"中国梦""金融梦"不遗余力地鼓与呼，这既是金融作家义不容辞的社会责任，也是金融文学的"根"之所在，"魂"之所系。唯有如此，金融从业人员才能通过行业所特有的精神文化去沉淀、去熏陶、去荡涤、去指引，在日常金融工作中保持应有的底线、原则与理智，从而优化、净化整个金融系统和金融行业，促使金融与文学达到一定的平衡和稳固，让资本投入和商业活动体现出文化的涵养，使银行家们的身体里流淌着更多的"道德血液"，并以此推动和促进金融业的平稳运行、健康发展。

三、金融文学既是金融的，更是文学的

经济决定金融，金融反作用于经济。与现代经济的繁荣发展相伴随，金融主体、金融市场、金融业务、金融工具、金融产品创新如火如荼，移动金融、数字金融、智慧金融、绿色金融、掌上金融、普惠金融、虚拟金融、互联网金融似雨后春笋一般破土而出，不断地冲击着人们的视听，融入并影响着大众的生活。作为知识密集、智慧密集型行业，金融业从诞生之日起就被披上了一张神秘的面纱。甭说普通大众，就连业内人士也觉得眼花缭乱、目不暇接，其"知识恐慌""本领恐慌"的感受愈演愈烈。

从金融这片沃土里培植和孕育起来的金融文学，宣传金融、普及金融、引领金融甚至组织金融、发动金融，就成为题中应有之意。金融人写金融事，金融人说金融事，金融作家们要继续扎根金融的土壤，投身火热的金融生活，用文学的方式、大众的语言，创作出更多脍炙人口、荡涤灵魂的作品，为社会公众更加全面、及时、真实地了解金融、熟悉金融、支持金融，打开更多品味窗口，提供丰富的视觉盛宴。

然而，正如金融不能脱实向虚、离开实体经济"自娱自乐"一样，金融文学既要保持一定的专业特色、行业特征、产业特点，又不可丢掉或忘

记"文学"二字，就金融论金融，就金融写金融，就金融说金融。金融文学的本质是"文学"，而文学具有自身的原理和特征，它的产生、传播和消费具有一定的规律，我们必须切实地遵循这个规律，自觉地按照文学规律推动金融文学的持续健康发展。从这个意义上说，金融作家更要以高尚的情怀、科学的精神、积极的态度，按照金融文学的客观规律，不断提升对金融文学本质的认识和把握，以金融文学的繁荣推动和服务中国金融业的发展，为文化兴国、文化强国和文化兴企、文化强企做出更大贡献。只有回归金融本源，专注文学主业，才能有效促进金融业由"硬实力"的平面扩张向金融"软实力"的立体提升转变。

一是坚持高雅和通俗的统一

既要阳春白雪，也要下里巴人，兼顾专业性与大众化，使金融文学作品更加贴紧实际，贴近普通人的生活。"人民是文艺创作的源头活水，一旦离开人民，文艺就会变成无根的浮萍、无病的呻吟、无魂的躯壳。"文学家只有在中国梦的实践中，把自己当作群众的忠实代言人，沉得下身子，耐得住寂寞，经得住诱惑，才有可能创作出接地气、有灵魂、惠民生、经得起时间考验的精品。如果把自己看作群众的主人，看作高踞于"下等人"头上的贵族，不管有多大的才能，也是群众所不需要的。文学是生活的、大众的。只有代表群众才能教育群众，只有做群众的学生才能做群众的先生，金融文学也概莫能外。金融作家要自觉地深入生活、开拓视野、激发灵感、扩大交流、增进爱国情感和民生情怀，创作出更多雅俗共赏、大巧若拙的精品力作。

二是坚持继承和创新的统一

南朝梁代著名文学理论家、文学批评家刘勰旗帜鲜明地要求作家们大胆创新："日新其业"，"趋时必果，乘机无怯"。只有不断地创新（即《文心雕龙》所说的"变"），文学创作才会得到不断的发展："变则其（可）久"（《通变》），"异代接武，莫不参伍以相变，因革以为功"（《物色》）。但同时又强调任何"变"或创新都离不开"通"，即继承。所谓"通"，是指文学的常规："名理有常，体必资于故实。"文学创作只有通晓各种"故实"，才会"通则不乏"（《通变》），"洞晓情变，曲昭文体，然后能孚甲新意，雕画奇辞。昭体故意新而不乱，晓变故辞奇而不黩"（《风骨》）。"新意"和"奇辞"的创造，都是离不开"通"，即继承的。不然，"虽获巧意，危败亦多。"习近平总书记说："广大文艺工作者要善于从中华文化宝库中萃取精华、汲取能量。"金融作家也要在传承和汲取我国文学瑰宝的同时，积极大胆地创新，为繁荣和发展中国特色的社会主义文学事业，做出金融文学应有的贡献。

三是坚持社会效益与商业效益的统一

"文艺不能当市场的奴隶，不要沾满了铜臭气。优秀的文艺作品，最好是既能在思想上、艺术上取得成功，又能在市场上受到欢迎"，习总书记的谆谆教诲言犹在耳，金融作家们必须时刻铭记，永远遵循。毋庸讳言的是，文学作为一种艺术，只有具有一定的商业价值，才得以延续和持续。如何在社会效益与商业效益之间进行比较、平衡与取舍，金融文学、金融作家较之于其他，更受挑战和考验。一方面，金融的本质是逐利性的，同时作为一个媒介，处于社会经济活动的最前沿，接触面广、信息量大，更容易追求所谓的"在商言商"。另一方面，金融业的收入水平远远高于社会平均收入水平，且业内普遍绩效考核严格，挂钩力度较大，收入落差明显。加之文学创作是日积月累、水滴石穿的功夫，投入多、回报少、回报慢，甚至根本就没有经济回报，这就要求金融作家们始终不忘初心，砥砺前行，以超然、淡然、豁然的姿态静心投身文学创作，宠辱不惊，看庭前花开花落；去留无意，望天空云卷云舒。不以物喜，不以己悲，自觉摒弃一鸣惊人、一夜暴富等观念羁绊，方能修成正果，不仅为增强金融文化自信贡献力量，而且能够锤炼一批具有原创性与源泉性的中国当代金融思想与金融文学的拓荒人、开创者。

（本文获"首届中国金融文学理论研究最佳论文奖"）

‖ 作者简介

潘家定，中国金融作家协会会员，供职于中国建设银行安徽省分行。

浅议金融题材散文的写作

潘家定

当前，金融题材散文的写作正呈现着蓄势待发的良好态势，形势喜人。但如何写好这种散文，以及它的特点、特征、目前创作的状况、问题、成因，以及对策等，却少有研究。本文试就此类问题作一探讨。

散文与诗歌、小说和戏剧并列，属于文学的四大类别之一。写好散文，必须和其他文学作品一样，坚持马克思主义文学理论的基本观点，尤其是要坚决贯彻落实习近平同志在去年文代会上的重要讲话精神。众所周知，文学是以语言文字为工具，形象化地反映客观现实、表现作家心灵世界的艺术。而文学作品则是作家用独特的语言艺术表现其独特的心灵世界的作品，是表达社会生活和心理活动的学科，属于社会意识形态的范畴。也就是说，文学作品必须与它所处的时代紧密相连，解决好为什么人的问题。马克思确立了"劳动创造了美"这一文学艺术的基本原则，列宁说"艺术是属于人民的"，毛泽东同志更是明确指出："我们的文学艺术都是为人民大众的，首先是为工农兵的，为工农兵而创作，为工农兵所利用的。"习近平同志进一步强调："广大文艺工作者要坚持以人民为中心的创作导向，坚持为人民服务，为社会主义服务，坚持百花齐放、百家争鸣。坚持创造性转化、创新性发展，高擎民族精神火炬，吹响代进军号角，把艺术理想融入党和人民事业之中，做到胸中有大义、心里有人民、肩头有责任、笔下有乾坤，推出更多反映时代呼声、振奋民族精神、陶冶高尚情操的优秀作品，努力筑就中华民族伟大复兴时代的文艺高峰。"

金融题材的散文创作，则在相当长的时间内显得苍白和无力，数量既少得可怜，又缺乏扛鼎之作，几乎鲜有人知。其问题是多方面的，从表面上看，我以为主要有这几点：一是起步较晚。金融题材的散文只是近几年才被提上台面，准确地讲，是在中国金融作协成立以后，才有了自己的位子；二是写的人少。金融业是一个相对封闭的领域，外人很难说得清楚，因此，非金融作家往往望而却步，不愿涉足进来。而金融作家又有点舍近求远，或担心写出来的东西粉丝不够多而提不高自己的知名度，因而也不愿意在写金融题材散文上下功夫。三是读者相对较少。因金融行业的特殊性，容易被社会视为是一个相对单调和枯燥，缺乏想象力和挑战性的领域，又加上好多专业术语也不怎么易理解，故写出来的金融题材的散文，读的人就自然少。四是整个金融系统的文学氛围有待进一步营造。作为一个以存、贷、汇为主要经济活动的行业，首要的任务是完成各项考核指标，尤其是商业银行，从上到下，各项业务指标压力很大，领导和员工的精力高度集中在业务上，很难腾出时间来关注文学创作，文学热一时还起不来，大多数地方金融文学处于边缘的地位。

但如果再深入地分析下去，问题可能还不完全在这里，其根子在于我们是不是准确地把握了什么是金融题材的散文？它有哪些特点和特征？它和非金融题材的散文的联系和区别在哪？我以为，所谓金融题材的散文，只是文章的内容主要取材于金融这一领域的人和事，但绝不囿于这一领域的人和事，而是立足于这一领域或者借助于这一领域，折射抑或反映出整个社会生活的人和事，正所谓"窥一孔而见全貌"，这应该是金融题材散文最明显的特征。金融题材的散文和一般散文是既有共性又有个性，所谓共性是都要坚持散文写作的一些基本要求，如精于立意、善于构思、巧于布局和明于断续，以达到"形散而神不散"的艺术效果；所谓个性就是描写和反映的对象要有所不同，金融题材的散文主要是写金融人，写金融事，展示金融人的精神风貌和内心世界，从而达到鼓舞人、教育人的目的，有自己相对固定的范围，离开了这一特点，也就无所谓金融题材散文；而一般题材散文则相对轻松自由，可以切入任一领域。打个可能不恰当的比喻，金融题材的散文就好比诗歌中的格律诗，要"带着镣铐跳舞"，但只要掌握了格律，一样收放自如，海阔天空，美不胜收，而一般散文则如同自由诗，一马平川，任由驰骋。实际上，无论是金融题材的散文还是非金融题材的散文，都是异曲同工，殊途同归。正如我们攀登泰山，不管选取哪一条登峰路线，只要登上去，都能"会当凌绝顶，一览众山小"，领略到那绝美的风光和成功的愉悦。写金融题材散文，我以为还要注意一点，就是要选择最感人的事例，最好是自己的亲身经历，写出自己最熟悉的人在平凡的岗位上，兢兢业业的工作和默默无声的奉献，从而揭示出金融人的丰富的内心世界和高尚的精神面貌，以打动人和感染人，赢得较多的读者。同时，要尽量以非金融人的身份写金融，切忌用过多的专业术语而造成读者厌恶，语言要追求更多的可读性和通俗性。

当前金融题材散文迫切需要解决的问题，我以为主要有：一是各行司的各级领导要更加重视和鼓励金融题材散文的写作。写作和各项业务工作一样，只有领导重视了，摆上了应有的位置，各项资源配置到位，才有了最重要的条件和最基本的保证，它的繁荣才有可能到来。二是中国金融作协和各省市金融作协，要经常组织金融作家们深入生活，到基层网点去，到一线去，那是最肥沃的创作土壤，可以汲取充足的养料，只要潜下身去，完全可以大量出作品，以至出精品。同时，这也是我们坚持以人民为中心的创作导向的需要。建议每年至少组织一至两次这样的活动。三是中国金融作协可对各省市金融作协，适当地采取一些量化的考核和评比，这和搞业务工作是同一理，大家都有了压力，就能从全局上推动金融题材散文的写作，促进其逐步走向繁荣。四是金融作家们要按照习近平总书记"胸中有大义、心里有人民、肩头有责任、笔下有乾坤"的要求，自觉以写金融题材的散文为己任，勤于笔耕，甘当铺路石，努力把我们金融领域中闪光的东西揭示出来，把金融人的形象展现出来，共同打造和成就金融题材散文这个品牌，着力推动金融事业发展，以无愧于我们这个伟大的时代。五是我们金融领域内的各类报刊，要进一步发挥好平台作用，对写金融题材的散文大力宣传和鼓励，稿件上优先采用。写得特别好的，可以适当给予奖励和在专业性的文学期刊上进行推介，以调动金融作家们写金融题材散文的积极性，营造写金融题材散文的良好氛围。

伟大的时代，正呼唤着各类题材的优秀文学作品，而我们金融题材的散文恰逢其时，应运而生，当是大有作为。这次研讨会后，一个金融题材散文写作的热潮将会逐步到来，而它的繁荣期相信也不会太远，对这一点，应该是坚信不疑。

（本文获"首届中国金融文学理论研究优秀奖"）

‖ 作者简介

　　雷春，湖北省当阳人，中国金融作家协会会员、中华诗词学会会员、湖北省毛泽东诗词研究会会员，供职于中国农业银行武汉管理干部学院。作品发表于《中华辞赋》《诗刊》《九州诗词》《中国金融文学》和中国诗歌网等，著有《雷春诗词选》。

中国金融文学诗词创作研究

雷　春

一、中国金融文学诗词创作的概况

　　1. 诗词创作激情澎湃。诗词作为中国文学殿堂的明珠，深受历代推崇，深受世界喜爱，也深受中国金融人爱戴。中国人对诗词的喜爱和吟诵，也是中国金融诗词创作的力量源泉与人文基础。用诗词歌唱祖国、歌唱人民、歌唱壮丽的中国金融事业，是当代金融诗人的天职，也是当代金融诗人的乐趣。

　　2. 诗词创作题材广泛。中国诗词起源于中国民歌。饥者歌其食，劳者歌其事。题材广泛，内容丰富，千古流传。中国金融文学诗词创作，也坚持和弘扬了这一特点。金融诗人写金融工作、金融生活，金融诗人写社会生活、经济发展，金融诗人写人民喜怒哀乐，心随笔至，蔚为大观。

　　3. 诗词创作体裁完备。中国诗词有着非常丰富的格式和体裁。诗词有三大类，即诗、词、曲。古近体诗项下主要有：古风、乐府、柏梁体、歌行、七律七绝、五律五绝、排律，等等。中国金融文学诗词创作所涉及的体裁十分丰富，所有体裁都有涉猎，而且颇有成就。

4. 诗词发送平台宽广。时势造英雄。中国金融文学诗词创作的繁荣与丰收，也与中国社会发展的大趋势相一致。特别是当今发达的文化景观和互联网，为中国金融文学诗词的推送与传播，提供了宽广的平台和良好的运载工具。

金融文学期刊。《中国金融工运》《中国金融文学》《中国金融文化》《金融文坛》等金融文学期刊，为中国金融文学诗词的推送，提供了厚实载体。

金融文学微信平台。金融工运、金融作协、金融文化、金融文坛等大型金融文学微信平台，以及各个省级作家协会的微信平台，为中国金融文学诗词创作，提供了畅达的发送与交流平台。

金融文学微信群。中国金融作家群、中国金融作协会员群、中国金融文化群英会群、中国农业银行作家群，以及其他作家诗人的文学交流群，为中国金融文学诗词创作，提供了肥沃的土壤和充足的养分。

此外，中国诗歌网、腾讯网，以及国内大大小小的网络终端，也为中国金融文学诗词创作提供了积极的支持和帮助。

二、中国金融文学诗词创作存在的问题

1. 诗词意识问题。诗词都是有基本格律的，是具有格律要求的文学样式。我们创作诗词，就应该按照诗词的相应格式去创作，包括遵守诗格、词牌、曲调、平仄、韵部等有关要求。这就是诗词意识。有的诗人作家，在诗词创作过程中，不分律、绝、古，不分平水韵与新韵，不分平韵仄韵，信笔就写，张口就来。然后命之七律七绝等等。似是而非，损人害己。

2. 文学与语言基础知识问题。作为诗人和作家，应当具有较高的文学素养和语言表达水平，这样才能驾驭诗词创作，创作出美好的诗词作品。

关于文学基础知识，这里主要是关于中国诗词创作的基础知识。比如，

诗与词的区别，词与曲的区别，古风与律绝的区别，排律与歌行的区别；诗韵与词韵的关系，新韵与平水韵的关系，平韵与仄韵的关系；诗词曲的平仄、用韵、粘对、拗救补以及起承转合，等等。

关于语言基础知识，现在一些诗词作者，连"的、地、得"也没有弄清楚。不明白"是日"是什么意思，甚至错字、别字连篇。"以其昏昏，使人昭昭"。对于字、词、句这个问题，关键是诗人作家们要上心。在创作过程中，如果我们有不明白，或者不甚明白的地方，可以查看辞书、手册，也可以上百度、谷歌等门户网站搜一搜、查一查。断然不可以想当然，凭估摸，自以为是。有的时候，也许是作者或者编者的笔误，这就要求我们认真检查，仔细校对，

3. 形象思维与形象表达问题。文学是形象思维，文学作品是形象表达。无论小说、诗歌概莫能外。"关关雎鸠，在河之洲。窈窕淑女，君子好逑。"这是通过形象化的诗句，来赞美姑娘的美丽形象，来表达对姑娘的爱慕之情。而并不是直白地说"姑娘，你好漂亮哦，我好爱你呢"。当前中国金融文学的诗词创作，在形象表达方面尚有欠缺，一部分诗词给人以味同嚼蜡的感觉。究其原因，是一部分诗词作者，文学修养方面还比较欠缺，在创作诗词的时候，就显得语言贫乏、形象缺失、捉襟见肘。这也影响中国金融文学诗词创作整体形象和整体水平。

4. 总体规划问题。总体规划问题其实是一个管理方面的问题。中国金融文学诗词创作发展到今天，成绩骄人，局面可喜，难能可贵。但是，既然是中国金融文学诗词创作，中国金融作家协会就负有领导、指导和推动诗词创作的责任。我个人认为目前尚缺乏总体上的规划。各省市区金融作协、诗人作家，基本上都是各自为战。这样非常不利于中国金融文学诗词创作的可持续发展。

5. 理论研究问题。几千年来，关于中国文学和诗词创作的研究著作汗牛充栋。钟嵘的《诗品》、严羽的《沧浪诗话》、王国维的《人间词话》等，更是蜚声古今中外，是中国诗词创作的圭臬。我们这里且不赘述。但是，中国金融文学和中国金融文学的诗词创作，却是一个全新的文学领域，具有特殊的文学色彩，秉持固有的文学规律。比如，中国金融文学与诗词创作的主体是金融员工，反映的对象是中国金融事业及其活动，交流的群体

是中国金融文学作家和诗人，等等。因此，中国金融文学与诗词创作，既具有中国文学与诗词创作的共性，又具有中国金融行业的特性。加强理论研究，探讨创作规律，指导创作实践，具有非常重要的现实意义。目前这方面的主要问题是，缺乏研究机构，缺乏研究队伍，缺乏研究规划，等等。

三、中国金融文学诗词创作发展的建议

1.加强宏观管理。中国金融文学诗词创作，已经走出了自发阶段，已经由各自为战，变成了整体作战。中国金融作家协会应当进一步加强领导和指导。要制订长远规划和发展计划，制定政策，明确目标，加强督促和考核。包括设置管理部门，研制培训计划，制定激励措施，明确考核要求，加强年度考核，等等。让关心诗词创作、学习诗词创作、推动诗词创作蔚然成风，推动中国金融文学诗词创作迈出新步伐，迈上新台阶，做出新贡献。

2.树立品牌意识。中国诗词，就是中国的品牌，华夏的名片。运用中国诗词，歌唱金融世界，抒发金融情怀，展现金融生活，推动金融事业蓬勃发展，正逢其时，正适其职，正当其功。但是，我们在运用诗词歌唱金融事业的时候，一定要牢固树立品牌意识。我们要以高尚的情怀创作诗词，要以饱满的热情创作诗词，要以优美的形象创作诗词。让璀璨的中国诗词，在中国金融这片美丽的土地上生根、发芽、开花、结果，茁壮成长，成为参天大树，成为茂密森林。让中国金融文学诗词创作成为中国金融文学品牌，中国金融品牌，中国品牌。这是中国诗词的期望，也是中国金融文学的要求和中国金融文学诗词的任务，更是中国金融诗人作家的责任。运用中国诗词的优美旋律，创造灿烂辉煌的中国金融文学，讴歌壮丽的金融事业，我们责无旁贷！

3.开展创作培训。中国金融文学诗词创作水平参差不齐。应当开展经常性培训，提高诗词创作队伍的整体创作水平。如开展培训、组织笔会、开办讲座等。

4.组织创作竞赛。组织诗词创作竞赛活动，是提高中国金融文学诗词

创作的有效方法。现在全国很多期刊、网络平台都在开展创作大奖赛，以期推动文学创作，聚集人气，提高期刊和平台的知名度。中国金融文学完全可以予以借鉴，组织诗词大奖赛，藉以推动诗词创作和中国金融文学发展。

5. 加强理论研究。加强理论研究，深入系统总结中国金融文学诗词创作的成绩和经验，认真分析存在的问题和缺失，完整提出改进的方法与策略，以期推进诗词的创作和发展。可以是专题研究，如中国金融题材诗词创作研究。也可以是综合研究，如中国金融文学诗词创作与发展研究。还可以是复合研究。通过加强理论研究，使中国金融文学诗词创作，胆更大，理更直，气更壮，诗词作品更优秀，为中国金融事业做出更卓越的贡献。

（本文获"首届中国金融文学理论研究优秀奖"）

作者简介

　　朱晔，安徽望江人，经济学硕士，中国作家协会会员，中国金融作家协会理事、副秘书长。现就职于中国工商银行业务研发中心。2008年开始文学创作，先后出版了六部文学专著。其中，历史散文三部：《理说明朝》《理说宋朝（北宋篇）》《理说宋朝（南宋篇）》；行走散文集一部：《一车一世界》；长篇小说两部：《最后一个磨盘州人》《银圈子》。作品散见《文艺报》《中外文摘》《金融时报》《厦门文学》等刊物。累计出版和发表作品200余万字。

金融人怎样讲好中国金融故事

——基于金融小说的现状分析及对策研究

朱　晔

楔子

　　习近平同志在《在文艺座谈会上的讲话》中指出，中国精神是社会主义文艺的灵魂，广大文艺工作者要创造无愧于时代的优秀作品。总书记的讲话既是对广大文艺工作者的要求，也是对文艺作品质量的鞭策。

　　金融文艺工作者的阵地是金融实践，金融文艺工作者讴歌的形式是金融文学。金融文学来自于金融实践，是对金融实践的总结、提炼、演绎、升华，并进行文学创作后的产物。

一、什么是金融文学

金融文学概念是《金潮》杂志首创，《金融作家》杂志进行了补充。早在 1988 年《金潮》创刊之始，该刊物就标注为"中国唯一的金融文学刊物"，金融文学定义为"银行人写银行人"，再外延到"金融人写金融人"。〔龚文宣：关于金融文学认识的几个问题（2013）〕无论是"金融人写金融人"，还是借用高尔基关于文学的解释，金融文学即"金融人学"，这两个概念与金融文学队伍的现状比较起来都显得狭隘了一些。

关于金融文学，笔者认为应该包含广义和狭义两重定义，广义的金融文学包含两个方面的内容：一是金融人写的金融人和事，二是金融人写的文学作品。考虑到金融是固定的，人是流动的，通常情况下，金融文学仅适用狭义的概念，不然，作家一旦流动起来，他写的作品算哪类题材？就没有人说得清了。

之所以在前辈研究的基础上，我增加了广义金融文学的概念，一是因为很多作家在未择业之前就已经对文学产生了浓厚的兴趣，甚至在文学领域就已经小有名气，他们加入金融系统后，要是将他们的作品排除在金融文学之外，于情于理说不过去；二是金融文学是文学，要想当好金融作家，首先要具备作家的基本素质，一味强调金融文学的金融属性，会让个别作家忽视文学水平的持续提升。

文学体裁有很多种：小说、散文、诗歌、新闻、通讯、报告文学等，在诸多的体裁中，金融小说是最难以表现金融符号的，虽然，小说被人通俗地理解为讲故事，但是，不是以金融事件为题材的都算金融小说，金融小说要有独特的金融元素。

概括地说，金融小说中是否有金融元素，就是要核实小说中是否有金融文化在里面。所谓金融文化就是指，金融组织及其成员在长期的金融实践中表现出来的共同的价值观和行为表现方式。即判断作品中的金融元素，文化和行为表现方面的内容会更多一些，没有文化内核蕴含其中，这样的作品不能称之为金融文学作品。

从文学层面来说，小说是不分门类的，无论取材于金融、公安、煤炭、地质、水利或者其他领域，小说只讲究写作水平的高低，小说质量的优劣；站在金融文学管理的角度，金融小说必须要依据典型的金融人物，在典型的金融环境下，发生的典型的金融故事。（龚文宣，2011年）

二、金融小说的现状分析

2011年金融作协成立之后，金融作家的作品呈爆发式增长的态势，笔者读过的金融作家的作品不少于30部，有小说、散文、诗歌、报告文学等，在所有的体裁中，读得最多的还是小说。包括：阎雪君的《天是爹来地是娘》、龚文宣的《奔腾的灌江》（出版时更名为《新银行行长》）、付顾的《影子行长》、闫星华的《贷款》、杨军的《大汉钱潮》、姜启德的《梅兰迎福》、鲁小平的《高溪镇》、刘宏的《银海浮生》、陈一夫的《金融街》等，此外，从2015年至今笔者已经出版两部长篇小说《最后一个磨盘州人》和《银圈子》。

通过整理金融小说阅读后的感受，笔者阐述金融小说写作的现状。

其一，关于金融小说的分类

经笔者阅读的金融作家的小说大致分成两大类别：一是金融题材的小说；二是非金融题材或者说金融题材不是很突出的小说。

在我阅读过的金融题材小说中，作品选题多种多样：阎雪君的《天是爹来地是娘》讲述的是金融扶贫的故事，龚文宣的《奔腾的灌江》和付顾的《影子行长》讲述的是银行职场故事，闫星华的《贷款》讲的是查账的故事，杨军的《大汉钱潮》讲的是汉五铢钱的历史故事，鲁小平的《高溪镇》讲的是"重组、负债、损益"三部曲中的负债故事，刘宏的《银海浮生》讲的是银行经营故事，陈一夫的《金融街》以多年前的"蓝田神话"为背景写的上市公司被调查的故事。

经笔者归纳，金融题材的小说大致可分为五类：社会责任类、业务类、经营类、管理类和历史类。在我阅读过的8部小说中，阎雪君和杨军的作品，题材选择相对独特一些，其他都是围绕业务、经营和管理进行叙述。业务类的主要围绕银行的核心业务存贷款进行管理而编排故事，经营管理类主要围绕业务经营、人事安排、职场斗争等设计情节。

非金融题材的小说有姜启德的《梅兰迎福》和朱晔的《最后一个磨盘州人》，这两部小说属于类自传体小说，以家族背景或者熟悉的村庄为背景，跨时空地讲述那里曾经发生的故事。按照广义金融文学的定义，它们应该归纳为金融人讲的故事，属于非金融题材的小说，因为它没有金融属性，在这里就不做过多讨论了。

其二，关于金融小说的特征

1. 对金融实践的文学化提升。

金融小说的题材应该选取于金融工作实践，这是对创作者的基本要求，没有金融实践写出来的金融作品，即使是"披着金融的马甲"，也算不上金融小说。因为小说的素材应来源于实践，且要从实践中得到升华。

当前的银行小说大多取材于银行的基础核心业务，这是因为作者本人具有丰富的金融工作经历。付顾的《影子行长》、鲁小平的《高溪镇》和刘宏的《银海浮生》等都是立足于银行实践的题材类小说，他们的创作基本遵循了"来于实践，高于实践"的原则，在小说里将金融人、金融事进行了文学升华，通过他们的作品让更多的人认识金融和了解金融。

2. 以传统业务为切入点。

之所以强调金融作家要以传统业务为切入点，那是因为，金融人浸润传统业务时间长，对传统业务不仅有很深的了解，而且饱含深情，这样的深情既可以用在人身上，也可以用在事件上。有了情，作品就有了精气神。银行人写作立足于传统的存款、贷款业务，例如闫星华的《贷款》；或者以银行的经营管理和职场斗争为线索，书写银行的办公室政治，如付顾的《影子行长》、龚文宣的《奔腾的灌江》、陈一夫的《金融街》等。读者看到这样的作品就能知道，这是圈内人写的，因为他们写的银行人和事，是真正的"金融人学"，不会像茅盾的《子夜》那样，仅仅说一下主人公是在金融行业工作的；也不会像香港作家惯用的，拿金融当成跌宕起伏的题材。

3. 应沉淀金融属性。

什么是金融属性？这是一个非常难以回答的问题。笔者给金融属性定义为依附在金融上的行业标签。即做什么都有金融的样子，言谈举止、举手投足间都能展现金融符号。具体而言就是，长的金融人样子，说的金融人的话，办的是金融人的事，讲的自然也是金融故事。在作品中虽然不显金融，但是充满着金融符号；这样的符号是信手拈来的，是润物无声的。金融人的作品中唯有金融属性是别的行业的人学不会的、偷不走的、拿不动的。

为了帮助读者理解金融属性，在此，以两部作品为例加以解释。

例子一：龚文宣的《奔腾的灌江》。翻开《奔腾的灌江》，就能知道作者是个"老银行"，因为故事的大幕就是从高庆兴行长去省城参加年度工作会议拉开的，这个开头非常精彩，因为没有在银行工作过的人压根就想象不到这样的场景。银行的工作好像每年就是围绕总行的年度工作会议开展，总行开完到省行，省行开完到市行，市行开完到县行，县行还没有领会透彻，半年就过去了，然后从总行开始往下一级级地压指标，结果是，指标一大片好。围绕指标写故事，指标就是故事，因为指标能让人升降起落。看似不经意的开头，将银行的精彩故事就讲开了，小说不就是故事吗？

例子二：阎雪君的《天是爹来地是娘》。本书讲述的是金融扶贫的故事，如果不了解金融，如果不了解金融扶贫事业，读者一定会将主人公塑造成一个改革家的形象，通过大刀阔斧地工作给乡村带来翻天覆地的变化。这样的扶贫故事不仅不生动，甚至不真实。作者在故事中主要阐述一个道理——扶贫不是因为扶贫干部做了什么，而是看扶贫干部让村民们能做什么？假如没有这个常识，扶贫工作就唱不了大戏。阎雪君的扶贫故事由47个小故事组成，这些小故事由扶贫这根线紧紧地拴在一起，既可以成折子戏，又可以串成一部大戏，故事的金融属性是"扶"，这是本书的标志。

三、金融小说存在的不足

（一）写作技巧上还需不断丰富

作为一种文学体裁，小说有对应的理论体系，小说的理论体系将构成小说形象的因素分为两类：一是小说的内容因素，包括小说的素材、题材、主题、人物、环境、情节等；二是小说的形式要素，包括小说的语言、结构、体裁、表现技巧等，在通常情况下，人们又把最能显示小说独特性的人物、情节、环境称为"小说三要素"。

通过对比小说理论提到的内容和形式因素，笔者认为，当代的金融小说还有以下几个方面的不足：一是故事还是单一线条推进，没有多角度、多时空切换，故事的立体性和饱满性不够；二是情节设计上，悬念性不够，没有给读者留下太多的想象空间，作品还不足以引人入胜到必须一口气读完；三是文字功夫上还有历练的空间，小说虽然是讲故事，但也是一门语言的艺术，小说的语言虽不要求如散文和诗歌般优美，但是也要确保读起来顺畅，如有些作家为了营造生活场景，使用方言叙述故事，读起来非常生涩和僵硬；四是人物形象塑造上，虽然每部作品都有几个典型人物，但是还没有塑造出让人过目不忘的先进典型，说明人物的塑造还不丰满。

（二）故事还停留在传统的金融业务领域

自改革开放以来，我国的金融事业取得了日新月异的变化，而目前金融作品中体现出来的金融业务内容还非常传统，在经营管理上，没有展现十年前各家商业银行、保险公司股改上市的大背景、大场面；在业务领域，目前较多的金融文学作品还是以银行传统业务为情节，其实，金融包含的范围非常广泛，银行、保险、证券、投资理财、信息科技等，创作的思路不应局限于很小的范围；在前沿动态方面，互联网金融已经成为当下最热门的话题，2015年国家就启动了"互联网＋"战略，互联网创造了金融的一个大时代，金融文学没有跟上大时代发展的步伐。

（三）离讲好金融故事还有距离

习总书记的《在文艺座谈会上的讲话》中提到"文化是民族生存和发展的重要力量。人类社会每一次跃进，人类文明每一次升华，无不伴随着文化的历史性进步"。搞金融文学，就是要培养积极健康向上的金融文化，以文化引导我们的金融事业蓬勃发展。如何立足繁荣的金融事业讲好金融故事，既是金融作家的责任，更是使命。讲故事容易，如何讲好金融故事，让读者通过故事感知中国金融事业的灿烂和辉煌，让读者通过故事感知金融人的光荣与梦想，让读者能通过阅读感受到我们的道路自信、制度自信和理论自信，让读者与作者一起讴歌中国壮丽的金融事业（阎雪君：《壮丽的中国金融事业需要记录和讴歌》），这是我们讲好金融故事的标准。

四、金融人创作现状分析

（一）金融作家的工作环境对文学创作的利弊分析

金融作家中除了部分人来自于工会部门或者办公室，大部分还是在金融一线工作，一线的工作实践为他们从事文学创作积累了丰富的素材；同时，一线部门经营任务繁重，加班加点是常事，这也就决定了他们难以集中成块的时间从事文学创作，这是创作长篇小说之大忌，因为长篇小说需要一体化架构、系统化的设计、严密的逻辑关系、紧密的故事情节，写作过程中一旦出现中断，事后会花几倍的时间进行接续。

（二）组织机构的不健全不利于作家开展创作活动

金融作家协会归属中国金融工会，而金融工会对各金融机构的话语权有限，很多金融机构都没有成立作家协会，因此，很多作家参加金融作协的活动都得不到时间和费用上的保障，更不用说参加同业及外部的培训交流。机构的不健全影响金融作家不断提升创作水平。

（三）金融作家大多是独自创作

由于金融工作与文学创作之间的关联度不高，在加入金融作协之前，作家基本依托个人兴趣及个人的文学天赋创作作品，以此来获得加入各级作协的资格。加入作协之后，由于缺乏必要的交流和指导，依然保持独自创作、孤芳自赏的状态。

（四）金融作家平均阅读量低于专业作家

笔者定期与一些金融作家交流，通过交流得知部分作家不爱阅读，个别人的知识积累还来自于十几年前，他们不仅不了解当前国内外文学发展的现状，国内文学奖作品的质量及写作特点更是一问三不知，就是身边金融作家的作品，他们也是一无所知。需要对文学作品发表意见的时候，他们不会看文字，只会看作者的官衔、头衔和获奖情况。

巧妇难为无米之炊，没有广泛的阅读，不会博采众长，作家创作就成了无源之水、无本之木。有阅读的储备，才会有创作的才情；有广泛的比较，才知道作品的好坏优劣。

五、如何讲好金融故事的对策研究

一是广泛地学习金融方方面面的知识，将金融工作和生活全方位多角度地呈献给读者。不要让人一看金融作品，想到的就是银行的"存贷汇"工作，一提及金融作品，就是发生在金融领域的盗窃案、贿赂案、腐败案，把金融小说写成了悬疑小说、反腐小说。

阎雪君的《天是爹来地是娘》能成为优秀的金融小说，主要就是因为他的金融扶贫故事设计得好。整个故事围绕着村民的"日常生活"开始演绎，看似驻村扶贫干部没有"讲道理、办大事"，但是乡村的经济状况开始改变了，人心开始变化了，成果逐步显现了。人还是那些人，地还是那块地，为什么会出现翻天覆地的变化？理所当然的，这是扶贫干部努力的结果。故事展开得自然、生动、贴地气，情节设计得朴素、简明、有人味。通过这部小说，你可以获得两个方面的认识，一是农村金融工作，二是农村扶贫工作的重点和重心。

二是要学习金融发展的时代大背景，紧跟金融发展的大时代。改革开放以来，我国的金融事业呈现日新月异的变化，尤其是十年前银行、保险的股改上市，以及近年来互联网涉足金融行业，给金融行业发展带来的冲击，这都是写大作品的好背景，在金融行业的资产重组、互联网金融浪潮的猛烈冲击下，值得记录和讴歌的壮丽事件非常多。

三是金融作家要主动学习文学及相关的写作知识，博采众家之长为我所用。学习文学知识要广泛涉猎文学领域，不仅要多读古今中外名家的名篇，而且要学习身边金融作家好的创作经验和经历。在金融作家队伍里也存在"浮夸风"，笔者亲耳听见某几个作家说，什么国内的小说不看，什么在世的作家作品不看，还有什么不看的，其实这正是内心空虚的表现。

参考文献：

1. 习近平 . 在文艺工作座谈会上的讲话 . 2014 年 10 月 15 日；

2. 龚文宣 . 关于金融文学的几个认识问题 . 中国金融文学，2013 年第 4 期；

3. 龚文宣 . 试析金融文学创作的制约因素 . 南京：江苏农村金融，1991 年第 5 期；

4. 阎雪君 . 壮丽的中国金融事业需要记录和讴歌 . 中国金融文学，2014 年第 1 期；

5. 阎雪君 . 天是爹来地是娘 . 北京：中国金融出版社，2017 年 5 月；

6. 龚文宣 . 奔腾的灌江 . 北京：长篇小说选刊 2014 年秋季卷；

7. 陈一夫 . 金融街 . 北京：九州出版社，2013 年 7 月；

8. 付颀 . 影子行长 . 北京：中国文联出版社，2012 年 6 月；

9. 鲁小平 . 高溪镇 . 长沙：湖南人民出版社，2015 年 8 月；

10. 杨军 . 大汉钱潮 . 北京：中国金融出版社，2016 年 4 月；

11. 姜启德 . 梅兰迎福 . 西安：陕西出版集团，2012 年 7 月；

12. 刘宏 . 银海浮生 . 北京：中国金融出版社，2015 年 12 月；

13. 朱晔 . 最后一个磨盘州人 . 北京：中国水利水电出版社，2015 年 9 月；

14. 朱晔 . 银圈子 . 北京：作家出版社，2017 年 7 月；

15. 朱晔 . 唱响农村的金融扶贫大戏 . 金融时报，2017 年 6 月 23 日第 12 版。

（本文获"首届中国金融文学理论研究最佳论文奖"）

▎作者简介

- -

　　魏振华，中国金融作家协会理事，广西金融作协主席，供职于中国建设银行广西区分行。

- -

浅谈金融文学发展

魏振华

　　文学是文化的重要组成部分，是反映文化的重要载体。因金融的发展而形成的金融文化，更需要以文学的形式来反映和揭示，金融文学应运而生，并伴随着金融的发展而有所发展。

一、金融文学的内涵

　　金融文学的基本含义：以语言文字为工具，形象化地反映金融客观现实，表现作家对金融的审美意识和内心世界的艺术。包括小说、诗歌、散文、剧本和报告文学等。它是金融文化的重要表现形式，用不同的体裁来反映金融人物的内心情感，再现一定时期一定地域一定环境的金融生活。金融文学作为一种文化样式，具有社会审美意识性质，是凝聚着作家个体体验的语言艺术。通俗一点说就是金融人写金融人和讲述金融故事的语言艺术。

（一）主要展现的是金融环境

不论是小说还是报告文学等都离不开金融环境，离不开银行、保险、证券等金融人的工作和生活的背景。

（二）主要出现的是金融人物

文学作品所塑造的主角为金融人，配角是既有金融人物也有其他的社会群体。这些主角和配角在金融环境下进行的工作和生活中产生了友情、爱情、亲情以及思想火花的碰撞。

（三）主要表现的是金融事件

即讲述要以金融事件为主线，用文学体裁形式来反映金融题材的重要故事情节。而这些主要的故事情节都离不开主要的金融背景和主要的金融人物。

（四）主要作者是金融人

作者应以金融人为主，只有金融人写金融人和金融故事，才能更熟悉金融环境，更了解金融主要人物，更好地讲述金融故事。金融作者通过写金融人和金融事，更能披露各行司的一些"内幕"和"秘密"，更能满足人们猎奇金融白领人的工作和生活及对"神秘金融"的好奇心。

二、金融文学发展的必要性

习总书记在中国作协第九次全国代表大会上的讲话中指出："没有中华文化繁荣兴盛，就没有中华民族伟大复兴。""实现中华民族伟大复兴，需要物质文明极大发展，也需要精神文明极大发展。"文学是精神文明的重要组成部分，是文化的范畴。金融文学在现代经济的发展中产生和发展。民族文化是一个民族的灵魂，企业文化也是一个企业的灵魂。金融文学为企业文化建设、为精神文明建设添砖加瓦，更好地推动和支持金融事业恒久发展。

（一）时代发展的需要

历史的发展，社会的进步，中华民族在伟大复兴的进程中，在实现中国梦的进程中，要求不断提高人民的素质，以人类的文明进步为目标。在社会经济和物质文明发展的同时，必须要求人类精神文明的发展进步。金融业作为经营特殊中介商品——货币的行业，处在市场经济体系的核心地位。因此，更有必要建立起新的金融文化以增强创造力，更需要优秀的文学作品，弘扬主旋律，发挥正能量，以增强内部的凝聚力和外部的影响力。

（二）加快转型的需要

随着经济增速放缓，金融脱媒加剧及金融市场逐步开放，诸多有利于金融业利润迅速增长的条件正在消失。新常态下，金融的传统经营模式正面临挑战。面对经济新常态带来的多方面冲击，金融行业需整合外部金融生态环境的变化，审时度势，顺势而为。并结合自身资源禀赋，转变经营理念，创新盈利模式，在坚守风险底线的前提下，实现平稳健康发展。这不仅需要在新常态下加快转型的过程，同时也需要一个引导与适应新常态，形成新的精神文化的过程。作为处在经济核心的金融行业在加快转型中迫切需要金融的创新和制度的创新。而这些创新都需要金融文化去努力营造好内外部环境。而金融文学是金融文化营造良好环境的有效手段之一。没有金融实践，产生不了金融文化，没有金融文化的影响，金融实践难以健康进行。搞好金融文学的发展有利于推进金融业的健康转型。

（三）树立良好形象的需要

当金融的国门敞开，利率市场化形成，国内外金融之间以及国内金融之间竞争也同商品竞争的法则一样，优胜劣汰已成铁的定律。而竞争是多方面的，表现为企业文化、营销策略、人才与技术力量、服务与质量保证、公益与社会责任等全方位展开的企业整体实力的竞争，并归结为企业形象的竞争。"重视形象""塑造形象""重塑形象""形象制胜"等新概念新思维已开始推动企业界来一次新的生机和希望的"形象革命"。而对于金融品牌形象的塑造和推介，金融文化中的金融文学将发挥重要作用。

（四）增强凝聚力的需要

金融企业文化能把员工个人的目标、利益统一到企业的共同追求、共同价值观和共同利益上来，能把员工的需求、动机和行为凝聚到金融企业经营管理的同一目标上来。逐步形成"行兴我荣，行衰我耻、行兴我富、行衰我穷"的利益共同体和内部强大的凝聚力。除了在经营和管理过程中形成的共同遵守的群体规范外，还需要榜样的力量来增强凝聚力和战斗力，即榜样的力量是无穷的。而榜样典型的树立，离不开金融文学，通过文学形象来树立典型更有可读性和持久性。让金融业的职工更好地学习和借鉴，使之学有榜样，赶有目标，无形中增强了员工的凝聚力。

三、加快金融文学发展的路径

针对中国金融文学的现状，一方面要发扬成绩，另一方面要认识到不足或存在的问题。为了中国金融文学更好发展，笔者特提出如下建议。

（一）召开一次会议，加强党的领导力

习总书记在中国作协第九次代表大会的重要讲话中指出："党对文艺工作历来高度重视，这是因为，文艺事业是党和人民的重要事业，文艺战线是党和人民的重要战线。"金融行业的主管部门和总行司党委要高度重视金融文学的发展工作。为了更好地贯彻落实习总书记重要讲话精神，建议召开一次全国金融文学工作会议，除中国金融作协会员代表外，还要有各行司党委负责人和各省区市金融工会党委负责人参加。会议要认真学习习总书记重要讲话，深刻领会习总书记的重要讲话精神。明确提出金融行业的文艺工作要以习总书记讲话的新思考新观点新论断为指导，党委要高度重视金融文学发展工作，不断提升金融文学发展的支撑力和推动力。金融文学作家要牢记使命和责任，站在时代潮头，状写金融人生，把对文学的追求融入金融事业发展的洪流中，努力追求文学作品的至善至美。在"外树形象，内增凝聚力"上发挥亲和力、吸引力和感染力，树立金融行业正面形象，增强金融行业的发展软实力和核心竞争力。

（二）健全二级组织架构，推动文学发展力

中国金融文学要更好地发展，必须建立健全组织架构，做到组织上有保障。全国金融工会应要求尚未成立金融作协的省区市年内成立，各行司总部尚未成立金融作协的也应在年内成立，这样有利全国金融文学的整体联动，从而更有效地推动金融文学发展。如湖南省是全国第一个成立金融作协的省，该省的金融文学作家成为金融文学发展的主力军之一，其金融文学的整体水平提高较快。另外中国金融作协应配备10人至20人的专职人员，作协内设机构在已成立专家委员会的基础上，设立综合部、培训部、作品评审部、外联部等。这样能更好地对各总行司和各省区市金融作协做好指导和服务。

（三）建好三个平台，提升作品宣传力

金融文学的发展一定要有好的平台，让金融作家有阵地、金融员工有阅读金融文学园地、社会有了解金融文学的窗口等。

一是会刊平台应升级。建议在季刊的基础上改为双月刊，同时将内部刊物改为公开发行，并配备专业人员，确保高质量的定期发行，并创造条件进行商业化运作。

二是会网要扩展创新。会网内容包括金融作协动态、文学作品、文学培训、文学评论、文学赏析、作家和会员情况介绍等。会网既是作家和员工学习和了解金融文学的园地，也是外界了解金融文学发展的窗口之一。

三是外联平台。加强与外部的沟通，利用外部媒体设立金融文学栏目，介绍和刊登金融作家的作品和金融作协的动态等，宣传提升金融文学和金融作家的社会美誉度等。同时三个平台还要加强合作，使之成为传播金融正能量、宣传金融文学和作家以及反映金融生态的阵地和培养金融作家的摇篮。

（四）建立健全四种激励机制，增加金融文学新动力

激励会导致成功。为了金融文学更好地发展，应建立和完善金融文学发展的四种激励机制。

一是稿酬激励机制，凡是金融作协会刊和作协网采用的文学作品，都给作者付一定的稿酬，这是对作品的肯定，也是作者劳动付出的一点报酬。

二是对获奖作品的激励机制要提高，在原来激励的基础上加大力度。即在四年一届评奖的基础上，按文学种类各增加评奖一次。对金融作品获得中国金融作协奖和更高奖项的，在行文通报时应要求各总行司和各省区市金融工会转发通报，让更多的基层员工知道，会刊和会网同时转载。同

时提高物质奖励，可参照其他行业作协的平均水平。并要求各总行司给予奖励，包括组织奖等。

三是荣誉奖励机制，在原有奖项的基础上增加一年一度的中国金融作协先进会员奖，并发文通报给予奖励。

四是提升激励机制，一方面给予更多培训提升激励，包括推荐到鲁迅文学院学习等更高层次的培训；另一方面给予推介激励，包括作品赏析会或研讨会，推介作品到更高层级的刊物发表，经典的作品还可以向金融工会汇报发文要求各行司组织学习座谈。如前述罗鹿鸣老师的报告文学《真情的天空》对提高整个金融行业的服务质量大有裨益；又如龚文宣老师的小说《新银行行长》可以要求各基层行的领导进行阅读，该书对如何当好基层领导，搞好银企关系，处理好友情、亲情、爱情及金钱、美色等关系有一定教育和警醒的效果。再一方面是升华作品的激励，如前述阎雪君老师的小说《天是爹来地是娘》和龚文宣老师《新银行行长》，可组织作家在赏析或研讨的基础上进行再创作，即根据小说改编为剧本，既可繁荣增加金融文学作品，又可提升作品美誉度和影响力。

（五）搞好五种培训，提升金融作家的创作力

因为中国金融作协成立较晚，加之又培训较少，为此建议加大力度。从培训形式上，建议可以采取多种形式。

一是中国金融作协自己组织的现场培训每年至少有二次以上，每次现场培训 2 至 3 天，安排在双休等假日进行，尽量不影响工作。

二是中国金融作协利用中国金融作家网开展网上在线培训，每年举办二期，期限可长至一到二个月，让更多的作家和金融文学爱好者参加培训。

三是中国金融作协委托文学院系比较强的名牌大学举办十天至一个月的文学创作培训或文学评论班等。

四是与其他行业作协联合举办文学培训班，便于更多的学习和交流。

五是选送或推荐更多的年轻会员参加鲁迅文学院等高研班的学习培训。

培训的内容可按文学形式分为五种，即小说、散文、诗歌、剧本、报告文学等五种，可根据学员对象的爱好和创作成果进行报名和审查，努力做到

精准培训，提高培训效果，让整个金融作家队伍得到更快提高。

（六）抓好六项管理，推动金融文学稳健发展

中国金融作协成立时间相对较短，还将面临着许多困难和问题，必须抓好各项管理，才能推动金融文学稳健发展。除抓好上述建议措施，还要抓好以下六项管理工作：

一是会员的管理工作。一方面是严格会员的审批程序，确保金融作家应当具备的文学艺术水准，另一方面是会员的政治学习和道德修养提升，确保金融作家与党中央保持一致，并有文人品德和文人胸怀。即金融作家队伍建设也要两手抓，一手抓政治素质提升，一手抓文学作品的提升。再一方面建立会员退除机制，凡是违法犯罪的一律清除出金融作家队伍。做好会员的档案管理等。

二是抓好会刊和会网的管理。要配备专职人员，确保会刊高质量准时发行，会网也要高质量动态发布，努力创造条件使会刊和会网进行商业运作。

三是抓好制度建设工作。制度是规范行为的保障，包括金融作协的规划，对各部门和各省区市金融作协的考核机制，公文管理等，确保金融作协管理工作稳健运转。

四是抓好作品宣传推介工作。除前述一些建议外，金融作协要形成和建立好作品的宣传推介制度，做到两手抓，一手抓作品创作，一手抓作品的推介。

五是抓好对作家的关怀工作。努力做到政治上关心，工作和生活上关怀，对工作成绩和创作突出的作家也要树立作家队伍的先进典型，予以表彰和宣传。

六是抓好金融文学作品的出版工作。改变金融作家出版发行靠自己跑，既花时间又多花钱，花在出版发行上的精力和时间多于文学作品创作的精力和时间的现状。要建立自己的出版机构，即创造条件成立中国金融文学出版社，让金融文学出版发行有自己的娘家和园地。

（本文获"首届中国金融文学理论研究最佳论文奖"）

‖ **作者简介**

　　甘绍群，湖北省竹溪县人，中国金融作家协会理事，中国金融思想政治工作研究会特约研究员，供职于农业发展银行湖北省分行。在省农行工作期间，曾参与撰写"两兰"（潘星兰、杨大兰）重大典型人物报告文学、人物故事；2011年参与推出农发行优秀共产党员严斌，在全国金融系统内外产生了强烈反响。在省部级以上报刊刊发工作研究、论文、调查报告及参与编著出版书稿300余万字；其中编写出版文化、经济专著6部。文学作品散见于多家报刊，出版散文集《寻梦履痕》。

金融报告文学管窥与前瞻

甘绍群

　　报告文学是适应人们了解认识社会生活环境和自身生存条件、生存状况的需要而产生的，是伴随着新闻传媒方式的发展而衍生出的一种文学形式。因其真实性和独特的审美价值而有着巨大的感染力，被称为时代文学的"轻骑兵"。顺应改革开放的大势，在中国金融工会、中国金融文联的高度重视与支持下，金融作家坚持深入生活、扎根基层，密切参与、关注金融体制机制改革发展进程，在还原历史和现实方面表现出色。他们积极融入社会生活，深入调查研究，用心谋划表达，严谨细致的写作态度令人感动，涌现出了一批在金融系统内外产生较大反响的作品。兹就对此的浅显观察谈一孔之见。

坚持"三个贴近"，凸显文化自觉

　　贴近社会，凸显社会责任感。20世纪90年代，农行推出的根据"杨大兰、潘星兰""两兰"事迹创作的系列报告文学作品，曾经在社会上产生轰动效应。此后，韩晓、杨玉莹合作的长篇报告文学《"白条子"对银行的冲击》等，亦在金融系统内外产生了较大的反响。而2016年，由中国金融工会、中国金融文联组织在金融系统内外有较高知名度、创作的文学作品质与量俱佳的10位作家，采访创作了《金融道德模范报告文学集》（中国言实出版社、中国金融出版社先后出版，以下简称《报告文学集》）一书，书中记叙了10位金融劳模，其中有学习创新模范、敬业奉献模范、见义勇为模范、助人爱亲模范。金融作家深入生活，以实际行动践行习近平总书记重要讲话精神，以劳模精神写劳模，着力探寻模范人物丰富的精神世界，这一内容生动、文字清新、视角独特、人物鲜活的报告文学作品在多家报刊陆续刊发后，在金融系统内外产生了强烈反响。不少金融行、司纷纷举办道德模范报告会和学习交流会。一个"学习道德模范，传承文明新风"的热潮，在全国金融系统蔚然成风。好的榜样，是最好的引导；好的楷模，是最好的说服。榜样是旗帜，代表着方向；榜样是资源，凝聚着力量。学习典型榜样，往往比接受抽象的说教和道理要容易得多，特别是榜样如果就在我们身边，你会受到教化、受到感染，潜移默化做出改变。金融道德模范在平凡的工作岗位上，作出了不平凡的业绩。他们的事迹，如一盏盏明灯，闪耀在金融星空；他们的品格，如一束束火炬，照亮人们的心田；他们的精神，熠熠生辉，辉映在人们的心间。一个读者留言道："简单的篇幅，无法容纳太多的文字；简单的叙述，无以彰显这些道德模范的人性光辉。只有一次次阅读，一次次靠近，一次次仰望！"

贴近现实，凸显文化使命感。金融作家、金融文学爱好者走出金融小天地，走入广阔大社会，关注民生，关注城乡一体化，关注城镇化，关注农业现代化，关注精准脱贫、精准扶贫，唱响主旋律，弘扬正能量，金融文学从来没有缺位，金融作家的笔触时时在聚焦、观照。如2014年举办的金融报告文学大奖赛获奖作品《大地的笑脸》（报告文学集，作者牟丕志，农行辽宁省分行），用一双发现的眼睛，一支勤勉的笔，诚实地铺展捕捉到的平凡而又令人敬钦的人们：这些金融行业不同岗位的员工，用他们职业精神传导下的高度社会担当，服务"三农"，助力东北老工业基地的振兴，参与抗灾救灾以及日常全心服务顾客，于烦琐细密中凸显重大的品质内涵。又如《金融文坛》2017年第4期刊发的报告文学《"百合县长"的情怀——记中国银监会副巡视员、临洮县县委常委、副县长张亮》（作者何奇、郭红英），用生动的细节、生动的语言，真实地刻画了一名奋战在精准扶贫第一线，为西部乡亲办实事、解难事、做好事的来自金融首脑机关干部的感人事迹。作为一个代表，从一个侧面描绘出全国金融系统众多员工履行社会责任，为打赢精准扶贫、精准脱贫攻坚战，全面建成小康社会做贡献的群英图。

贴近基层，凸显人文关怀时代感。金融题材的报告文学大多聚焦基层一线岗位员工。文学在这里是温暖的、长久的、有力的，她帮助作者瞭望到心灵深处的愿望；文学如同一对天使的翅膀，扶助有耐力的探寻者，注目那些扎根金融火热一线、闪现夺目光彩的创造性劳动者。他们接收热量、并且给出热量。如获奖作品《农行大堂经理日志》(作者刘道惠，农行河南省唐河县支行)在描述作者在农行营业大堂里热情为顾客们服务的动人故事的同时，又道及她那个"和谐的团队"内部的各种故事与其从事金融工作的种种体会，为我们塑造了一个"金融活雷锋"的形象和扫描出社会众生相。语言朴实生动，细节描写动人，具有散文的美质和随笔的思想启迪意义。作品《大地回声》（作者叶建辉，农行湖北省罗田县支行）讲述了一位优秀的驻厂信贷员帮助企业扭亏为盈的事迹。笔墨饱含深情，从而使读者了解了银行与企业的关系，了解了银行对企业的帮助及对生产力发展的贡献。文字精练流畅。2011年，笔者与同事赵三志历经一个多月合作采访写作的《青春在岗位闪光》，记叙为服务"三农"而倒在工作岗位上的湖南财经学院大学毕业生、扎根基层一线的青年共产党员、农发行湖北省黄梅县支行客户经理严斌的感人事迹。作品被人民日报、经济日报、中国青年报、金融时报、湖北日报、《中国金融工运》等20多家报刊采用；严斌被农发行总行党委授予"优秀共产党员"称号，总行党委在全系统举办严斌事迹报告会；中央电视台播放事迹专题片，中央组织部将其列入党员培训教材；以报告文学为素材创作的黄梅戏《永远的青春》在湖北、山东等地献演；农发行系统持续开展向严斌学习活动，在社会上产生强烈反响，是农发行成立23年来推出的影响最大、示范效应最为广泛的重大典型。这既是榜样的人格示范力量、道德教化的力量，也是文学浸润的力量、文学感召的力量。

克服"三个差距"，创作"危"中有"机"

纵观金融报告文学现状，虽然成果斐然，但与金融类小说、散文、诗歌等体裁的创作繁荣状况相较仍有较大差距。因此，我们要有危机感。面对经济转型、金融体制机制改革日益深入的新形势，金融报告文学同样也面临新挑战、蕴含新机遇。"危"中亦有"机"，首先要正视金融报告文学目前存在的"三个方面"的差距：

选材宏大，笔力不及。如重大金融改革题材，或谋篇欠成熟，或笔力不深透，以至于罗列事实，拼凑成章。报告文学必须具有"文学性"，这是不言而喻的。读者之所以对金融报告文学不满意，其中一个重要原因就是"报告"有余，"文学"不足。报告文学的"文学性"指的是这种文体的审美特性，它是由多方面组成的。比如题材之美、精神之美、风格之美、语言之美等。

事件雷同，个性单调。有激情，而缺乏理性思考；有报告，而缺少文学；有事件，而缺乏细节。削弱了典型环境中鲜明、独特、丰满的人物形象，虽有好题材，也成平庸之作。报告文学"文学性"最基本的一个要求是要有好的故事，而精彩的故事要靠精彩的细节来支撑，精彩故事的细节则需要作者到生活中去寻找。由于偏重事件，忽视人物，造成结构和情节布局不当。或结构松散，或节奏零乱，或信马由缰，行文枝蔓，掩盖了主旨。

忽视技巧，缺少文采。用公文语言讲故事，像领导讲话、工作总结、通讯报道，又像金融业务培训教材。文学，即文采和学问。光有知识而无色彩，作品显得苍白无力。游离主题，语言贫乏亦是存在的主要问题。如人物对话篇幅过大，过于冗长。只顾人物对白，缺少逼真细腻的细节描写，包括人物的性格、肖像、行动、周围环境和自然风物的具体交代，削弱了报告文学的生动性、具象性、真实感和主题的表达。

坚持"三个维度"，讲好金融故事

融新闻性、文学性、思想性于一炉，把握传递时代责任担当的维度。作家的天职是讲好故事，金融报告文学作家必须有良心、良知，具有强烈的前沿精神和悲天悯人的情怀。要善于从生活中撷取那些最精美的故事，或者去撷取谁都不注意的场景。细节和人物是写好中国故事、金融故事的关键。对于金融报告文学来说，一个细节可以救活一个人物，甚至一篇文章。诚然，报告文学是介于新闻报道和文学作品之间的文学样式，基本特征是新闻和文学性，是在实事的真实性上进行文学艺术加工。从一些金融题材的报告文学作品中可以看到，不少人物报告文学就等同于典型人物的先进事迹报告，往往为了新闻性而丧失文学性，这里的新闻性更具体来说是宣传性，也造就了标榜化、脸谱化的没有生命力的呆板僵化作品。归根结底，报告文学是经文学加工、无强烈时效性诉求的新闻。从传播学的角度看，只要是新闻就会受到"看不见的手"的制约，有"把关人"存在，哪怕是新闻转化为文学，没有了确切的"把关人""看不见的手"的金科玉律依然存在，作者会在无形中成为"文字"的"把关人"。新闻属性决定金融报告文学必须基于真实性开展叙事，也就等于带着镣铐跳舞。同时，新闻性也决定了报告文学最需要紧贴时代，服务于传播的文体，也最容易受到"宣传"二字的影响，新闻也好，文学也好，它面对的最终是传播，而非宣传。因为金融需要激励人们向上向善的文学。首先，作者要有甘守寂寞的心。无论如何，报告文学在大众阅读领域都是相对冷门的。甘守寂寞代表着一种信仰和担当。坚持和热爱是所有文学创作者应有的态度，报告文学尤其如此。其次，不能只顾新闻性，尤其不能只盯着"功利性"和"宣传性"，而放弃文学性。在尊重真实性的基础上回归文学叙事和人性叙事，保证"人的主体性"，也就是创作有血有肉的人，有七情六欲的人，即凡人叙事，看得见、摸得着，能够引发作者和读者共鸣。任何伟人都是普通人，一旦丢弃了"凡人叙事"，就失去了文学的本源和传播的可能。第三，严谨性和精确性，也就是真实性的问题。辩证分析，就是"绑在报告文学"脚踝上的"绳索"，也恰恰是报告文学最大的特征和根本魅力所在，尤其是体现在人物报告文学，又特别是知名人物。第四，人文性和思想性，可以延伸为社会性与历史性的问题。对于文学作品来说，丢了人文情怀，再好的思想都显得苍白，尤其对于金融人物报告文学来说，创作一定要是真情实感的而非虚情假意，这既是作者对自己负责，也是对读者和作品负责。

艺术性与个性统一，把握好真实性与理性精神的维度。好故事必须要有好的讲法，要想讲好中国故事中的金融故事，必须重视方法和技巧，耐心打磨作品的结构、语言等。讲好故事，必须以人的价值为轴心，开掘人物所承担的时代性。在资讯高度发达的全媒体时代，报告文学的内功在何处？对于真实客观事实的尊重，是报告文学表达的基础。对于这一点，必须反复强调和坚决维护。作者不愿意为真实负责，可以去写小说，编电视剧；要以真实来面对读者，就要尊重和对事实负责。在写实的层面上，是不允许真假混淆、"真做假时真亦假，假做真时假亦真"这样的游戏的。所以，报告文学在坚持真实性这个原则上，不能够有丝毫的松动，真实的原则是一个铁律。但是首先，报告文学毕竟不是新闻，不是机械的照相技术的再现。在尊重真实事实的基础上，报告文学作家区别于记者的地方就是有对事实的整理、辨识、链接和表达的权利。这时，对于报告文学写作来说，有一个非常重要的才能就被提起来了。这个才能，就是作者在真实事实上面的分明的理性精神。因此，在认识评判报告文学的时候，既要严格地审视作家对真实事实的态度，更要看作家对真实事实的把握和理性的整理能力。其次，优秀的报告文学，在事实本身的基础上洞悉深刻广泛的社会生活内容，也在事实的诱导启发下勾连出很多有价值的思想文化等内容。优秀的报告文学作品，绝不仅仅是机械地尊重了真实事实对象的作品，而是作家借助真实的事件和人物，如何文学地表达了自己对社会、人物关切态度的作品。因此，"真实性是报告文学的生命，理性精神是报告文学的灵魂，文学艺术性是报告文学的翅膀"。作家的理性精神和能力，也可以说是报告文学的内功。第三，在评判报告文学的成功或平庸、失败的时候，这种理性内功的表现如何，也是一个非常重要的参照。这样的评判角度，也是超越了简单的文学眼光的。理性思维和眼光，如同电光火石，能够穿透各种事物表象，让事实所包含的具有时代社会和思想文化价值意义的内容得到显现。

如果说，事实本身只提供了资料性的基础的话，理性面对和处理，就是作家使这些事实变得鲜活和具有更大力量的一种智慧转换。报告文学所传达的社会真实信息，不光是一种文学的内容，而且也是特定社会时代的真实生活信息文献，具有很强的社会生命信息价值。第四，报告文学不能只满足对事实的再现，也不应当是事实的简单挪移。在报告文学写作中，事实并不是作者简单的接受和文字的搬迁，由生活转入文学的栏目就可以成事。报告文学写作，是在真实事实的限制约束中寻找文学艺术表达的创造性劳动。报告文学创作是需要有智慧才能的写作，稍不用心，就会流于平庸。另外，像采访技巧、细节的捕捉和巧妙使用、叙述语言风格节奏的追寻把握等，都是构成报告文学艺术性成分的重要方面，需要作者很好地努力。人生不可能单一，文学作品也是多面的。简单地从一个侧面观察评判，难免陷入"盲人摸象"的境地。

讲述中国故事中的金融故事，把握好思想元素的独到发现与深邃挖掘的维度。讲述中国故事中的金融故事时，要有写鸿篇巨制的野心和精神担当。因为就作家的写作而言，一生要直面这么几个词：精神、命运、死亡、爱情。古今中外的精品之作、扛鼎之作、传世之作，无一不在文学叙述之中体现了精神思想元素的独到发现与深邃挖掘。上乘之作，一定是精神品质高拔的，站在民族的、人类的精神高峰之上，有独怆然而涕下的情怀，有时代、民族、个人和历史的命运感，敢于直面死亡的残酷与冰冷，抒写爱情的美丽与凄怆，直通读者的心灵，为受众再造一个天堂。可以说穷尽一生，我们困惑于此、我们的突破也在于此。

（本文获"首届中国金融文学理论研究最佳论文奖"）

║作者简介

　　苏北,本名陈立新,安徽天长人,中国作协会员,中国金融作协理事,安徽金融作协主席。安徽大学兼职教授。先后在《人民文学》《上海文学》《十月》《大家》《散文》《文汇报》和香港《大公报》、台湾《联合报》等发表作品。著有小说集《秘密花园》、散文集《城市的气味》《植点青绿在心田:苏北海外散文71篇》,随笔集《书犹如此》、回忆性著述《一汪情深:回忆汪曾祺先生》《忆·读汪曾祺》《汪曾祺闲话》等。主编有《汪曾祺早期逸文》《四时佳兴:汪曾祺书画集》《我们的汪曾祺》《汪曾祺草木虫鱼散文》和《汪曾祺少儿阅读丛书》等。曾获安徽文学奖、第三届汪曾祺文学奖金奖、《小说月报》第12届百花奖入围作品等多种奖项。现供职于中国农业银行安徽省分行。

金融文学刍议

——兼谈我所经历的金融文学

苏　北

　　金融文学是一门既古老又年轻的学科。说古老,早在西方工业革命时期,由于资本的快速积聚,经济的高速发展,金融业的迅速崛起,随之产生了一大批以金融为题材的长篇小说,比如《金钱》《伪币制造者》。中国在20世纪初以来,也产生了大量以经济和金融为题材的文学作品,从茅盾的《子夜》,到程乃珊的《银行家》等。但总体来说,金融题材的文学作品,与其他门类相比,还不够出众,作品的数量和质量,也不突出。究其原因,我们是一个长期以农耕文化为主的国家,经济金融不够发达,作家们对经济金融领域的生活不够熟悉。会写的不了解经济金融生活,有经济金融生活的不会写作。近年来,随着现代金融业的快速发展,金融文学呈现出一种快速发展的势头,特别是中国金融作协成立以来,金融作家积聚在一起,互相激励,互相促进,共同提高,在一种比学赶超的态势下,涌现出了一大批有质量的金融文学作品，特别是长篇小说，这是令人鼓舞的事情，也是金融文学的幸事。

我可以说是金融文学的最早参与者之一。我二十多岁即开始文学创作，而且一直在金融系统工作。写作 30 年，参加农行工作 33 年，在总行、省分行、地区行、县行和基层营业所都工作过。干过十多年的审计工作，从事过秘书、编辑、记者和办公室工作，对这个行业不可谓不了解。自己也写了一百多万字的文学作品，其中也有一些涉及金融题材。对金融文学，我亲历了。我深知金融文学的难处。现在应该是产生金融文学的大好时机。

一、时代呼唤金融文学。可以说，金融文学产生好作品正当其时。中国经济高速发展，融入国际的程度日益提高，城镇化改革速度加快，金融股份制改革顺利完成，利率市场化的快速推进，中国金融业逐步规范和走向成熟，等等，这些都为金融文学的创作提供了难得的素材和创作的空间。

二、金融文学队伍和金融作家空前活跃。20 世纪 80 年代初金融系统从事文学创作的同志现在都进入中年，从精力、阅历和时间上都比过去更有条件，创作理念更加成熟；新生代金融作家从受教育程度到知识储备到各方面素养都比上一代作家要强，他们起点高，新一代金融作家队伍已经初步形成。

三、中国当代文学的重头戏是农村题材，而农村题材的作品开始式微，现在许多农村题材的作品实际上都是作家空想出来的。城市题材的文学作品还没有形成气候。金融题材的创作若于此时产生好的作品，更容易引起关注，产生社会影响。

基于以上已经形成的良好的基础，为更好地鼓励金融作家的创作，出作品、出人才，我有以下几点认识：

一是必须确立金融人写，写金融人这个观念。这一点金融作协主席阎雪君在《中国作家通讯》上的文章《壮丽的中国金融事业需要记载和讴歌》中已经明确指出。如果我们的领导者、金融作家都片面地认为只有写金融题材才被重视、才是正道，这就把金融作家的定位定狭隘了。文学首先是人学。著名作家汪曾祺先生曾对金融文学的作家同志说：你们不要过份强调行业文学，文学就是人学，就是写人的。人物写出来才是文学，人物写不出来，叫什么名堂都白搭。这说得多么通俗又深刻啊！金融系统的作家也要百花齐放，每人写出自己的特色。我们的领导同志一定不能一味地要求金融作家一定要写金融题材。因为人是丰富的，社会生活是丰富的。每个人的知识储备、对生活的熟悉和认识程度是有很大的差异性的。在金融文学的早期阶段，确立金融人写和写金融两者同样重要还是十分必要的。

我从二十年前当编辑，编过大量金融作家的金融作品，其中不乏优秀之作。记得原来有龚文宣、胡炜铭、杨海滨等。他们有的到鲁迅文学院进过修，有的作品上过大刊，但最终没有走得很远。当然其中原因很多，但有一条，过分拘泥于金融、金融题材，这是他们的长处，但同时又是缺陷。这是一个很重要的原因。

二是近十多年我所阅读的金融题材作品，都过于生硬。写金融人，要么就是与企业家的勾结的关系；或者写金钱的丑陋，写婚外恋、情人，写尔虞我诈；要么就是单一的歌颂某人某事，成长篇通讯或报告文学，而作品又线条单一，不够丰富，人物、故事都存在此问题，或者是太过激烈，不够从容，显得很假。我在《金潮》当编辑和在《中国城乡金融报》当副刊部主任时，编发和阅读过大量的金融文学作品，可是我们的作者写得都太简单和单一了。我想，金融文学首先是文学，金融文学作品也要写得柔软，不能生硬地去写金融。金融生活是我们复杂的社会生活的一部分，要把金融放到纷繁的社会生活中去写，这才能写丰富，写出社会生活的复杂性。我近来读《伪货制造者》，小说读了几十页，还在写一个少年，写他的法官父亲，写一个少年是怎么样变成一个社会的不良者的，没有上来就是银行家、企业家，就是贷款，就是开董事会。在金融文学作品中，也要多写家庭、写亲情。一句话，是写人。这对已经有多年创作经验的金融中年作家尤为重要。因为这一部分作家已有一定的创作实践，掌握了一定的创作规律。再回过头来认真地观照自己的创作，拿起自己熟悉的金融题材进行创作，已能更好地把握题材，会有一个更好的起点。

总之，金融作家队伍首先是培养人才，产生金融作家中的社会名作家，在此基础上，优秀的、有很丰富的金融经验和生活的金融作家，写出优秀的金融文学作品。

三是金融作协要更加自觉地加强作家队伍建设和金融作家的培养。

现在有了金融作协这个常设的金融作家的组织，又是成功加入中国作家协会的团体会员。可以说，这是金融作家最好的创作时期。对金融作协的工作，我具体有以下五条建议：1. 研究并向中国作协申请鲁迅文学院金融作家的高研班，培养金融作家重点作者。2. 开展重点金融作家重点作品改稿会，给金融作家发表作品提供更高的平台。3. 组织开展金融作家作品研讨会，扩大其作品的社会影响力。4. 安排金融作家深入生活，进行重点题材的创作。5. 组织金融作家出访和采风活动。

四是要大力扶持金融文学力作和经典金融文学作品。

金融文学出大作品和经典作品正当其时。从历史上看，重要的金融题材作品，如《威尼斯商人》《吝啬鬼》《欧也妮·葛朗台》《钱商》《大饭店》《航空港》《金融家》《子夜》，无不是在一个现实的经济生活中提炼出的文学经典，现在我国的经济金融业处于一个非常特殊的时期，各种经济和金融现象纷呈，为金融作家的创作提供了大量丰富的生活源泉。从近年来涌现的新作也可以看出些许端倪，如龚文宣的《新银行行长》和阎雪君的《天是爹来地是娘》，都不同程度地产生了广泛和积极影响，这些都为金融文学的发端提供了例证，也是金融文学大繁荣的一个先行的冲锋号角。因此，我们要大力倡导金融文学的长篇小说创作，可以说，金融长篇小说，从某种意义上说，代表金融文学的水准和高度。对金融题材的长篇小说，要大力扶持，不仅在作品的创作上提供支持，更要在作品的出版、宣传等一系列生产过程中给予政策和财力上的支持，只有这样，才能为金融文学的发展、壮大，以至形成广泛的社会影响提供有力的保障。

（本文获"首届中国金融文学理论研究最佳论文奖"）

‖ **作者简介**

　　胡金华，中国金融作家协会会员，现供职于中国农业银行江西省分行。

金融题材小说写作探微

胡金华

　　众所周知，现代文学的体裁分为：小说、散文、诗歌（格律诗与自由诗）、剧本、报告文学（非虚构文学）等。而作为小说门类中的"金融小说"的提出又产生于何时呢？笔者通过查阅相关资料，该概念的提出最早在1988年前后，在金融文学创作（武汉）培训班上。金融文学作品早于概念出现。

　　金融文学的定义是什么？金融文学，就是以金融行业的人物为原型，以金融行业的故事、情感为素材创作的文学作品。金融文学注重对金融体制深层次问题的思考，注重对金融人物的刻画，试图用文学的形式来演绎金融的历史，甚至研究经济、金融问题。

　　茅盾先生1933年发表的长篇小说《子夜》应该是我们国内早期的金融题材小说。而美国现代主义作家德莱塞以揭露金融资产阶级的发家及其必然灭亡的长篇小说《欲望三部曲》的第一部《金融家》更是典型的金融题材小说。《金融家》发表于1912年，主要描述柯帕乌从一个银行职员的儿子成长为金融家的经过，以及他在费城金融界的罪恶活动。日本女作家山崎丰子 1970 年发表的长篇小说《浮华世家》，又名《华丽一族》，是以阪神银行总经理万表大介为主人翁的又一部著名的金融题材小说，全书以金融界为舞台，真实地反映了银行内部的卑鄙阴暗以及银行家与政界相互勾结、狼狈为奸的丑恶行径，深刻地揭露了资本的"原罪"。

笔者从 1983 年 11 月在江西日报《井冈山文艺》副刊发表小说《卖桃》开始，至今已有 34 年的笔耕历程。2004 年初夏，笔者开始创作中篇小说《支行行长》，该中篇小说最早发表于 2005 年第 4 期《东莞文艺》杂志。后经修改，于 2010 年发表于《金融作家》杂志，并于 2011 年荣获中国金融作家协会第一届中国金融文学奖小说类二等奖。那一次获得一等奖的有闫星华老师的长篇小说《查账》、徐建华老师的长篇小说《金钱人生》、阎雪君老师的中篇小说《香水沟》等。这些作品都是纯金融题材的小说。毫不夸张地讲这些小说都是正儿八经的金融小说。作者也都是从事银行工作的金融人。

中篇小说《支行行长》发表之后，笔者又相继于 2014 年在《中国金融文学》发表中篇小说《分行行长》，2016 年 11 月在《金融文坛》发表中篇小说《处长》。这三个中篇小说笔者自诩为金融人写金融事的金融小说三部曲。

笔者因写了一些金融小说，虽谈不上作品质量有多高，但写作中的酸甜苦辣的味儿却也是受够了，也就有了那么一丁点儿的感悟与思考，现就金融题材小说写作作些探微，以求教于方家，万望诸君能不吝赐教。

"金融小说"的提法在 2008 年才得以正式确立，至今也才只有 10 个年头。但自从中国金融作家协会成立以后，金融文学得到了长足的发展，尤其是金融小说的创作成绩斐然。前几年龚文宣老师的长篇小说《奔腾的灌江》被《长篇小说选刊》转载，引起读者巨大反响；2017 年中国金融作家协会主席阎雪君老师的长篇小说《天是爹来地是娘》由中国金融出版社隆重推出，又是好评如潮。这说明金融小说具有强大的生命力和影响力，金融是现代经济的核心，庞大的金融系统应该有着丰富的文学素材源泉，金融小说在中国的小说门类中也应该有它的一席之地。

笔者多年来也读了一些书，但真正能引起广大读者反响并引起社会公众共鸣的"金融小说"还真没见几部。金融小说能被拍成电影、电视剧的也不多，更没看见一部能改编成如《人民的名义》这种大牌的强烈吸引公众眼球的电视剧。为什么会出现这种情况？笔者认为，金融题材小说的写作主要存在以下几个难点：

一是金融领域是一块"神秘"的领地，高门槛挡住了许多想写金融小说的创作者。金融领域涵盖了银行、保险、证券、信托、资产管理公司等等系统，是与"钱"直接打交道的领域，一般的公众都感觉这个领域充满一种神秘感。而且金融领域业务五花八门、流程复杂。即使是再著名的作家，如果不在这个领域里工作和生活，熟悉金融术语与业务流程，要想写出一部好的金融小说，那是天方夜谭。譬如笔者就看过一篇写银行行长的小说，写某银行行长腐败，借款人通过关系搞定了这位行长，行长大笔一挥，3000多万元的贷款就到了借款人账户上。这位作家根本不懂现在的银行信贷流程有多复杂，一笔大额的银行贷款从借款人申请，到银行受理、调查、审查、审议（贷审会）、审批、贷款发放、贷后管理等有七八个环节，对贷审会审议通过的贷款，行长有一票否决权，即不同意发放；但对贷审会审议否决的贷款，行长也不能同意，即没有一票赞成权。这种信贷制度就是防止行长一人说了算，防范道德风险。而这位作家写出"……搞定了这位行长，行长大笔一挥，3000多万元的贷款就到了借款人账户上"，懂行的一看就笑掉大牙。作品来于生活高于生活。金融领域的这一种"神秘"性，一般也不会让局外作家来实习体验生活，高门槛让作家深入不进来，即使是再著名的作家，没有在金融领域里的工作和生活经历，也就不可能写出振聋发聩的金融小说。

二是中国金融作家协会群内真正写金融小说的作家占比较小。中国金融作家协会里的作家都是金融领域里的内行人，长期工作和生活在金融领域，写诗歌、散文、报告文学、评论等文学体裁的作家居多，真正写小说的比例较小，据初步统计，至2016年底，中国金融作家协会共有会员601人，其中从事小说创作的作家101人，占比仅为16.8%。而写金融小说并达到中国作家协会会员档次这一级的更是凤毛麟角。写小说的作家少，自然而然金融小说的作品数量就少。

三是没有建立系统性的金融小说作家的培养机制。中国金融作家协会2011年11月成立至今只有七个年头，犹如一个7岁的小孩，很年幼。协会中的金融小说作家都是抱着对文学的热爱，多年来自发在小说领域里耕耘，未接受到金融系统内的小说创作的专业学习与培训。而中国作家协会不仅有鲁迅文学院，专门招收中青年作家、文学评论家、文学理论家、文学编辑家、文学翻译家进行专业研究性学习；而且有多个文学创作基地；每年有中、长篇小说扶持计划，而且将扶持作家的出生地列为采风之地。各省级作协也建立了较好的作家培养机制。就拿江西省作协来说，1997年专门成立了滕王阁文学院，滕王阁文学院每三年就会特聘几位省内有潜力的小说作家，专门颁发聘书，聘任为滕王阁文学院特聘作家，提供专题采风、作品研讨、学习培训、创作成果推介等服务。而且每年省作协都会推出中、长篇小说作家扶持计划，在资金上、出版上、作品研讨上都给予大力支持，2017年5月，江西省作协通过作家出版社一次性推出10部江西作家的长篇小说，并在北京召开首发式与研讨会，力度空前。而且每年"谷雨"时节全省都会评选一批优秀的文学作品。近几年在全国文坛上十分活跃的小说作家如宋清海、丁伯刚、樊健军、阿袁等，让江西的小说创作大放异彩，江西长篇小说创作进入了一个高峰。

针对金融题材小说创作中存在的这些难点，笔者认为可从以下几个方面逐步加以解决。

一是金融领域应建立系统性的金融文学培养机制。查阅网上资料，至2015年，全国金融从业人员近600万人，这是一个相当庞大的群体。金融是现代经济的核心，地位十分重要，这样的一个群体，要有文学与之讴歌，金融领域要像中国作家协会与各省级作家协会一样，建立一套系统性的金融文学培养机制。为此，笔者提出以下三点建议：（1）中国金融作家协会应成立"金融文学院"，每两年挑选30位左右金融作协作家，聘任为"金融文学院"特聘作家，提供专题采风、作品研讨、学习培训、创作成果推介等服务，让这些特聘作家能全身心地投入专业创作；工农中建交五大国有控股银行，保监会、证监会这两大系统，可在总行与总会的工会组织内设立一个文学创作室，让最具潜力的作家专司金融文学创作（尤其是金融小说的创作）之职。（2）中国金融作家协会可建立一个"金融文学创作基金"，专门用于奖励与扶持金融文学创作。在全国可建立3个左右的文学采风与创作基地，供金融作家采风与创作交流。（3）中国金融作家协会要制订金融小说中、长篇小说作家扶持计划，在资金上、出版上、作品研讨上对金融小说作家给予大力支持。

二是引进著名小说作家来金融领域"挂职"体验生活。由于金融领域是一块"神秘"的领地，高门槛挡住了许多想写金融小说的创作者。各家金融机构由于声誉风险的顾虑，生怕作家写出系统内负面的东西，而影响形象。其实金融系统有无数的好故事与好人物值得大书特书。引进有创作金融小说意愿的著名小说作家来金融领域"挂职"锻炼、体验金融领域里的生活，对金融小说的创作大有裨益。对涉及商业机密的可与作家签订保密协议，作家会以很好的技巧来规避这些东西，完全可以放心。关键是金融界的领导思想解不解放，对金融文学重不重视的问题。

三是中国金融作家协会里从事小说创作的作家应负起繁荣"金融小说"创作的责任感与使命感。建立系统性的金融文学培养机制并非一朝一夕之事，靠外行作家来写出好的金融小说也不太现实。俗话说：远水解不了近渴。各金融领域里的小说作家最了解金融业务与金融生活，是真正金融"圈子"里的人，只要我们金融小说作家真正负起繁荣"金融小说"创作的责任感与使命感，勤奋学习、刻苦创作、不懈追求，笔者相信，金融小说的春天一定会百花齐放，硕果满园。

（发表于《中国金融文学》2018 年第 2 期，本文获"首届中国金融文学理论研究优秀奖"）

‖ 作者简介

　　祁海涛，笔名白夜，黑龙江克山人。中国金融作家协会理事，黑龙江省作家协会第六届全委会委员，黑龙江金融作家协会主席，齐齐哈尔市作家协会副主席。《中国金融文学》编辑、特邀采访人。18岁开始发表作品；24岁出版第一部报告文学集《寄自乌裕尔河畔的报告》；2007年著诗文自选集《春天的忧思》；2010年著"阎城三部曲"第一部《鹅头山下》；至今在全国报刊发表出版各类文学作品近200万字。近年深入生活创作"乐耕园三部曲"，其中散文集《庄园日记》、诗词集《李园杂咏》获神鹤文艺奖，长篇小说《李子红了》获第三届中国金融文学奖。2017年获全国金融作协首届"德艺双馨"会员、黑龙江金融首届"德艺双馨"文艺工作者称号。

金融文学浅议

祁海涛

　　围绕金融文学的界定，多年来有识之士进行了很多有益的探索和实践。概括起来，为金融文学主要下了两个方面的定义：一是写金融的文学。二是金融人写的文学。按照这个理论思路，几年来金融作家进行了积极创作，取得了喜人的成果，不仅推动了金融文学的繁荣发展，更重要的是系统内外，对金融文学的作用，逐步达成了共识，金融文学不是可有可无，而是中国文学发展重要的组成部分，是推动金融企业文化建设和精神文明建设的重要手段。

　　面对越来越多金融作家和金融文学作品的涌现，对金融文学的思想认识出现了多元化。人们关心金融文学发展，是金融文学发展的前提。同时也需要针对核心问题达成必要的共识，以把握金融文学发展方向，指导金融文学健康运行，少走弯路。通过我个人参与金融文学服务这些年的实践看，感到只有认识清楚金融文学的宗旨、性质和特征，把握金融文学的意义、目的和作用，才能在具体落实金融文学发展实践中，不迷茫，不出大的偏差。

现谈点粗浅认识，与大家商榷。

一、金融文学的宗旨、性质和特征

（一）金融文学的宗旨，归根结底，是为金融企业文化建设和陶冶金融员工情操服务的。推动金融企业文化和精神文明建设，陶冶金融员工情操，发现培养引导人才，创造读书学习氛围，激发工作热情，使金融员工的精神文化生活丰富多彩，实现助力金融事业稳定发展的目的意义，是金融文学所担负的神圣使命和天职。发展金融文学创作既是时代发展的需要，又是金融行业发展的需要。它不仅是对文学创作的一个补充，更是对金融行业精神、行业文化的提升，发挥着重要的促进作用。现在的共识是，文化是社会和企业生存、发展、创新、传承的软实力，不可或缺，金融企业文化关系着金融行业这个服务于国民经济发展和百姓日常生活的重要领域的健康发展，以及广大金融员工的精神状态，所以显得尤为重要。目前，金融行业的企业文化建设如火如荼，也说明了这一点。因此金融文学发挥着四个方面的作用：一是助推企业文化发展的作用；二是自我调节员工身心健康的作用；三是成长成才正能量的引导和培养作用；四是对社会正面宣传引导和凝聚人气的作用。

（二）金融文学的性质与社会群众组织的性质有着本质上的不同，它是以行业管理为主要手段的业余文学组织，具有很强的组织性、约束性、目的性。各级金融文学组织依附于各级金融工会的领导，不需到民政部门申请注册，开展各种文学活动首先要取得金融工会和金融文联的支持。比如黑龙江金融作协公章由金融工会统一管理，费用实行报账制，组织性、约束性、依赖性很强，开展活动的目的性、目标性也很具体。金融工会和金融文联是为金融企业文化发展服务的，这就确立了金融文学必须为金融企业文化和精神文明建设服务这个既定目标。这是赖以生存的环境和土壤，离开了这个环境和土壤，就是无本之木，无源之水，没有生存空间，所谓金融文学发展也就无从谈起。而社会文学组织的服务对象是社会，可以按照既定章程开展活动，具有一定的自主性，包括金融题材，都属于其范围，文学体裁自由选择空间很大，并且没有高低贵贱之分。

（三）金融文学的特征主要体现在通过文学手段，反映金融领域的事业发展和员工精神面貌，糅杂社会属性和人生人文情怀。这可以分作广义和狭义两个方面。狭义讲，金融文学特指写金融的文学作品，如金融小说、金融诗歌、金融散文、金融报告文学等，包含金融作家写金融，社会作家写金融，均以反映金融领域的事业发展和员工精神面貌为着眼点。这也是金融文学发展的着眼点，重点。与此同时，我们要以包容的姿态，发散思维，从广义角度定义金融文学，即金融文学可以指金融人写的文学作品，既包括金融题材的作品，又包括金融作家创作的其他题材的文学作品。也就是说，既以反映金融领域的事业发展和员工精神面貌为着眼点，又可以从金融人的社会属性出发，反映社会情怀，人生情怀，人文情怀，创作其他题材的文学作品。这些年，从我接触到的金融作家的作品和我个人的创作实践看，其他题材的文学作品占到相当大的比例，尤其像诗歌这种文体，很难体现金融的内容，少数体现的，也显直白，呈现歌功颂德式的倾向，失去了诗歌的意境含蓄和空灵之美。最能体现金融题材的文学样式莫过于报告文学，而我们的一些报告文学，尤其初学写作者创作的所谓报告文学作品，有的是通讯甚至是事迹材料，缺乏文学性。

综上所述，敞开胸怀，从广义的角度拥抱金融文学发展的未来，是我们的不二选择。具体实践中，我们首先应做到以下两点：一是思想上明确金融文学发展初级阶段包容性发展的必要性和长远意义，避免思想理论上的混乱。二是科学设计，重点突出，紧密结合，既积极引导金融题材作品创作，又将其他题材创作摆上一定的位置进行评判。保护金融作家文学创作的积极性、自主性，深层次洞察和发挥所有金融文学作品对金融人情感、情怀的表达和抒发，陶冶金融人的思想情操，发挥同样的正能量作用。

二、金融文学发展需要注意的两个倾向

（一）绝对强调写金融的倾向。金融文学首先是文学，如同金融人首

先是人一样。我们所安身立命的金融岗位，只是作为一个自然人的一个属性，我们还有社会属性、家庭属性、自我属性。文学的任务，就是反映人的思想情怀，怡人的同时首先度己。金融题材作品不仅反映在内容上是写金融人和事的，我感觉只要是金融人写的所有作品，都体现了金融人的思维、情怀。比如金融人写花，肯定不是法官眼中的花，警察眼中的花，工人、农民眼中的花。这就体现了金融这一属性，这样的作品，使金融员工感到更亲近，潜移默化地受到熏陶，发挥润物细无声的正能量作用。因此我们得出一个结论，虽然内容上不是金融题材，但只要是金融人写的，就应当成为金融文学的一部分。同时，我们的作家对金融题材作品的创作，思想上还有一定的顾虑，毕竟身在其中，担心惹出一些不必要的麻烦。也就是说，如果完全强调金融文学只写金融题材的作品，我们的金融文学发展就会限于被动，固步自封，甚至出现一定程度的枯竭，很难达到繁荣。所以要相得益彰，互相借力，以文养文，融合发展。

（二）没有侧重点的倾向。金融文学归根结底是为金融企业文化发展和精神文明建设服务的。组织者应做好必要的引导和指导，使金融作家不忘金融文学宗旨，肩负起创作金融题材作品的神圣使命，使金融题材作品达到一定占比。这样才能提高领导和员工的认可度，创造金融文学比较宽松的发展空间和环境。

经过几年努力，金融文学发展已进入历史最好时期。组织建设、队伍建设、理论建设全面展开。金融文学作品、精品不断涌现，在金融内部和社会上，影响越来越大，前景越来越好，势头强劲。相信在金融文联和金融作协的坚强领导下，通过广大金融文学组织者、创作者的共同努力，金融文学的明天会更加光明。

（本文获"首届中国金融文学理论研究最佳论文奖"）

‖ 作者简介

　　张国庆，笔名土生，江苏射阳人。中国金融作家协会会员、理事，江苏省金融作家协会会员，中华诗词学会会员，中国小诗协会会员。在国家及省、市级报刊发表过诗歌（诗词）、散文、小说。

金融园地里诗意的栖居

——浅谈金融诗歌创作意境、灵感和构思

张国庆

　　金融文学，就是以金融行业的人物为原型，以金融行业的故事、情感为素材创作的文学作品。在金融百花园里，金融文学注重对金融体制深层次问题的探求与思考，注重对金融人物的刻画和描写，试图用文学的形式来演绎金融的历史与现实。当文学遇上了金融，文学百花齐放。当金融孕育了诗歌，金融春意盎然。诗歌创造了金融之美。

一、诗歌创作的意境

　　诗歌是文学的最高形式。诗歌不仅具有外形美，更主要的是内在美。外形美，包括诗歌的韵律、节律、对仗和排列。内在美，其实就是诗歌的意境美。意境是诗歌的基本审美范畴，品鉴一首好诗就看它意境的深浅厚薄。

（一）诗歌的意境

关于诗歌的意境，古代学者早有阐述。晋代陆机在《文赋》中从"情思"与"景物"互相交融的角度说：意境是"悲落叶于劲秋，喜柔条于芳春"。这里的"喜"与"悲"表达的就是"情思"，即意，也叫意象。而"落叶"与"柔条"展现的则是"景物"，即物，也叫物象。此种"情思"与"景物"的"神同形游""情随景生"的契合与交融，就叫意境。简言之，诗歌的意境，就是诗歌的思想、意识、情感和场景。意境是通过意象表达出来的。"意"就是思想和情感，"诗言志"的"志"就是"意"。"境"指的是作者所创设的情景氛围，主要是由景构成。

（二）意境的特征

1. 真实性。金融诗歌的意境，是金融实践活动在作者头脑中反映的产物。它客观真实地反映出作者的喜怒哀乐及鲜明的个性特征。如《蓝色畅想》："你们走来，笑意写在脸上；你们走来，幸福溢满胸膛。依依惜别昨日的校园，携手谱写蓝色畅想。"作者看到了一群朝气蓬勃的新行员走进入职培训的课堂，激动之情溢于言表，字里行间无不打上所处的金融职场的烙印。

2. 鲜明性。诗词的意境，是作者思想情感、精神、意志、理念集中倾吐的综合体现。它蕴含着作者闪光的思想、炽热的情感、深邃的感悟、坚定的信念、顽强的意志和执着的追求。如《射阳河我的母亲河》："白色是你的品质，绿色是你的名片，蓝色是你的未来，红色是你永不褪色的信仰。"作者用白色、绿色赞美母亲河品质和品牌，用蓝色、红色讴歌母亲河的未来和信仰，表现了作者对家乡无比热爱的鲜明个性。

3. 新颖性。诗词的意境，是作者独具慧眼和匠心酿造出来的艺术境界。它是作者"言人欲言而未言，发人欲发而未发，吟人欲吟而未吟"的精神结晶。它源于生活，高于生活，美于生活。

（三）意境的写作方法

1. 揉情入景法。草木本无情，揉情便有灵。高山流水，草木花鸟，本来都是没有情感的"景物"，在诗词中，如果把人所特有的思想和行为揉入其中，一切景物便有了情思。

2.情景分列法。凡是有意境的诗,情与景都是交融的。但是,从字面上看,有些诗的"情"和"景"是分开写的。

3.寄情于景法。从文字表面看来似乎只见物象(景物),难见意象(情思)。而实际上也有情在,是寄情于景。

4.情浓景略法。从字面上看都是抒情,与寄情于景相反。本来是情由景发,但写成诗词时,却把景物省略了,而是直抒胸怀。

二、诗歌创作的灵感

艾青说:"所谓灵感,无非是诗人对事物发生新的激动,突然感到的兴奋,瞬间即消逝的心灵的闪耀。所谓灵感是诗人的主观世界与客观世界最愉悦的邂逅。"

（一）诗歌的灵感

灵感是诗词创作中凝聚的一种灵动意念、神采和风韵。灵感产生于诗人对事物的认知和经验的积累,是突然爆发出来的一种豁然贯通、文思如涌的文学现象。一阵风吹来、一朵云飘过、一场雨降临,一旦拨动心弦,诗便如泉水般地喷涌而出。这种在创作中经常出现的神秘现象,就是通常所说的灵感。对于一首诗来说,灵感是因;对于客观世界而言,灵感是果。有客观世界获得灵感,由灵感开始创作。这是作者写诗的过程。在灵感"爆发"之后,创作就进入具体的构思。

（二）灵感的特点

1.灵感的突发性。它对诗思的触动稍纵即逝。如《走进军营》:"走进军营,脚底卯足冲天干劲,心中鼓起如火激情。绿色的梦,融入建行蓝,升腾起不变的红色信仰。白云为我铺大道,东风送我去翱翔。"诗人在走进军营的那一刻,特别的感动油然而生。

2.灵感的顿悟性。它对诗思的触发豁然贯通。只有灵感的突发性是不够的。当代的灵感研究表明,灵感的产生乃是以精思和苦思为前提的。古代诗人不乏有梦中得句的故事,然而梦中还在想诗,必是日有苦思,方才夜有所梦。当人的思绪高度专注于某一方面时，那么偶然的、平时看作极平常的事物，都会成为一触即发的思想火花。

3.灵感的条件性。灵感的产生与平时生活和艺术的积累有关，所谓"得之在俄顷，积之在平日"。灵感虽然得之在瞬间，但平时没有积累，那么再苦思也无所为。作为外在的灵感需要与内在的素养碰撞出火花才能产生文思如涌、豁然贯通的现象。宋代诗人戴复古《论诗》说："欲参诗律似参禅，妙趣不由文字传。个里稍关心有悟，发为言句自超然。"这里所说的"顿悟"，只是星星之火，能否成燎原之势，则还需要作者内在的呼应。这个内因，就是平时生活和创作经验的积累。

（三）创作灵感的来源

尽管灵感的突发性和偶然性的特征使其发生的时机不为人们所控制，但是获取灵感的路径却还是有迹可循的。灵感具有其产生的特点和条件，在写作实践中，如何去捕捉灵感呢？唐代诗人王昌龄有"七绝圣手""诗家天子"之称，在他的《诗格》中有其独特的经验总结：诗有三格：一曰生思。久用精思，未契意象，力疲智竭，放安神思，心偶照镜，率然而生。二曰感思。寻味前言，吟讽古制，感而生思。三曰取思。搜求于象，心入于境，神会于物，因心而得。在这里，诗人实际上指出了激活灵感的三条途径：

1.灵感来源于持续学习和生活积累。养精蓄锐，在偶然中获得灵感。

2.灵感来源于博大精深的中华古典文化。吟诵名作佳句，以引发灵感。这是一种启发式运思。

3.灵感来源于积极的创作心态。从大自然和社会人生中获取诗意的感发。通过心入于境，思与境谐，从而触目兴怀。

三、诗歌创作的构思

（一）提炼诗情。就是从一般感受中寻觅显示一般感受的独特感受，从共同感受中寻觅表现共同感受的具体感受。如《春雨》："春雨，细而轻柔，蒙蒙地飘洒。三月来了，七月还会远吗？一滴雨，绿了眼前。"

（二）选取角度。抒发诗情应选择合适的角度。一般地讲有两个大角度：一是直抒胸臆，作者直接站出来抒情。如《微笑的花朵》："走过建设银行，你可曾听说。有一位女孩，如微笑的花朵。普通的柜员，精湛的技能，对待客户像春天的温暖。"另一个角度是象征寄托，借物寄情，借人表意，借景写感。

（三）谋篇布局。谋，谋划；篇，指一首诗或一首词；布局，对诗词的整体结构所做出的规划安排。郭小川主张："没有新的构思，没有新的创造，就不要动笔。"诗歌的开头、结尾怎么写，各部分之间如何组成有机的整体，需要精雕细琢。起、承、转、合是律诗常见的基本结构，当然还有其他种类。诗无定法不等于诗无章法，我们在创作中布局章法是灵活多变的。

（四）锤炼语言。诗词是用语言来塑造的艺术品，遣词造句必须千锤百炼，字斟句酌，才能达到美学的要求。古人强调"作诗在于炼字"，好句需要好字。一两个字用得精当，能起画龙点睛之妙，使全局乃至全篇都活起来。宋人胡仔说："诗句以一字为工，自然颖异不凡，如灵丹妙药，点石成金也。"

德国哲学家海德格尔曾说："人应该诗意地栖居在这片大地上。"到底何谓诗意？我认为诗意的本质在于对生活真心、自然、善良的歌唱。放到金融园地中来，就是金融文化要体现对真善美的追求；放到金融文学创作中来，就是金融写作要追求自由、自主、自动、本真的表达，让生命因为金融而精彩，在金融园地里充满诗意地成长。

（发表于《中国金融文学》2018年第4期，获"首届中国金融文学理论研究优秀奖"）

▎作者简介

谭锦旭，本名谭炳生，湖南株洲人。中国金融作
协理事，中华诗词学会、中国诗歌学会会员。已出版
专（合）著、主编文集《杨开慧》《中国金融英模礼赞》《历
代诗人咏株洲诗词选》（上下卷）等7部。纪实文学《苏
维埃金融先驱——毛泽民》获第一届金融文学奖纪实
文学一等奖。

118

新型的作品　新颖的形象

——再论金融文学

谭锦旭

自从《跨世纪的文学奇葩——金融文学》[①]一文发表之后，幸得金融界、文学界有识之士垂青，由是生发出"再论"之念来。

本文试图通过对搜集到的古今中外金融文学作品的剖析，探求中国金融文学创作之路。

一、历史渊源

翻遍世界和中国的文学史，金融文学还未登上大雅之堂。

的确，金融文学有如初生牛犊，还艰难跋涉在通往文学史这一庄严宫

---

① 《跨世纪的文学奇葩——金融文学》原载《中国文学研究》1993 年第 3 期，发表时署名谭旭。

殿的漫漫长途上。

但检看历史文库，金融文学作品的诞生，可以回溯到两千多年前。

从货币来到世间那天起，文学领域就萌发了一朵独具风采的奇葩。

随着货币的盛行，金融文学就有了自己拓展的长天阔地。

在中国，最早载有金融文学作品的，当首推《国语》。

据《国语·周语》记载：远古时代，天灾降临，先王为拯救百姓，便造出货币以解决百姓交换中的困难。

这是圣王制币说的肇始，应是世界上最早的货币传奇。

而《管子·山权数》则有更具体、更明确的记载：禹汤遭受水旱之灾，百姓卖儿鬻女。为让百姓赎回子女，禹汤便造出了货币。

禹汤造币是否确实并不重要，但这两位被万代称颂的先民领袖造币的传说故事，是可列为世界上最早出现的金融文学艺术形象的。难得的是，金融文学塑造的第一个艺术典型，就是以解脱人民苦难的全新风貌出现的。

在鲁迅赞为"史家之绝唱，无韵之离骚"的不朽名著《史记》中，伟大的史学家、文学家辟出《平准书》专章记载经济活动，既"为中国史学创造了典范"，也为中国金融文学史留下了首部不朽的报告文学。

关于货币的产生，司马迁有其独特的见解。他说："农工商交易之路通，而龟贝金钱刀布之币兴焉。所从来久远，自高辛氏之前尚矣，靡得而记云。"

最为可贵的是，司马迁认识到，货币是随着商品交换的发展而自然产生的。他虽然还不能认识到货币本身是一种特殊商品，但是他把货币的产生同交换、同商业联系起来，这在先王制币说盛行的古代是异常宝贵、非常卓越的见识。

春秋战国时期，商品经济已有一定的发展，货币广为流通，货币拜物教已然出现。

《战国策·秦策一》记载了一则颇值世人长久玩味的故事——

苏秦说秦王不成而归，"妻不下纴。嫂不为炊，父母不与言。"他相六国后，地位显赫，黄金万镒，衣锦还乡，父母兄嫂出城30里迎接。其嫂"蛇行匍伏，四拜自跪而谢"。

苏秦问她："嫂何前倨而后卑？"

她回答："以季子之位尊而多金。"

崇尚权势和金钱的丑态,通过苏秦之嫂的行与言,刻画得淋漓尽致,入木三分。

可悲的是,仰承权势和金钱的苏秦之嫂这一类谬种,至今仍广为流传,大有甚嚣尘上之势。难道我们千千万万先辈用鲜血和生命换来的革命胜利,竟还能让这一谬种永传?

魏晋之际的成公绥,有感于货币拜物教的泛滥,挥笔写出了《钱神论》:

"路中纷纷,行人悠悠。载驰载驱,唯钱是求。朱衣素带,当涂之士,爱我家兄,皆无能已。执我之手,托分终始。不计优劣,不论能否,宾客辐凑,门常如市。"

成公绥虽对货币只作了初步的探讨,但他可说是中国历史上形象地揭示出货币特殊功能的第一人。

百余年之后,晋人鲁褒因"伤时之贪鄙,乃隐姓名而著《钱神论》以刺之"。

鲁褒继承和发扬了成公绥《钱神论》之精髓,将钱的特点、作用和力量披露得惟妙惟肖,形神兼具。

他先论钱之特点:"钱之为体,有乾有坤。内则其方,外则其圆。其积如山,其流如川。动静有时,行藏有节。市井便易,不患耗折。难朽象寿,不匮象道,故能长久,为世神宝。亲爱如兄,字曰孔方。"

再论钱之作用:"失之则贫弱,得之则富强,无翼而飞,无足而走。解严毅之颜,开难发之口。钱多者处前,钱少者居后,处前者为君长,处后者为臣仆……钱之所在,危可使安,死可使活。钱之所去,贵可使贱,生可使杀。是故忿净辩讼,非钱不胜。孤弱幽滞,非钱不拔。怨仇嫌恨,非钱不解。令问笑谈,非钱不发……谚云:'钱无耳,可暗使。'岂虚也哉?又曰:'有钱可使鬼。'而况于人乎?"钱的作用如神,钱的能量如鬼,人情的冷暖,地位的尊卑,均在钱之有无多少。

尾论钱之力量:"死生无命,富贵在钱。何以明之?钱能转祸为福,因败为成,危者得安,死者得生。性命长短,相禄贵贱,皆在乎钱,天何与焉?天有所短,钱有所长。四时行焉,百物生焉,钱不如天;达穷开塞,赈贫济乏,天不如钱。若臧武仲之智,卞庄子之勇,冉求之艺,文之以礼乐,可以为成人矣。今之成人者，何必然？唯孔方而已。"

鲁褒笔下的"钱"，成了神灵，成了魔鬼。其威力之大，大于苍天。人的智勇愚怯，生死贵贱，均成了钱的恩赐或惩罚。钱，钱，钱，几乎成了人类的主宰。

《钱神论》无愧为一篇笑论货币的优秀杂文，但那幽默、犀利的散文诗式的笔调，勾勒出了钱的独特艺术形象，亦不失为金融文学史上首篇神采飞扬的优美散文。

心有灵犀自相通。在大西洋彼岸的英国，出了个被马克思、恩格斯高度赞扬的巨人——莎士比亚。他在名剧《雅典的泰门》中，借主人公泰门之口说道：

"咦，这是什么？金子！黄黄的、发光的、宝贵的金子！……这东西，只这一点点儿，就可以使黑的变成白的，丑的变成美的，错的变成对的，卑贱变成尊贵，老人变成少年，懦夫变成勇士……它可以使鸡皮黄脸的寡妇重做新娘，即使她的尊容会使身染恶疮的人见了呕吐，有了这东西也会恢复三春的娇艳。"

这不啻是《钱神论》的跨国姐妹篇。更难能可贵的是，莎翁以他的如椽巨笔，撰写了也许是世界上最有影响最有成就的第一部金融名著——《威尼斯商人》。

剧本围绕威尼斯商人安东尼奥向高利贷者夏洛克借贷、还贷展开，成功地塑造了夏洛克"这一个"自私、贪婪、狠毒、无耻的高利贷者的形象，歌颂了安东尼奥那种成人之美、舍生取义的高尚情操。

特别有趣的是，莎翁利用民间传说从金、银、铅三个匣子中抽签选择爱人的故事，揭示出真正的爱情并不取决于外在的富丽，从而深刻地批判了崇尚金钱和权势的奴才小人。

恩格斯高度赞扬"莎士比亚剧作的情节的生动性和丰富性"。可以说，《威尼斯商人》正是通过人物展开情节，从人物行动和戏剧矛盾中揭示人物的性格，又通过富于戏剧性的情节来推动人物性格的发展，从而塑造出夏洛克这一金融文学史上的不朽艺术典型的。

此后，莫里哀的《悭吝人》，山崎丰子的《华丽家族》，德莱塞的《金融家》，左拉的《金钱》，则以其涉足金融领域生活的坚实步伐，无意间留下了金融文学名著，为金融文学创作作出了开创性的探索。

二、 现代硕果

随着商品经济的日益发展，金融业的日益扩大，金融文学作品也与日俱增。

在现代的中国，茅盾的长篇小说《子夜》，是现代文学史上蔚为壮观的奇峰，也是现代中国金融文学的开山巨著。

诚如茅公自己所言："这一部小说（即《子夜》）写的是三个方面：买办金融资本家，反动的工业资本家，革命运动者及工人群众。"

全书以工业资本家兼金融家吴荪甫和买办金融资本家赵伯韬之间的矛盾和斗争为主线，以"工业的金融的上海"为中心，透过人物的性格和命运的发展，反映了1930年前后的中国社会的全貌。

文学往往是借助栩栩如生的形象展示出思想的灿烂光芒的。

茅公的《子夜》正是通过塑造一系列极具生命力的艺术形象，凸现出作品特有的风采和深度。

《子夜》的主人公吴荪甫，是第二次国内革命战争时期的民族工业资本家兼金融家的典型。

他凭借见多识广和过人的智谋，在实业界、社会上享有举足轻重的地位。

他野心勃勃，憧憬有一天"高大的烟囱如林，在吐黑烟；轮船在乘风破浪；汽车在驰过原野"；他的产品遍布城乡。而主宰者就是他自己。

他"一只眼睛瞅着政治，那另一只眼睛却总是朝着企业上的利害、关系"，组建益中信托公司为大本营，在农村投放高利贷、设立钱庄和当铺，力图在金融界取得优势，为此他与美国银团势力的买办赵伯韬展开了生死之斗。

与吴荪甫尖锐对立、互为映衬的是赵伯韬的形象。

赵伯韬狂妄无耻、有如得宠于主子的鹰犬。他宣言："中国人办工业没有外国人帮助都是虎头蛇尾。"他心甘情愿做外国金融资本的买办掮客，以公债市场魔王的身份招遥过市，操纵交易市场，扼杀民族工业。

他阴险狡诈，有如阴暗角落的蛇蝎。他与军政界多方联络，借政治压力控制公债市场，将吴荪甫一步步逼上绝路。

他骄奢淫逸，恰似永远填不饱的豺狼。他入舞厅，看跑狗，逛堂子，进赌场，如同扒进各式各样的公债，也扒进形形色色的女人。他宣扬："人家说我姓赵的爱玩，不错，我喜欢这调门儿。"把人类生活视为禽兽的卑鄙兽行，可以说，他将腐朽发挥到了极致。

《子夜》塑造了在黑暗的金钱物欲中沉浮的一系列人物形象。而在塑造吴荪甫这个工业资本家兼金融家形象的同时，更浓笔重彩地塑造了赵伯韬"这一个"买办金融家的形象，为中国现代金融文学创造了彪炳千秋的金融家艺术典型，虽说他被永远钉在历史的耻辱柱上。

假如说，茅公是无意中写下了金融文学巨著的话，那么，继其《子夜》诞生半个世纪后的1989年，梁凤仪以"财经小说"一举成名，则是有意笔耕金融了。

《醉红尘》《今晨无泪》展示了发生在香港金融界的爱恨交织的无烟战争，塑造了情深义重、忍辱奋起、"富贵双全、美艳绝伦"的庄竞之和绝情绝义、贪财贪色、专横暴戾、无耻之尤的杨慕天的形象。

《千堆雪》与《九重恩怨》则叙说了一个惊心动魄的报仇与复仇的故事，塑造出柔情似水、误入歧途、逆境抗争、报仇雪耻的江福慧和层层设陷、为友复仇、机关算尽、魂归地狱的杜青云的形象。

"商场上，今日你要我血肉横飞；他日我必令你粉身碎骨；情场上，今天你要我柔肠寸断，明朝我必迫你生不如死。"

梁凤仪总是以紧张、曲折、有趣的情节，流畅而富有散文韵味的笔触，描绘出20世纪末香港的浓艳风情画卷，而其中以金融为题材的篇章，则为中国当代金融文学画廊树起了充满港味的艺术群像。

在建设有中国特色的社会主义金融大业的进程中，金融文学迎着改革开放、振兴中华的雄风，绽放出朵朵鲜花。

1988年着手编著、1990年出版的《金融改革的十年》(英模篇)，是新中国第一部真正称得上具有较高品位的金融报告文学集。

开卷第一篇，鲜于小明、宋汉炎等撰写的《中华姐妹兰》，树起了潘星兰、杨大兰用青春热血和宝贵生命保卫国家金库的英雄形象。

晨雨的《春来江水绿如兰》，塑造了刘明康立志报国、跨越坎坷、勇攀高峰的"儒将"典型。

胡玉明描绘了为祖国建设大业而经受千摧万磨、终成大器的"淘金王"李子祜的弥足珍贵的淘金生涯。

胡淑文则展现出逆境奋起、顺境不辍、以文学为其生命的学子王祁的风貌。

还有那"冷土"上的拓荒者，微山湖上的"渔财神"，掀动郢都的"独臂旋风"，震动襄樊大地的"超验效应"，更有那扎根大西北的银行家，挑战国际金融中心的巨子和"皇冠领域"中的女才子们。

"英模篇"中载有 59 篇文章，树起了共和国 60 多个金融劳模、先进单位开拓社会主义金融、创现代化伟业的各具神采的形象。

1988 年开始撰写、"积十年金融生涯的体验、自费数千元实地调查采访、耗时两年"写成的我国金融界大要案纪实——《银行大劫案》，是青年作家贾亚雄的力作，也许是中国金融纪实文学中全方位、立体式披露金融界贪污、受贿、偷盗抢劫、诈骗走私等各类犯罪分子为主要对象的首部著作。

发表于 1987 年第 1 期《中外电视》，由俞志元、林兆良编剧的《银行家》，可说是描写新中国银行家的第一部有分量的电视剧本。全剧 8 集，集中描写了清水市金融改革初期的艰难，塑造了辛树林集思广益、历尽艰辛、不屈不挠地坚持改革的银行家形象。

舒龙的电视剧本《赤都财魁毛泽民》，成功地塑造了一位艰苦创业、光昭日月的金融开拓者的革命先辈形象。

10 集电视连续剧《情缘》，通过父子情、父女情、儿女情、姐弟情的描写，树立了一个情意深长、勇于改革、大公无私的金融家董上元行长的形象。

由中国人民银行株洲分行、潇湘电影制片厂联合摄制的《股市风潮》，是新中国首部直接描写股民在股海中沉浮的上、下集电视剧，揭示了"股市风险莫测、务请慎重抉择"的主题。也许开创了共和国由银行与制作部门联合摄制金融电视剧之先例。

6集电视连续剧《鲍江兮》，塑造了一位半生坎坷、追求真理、卓尔不群的银行行长形象。

而电视连续剧《农金魂》，则塑造了全国模范信用社主任杨朝泰全心全意为人民，带领父老乡亲脱贫致富、艰苦奋斗、公而忘家的农金战士的光辉形象。

颜庭芳的电视连续剧《疯狂的堕落》，则披露了高森祥疯狂地滑向堕落深渊的罪恶轨迹。

由潇湘电影制片厂与香港世能公司合拍的《股疯》，开新中国描写抢购股票及股民心态的故事片之先声。

钱石昌、欧伟雄的长篇小说《商界》，一反金钱就是罪恶的传统，而把金钱作为时代进步的标志，谱写出金钱美好的颂歌。

俞天白的长篇小说《大上海沉没》，通过描写20世纪80年代中期的中国第一大都市的僵化与改革、内耗与竞争、调整与奋起的复杂情态和景观，喊出了"大上海沉没"的警世之语，揭示出只有解放思想，坚持改革开放，以有益的文明的竞争替代无益的野蛮的竞争，才是上海金融繁荣之路、才是上海永不沉没的振兴之路。

当代女作家程乃珊的长篇小说《金融家》，描写的是民族金融家祝景臣的人生际遇和他那个豪门望族的悲欢离合，从而成功地塑造了中国抗战前后一代金融家的形象。

"一个形象抵得上洋洋万言。"法国著名作家彼埃尔·赛克如是说。

文学形象是时代的镜子，历史的浓缩。

伟大的文学形象，反映伟大的时代，伟大的历史。

渺小的文学形象，反映的是可怜的时代，可悲的历史。

金融文学的一项重大使命，就是力图塑造出各具特色的伟大形象，为伟大的时代争光，为伟大的历史添彩。

三、未来似锦

金融文学作品有着深远的历史渊源，有着现代的丰硕成果，今后怎样发展？未来的创作之路伸向何方？

一位伟人说过，以过去和现在去看待将来，洞若观火。

金融文学的创作历史，为我们提供了宝贵的经验和有益的借鉴。

第一，金融文学的创作必须植根于金融历史的和现实的生活土壤之中。

"人民生活""是一切文学艺术的取之不尽，用之不竭的唯一的源泉"①。毫无疑问，丰富多彩、波澜壮阔的金融领域及其相关领域的生活，是金融文学"取之不尽，用之不竭的唯一源泉"。

没有金融业的蓬勃发展，就没有金融文学。

脱离了金融领域的生活，就创作不出真实、优秀的金融文学作品。

只有以反映金融领域生活——包括金融人物、事件等为主的作品，才是实实在在的金融文学。

当然，我们也应承认"准"金融文学作品的存在，如同承认边缘学科的存在一样。

金融文学创作只有以反映金融领域的生活为己任，才能涌现一批又一批优秀作品。

金融文学作家只有以深入、智慧反映金融为职责，才能挥洒出成功的金融文学巨著来。

茅盾在检视自己创作的《子夜》不足之处时指出，因为"直接观察了"买办金融资本家、反动的工业资本家的"其人与其事"，"就使得这部小说的描写买办金融资本家和反动的工业资本家的部分比较生动真实"；而对于"革命运动者及工人群众则仅凭'第二手'材料"，"描写革命运动者及工人群众的部分则差的多了"。②

面对中国现代文学史上已有巅峰地位的《子夜》，而茅公自己竟能作出这样深刻的反省来，不能不说这是作家的伟大、真理的伟大。

---

① 《马克思恩格斯选集》第四卷第 343 页。
② 《茅盾选集·自序》。

这伟大的真理，用茅盾的话说，是"直接观察了""其人与其事"；亦如毛泽东"在延安文艺座谈会上"谈到的——

"中国的革命的文学家艺术家，有出息的文学家艺术家，必须到群众中去，必须长期地无条件地全心全意地到工农兵群众中去，到火热的斗争中去，到唯一的最广大最丰富的源泉中去，去观察、体验、研究、分析一切人，一切阶级，一切群众，一切生动的生活形式和斗争形式，一切文学和艺术的原始材料，然后才有可能进入创作过程。"

真理的伟大而朴素，只有在理解了之后才能发现。

真理的深刻而简单，只有在实践了之后才能领悟。

真理的伟大与崇高，只有经过千百万人的实践检验之后，才能展现出她的辉煌。

毛泽东所揭示出的这一文学创作的起始之路，是已为无数优秀文学家实践所证明的颠扑不破的真理。

作为新兴的金融文学家，只有走深入金融生活之路，才能创作出高品位的金融文学作品。

第二，金融文学创作只有敢于和善于吸收古今中外的科学的、有益的文明成果，才能少走弯路，登上一个又一个新的高峰。

郭沫若指出："有志于文学的人应该有多方面的知识，应该就像蜜蜂一样要采集各种各样的花汁花粉以酿成蜜。"

金融作家不仅需要具备金融的知识，还要具备经济、科学、人文、地理、历史、哲学等多方面知识，不仅需要学习、研究中国作家的文学创作经验，还要学习、研究外国作家的文学创作艺术。

鲁迅"博采众家，取其所长"，而成一代文学巨匠。

郭沫若"采集各种各样的花汁花粉"，酿出了举世瞩目的文学之"蜜"。

梁凤仪以学贯中西的知识功底，择商场经商和文学艺术之精粹，创作出自成一派的财经小说。

金融文学只有靠不断地吸收各类文学艺术的精华，才能不断地发展和繁荣。

第三，金融文学创作应迅速培养和造就自己的作家队伍，努力创作出无愧于时代、无愧于历史的巨著。

金融文学需要好的作家去创作优秀的作品。更期待伟大的作家去创作伟大的传世之作。

好的金融作家从哪里来？

只有靠我们自己培养和造就。

要培养和造就金融作家，首要问题在于发现。

"大约才、识、胆、力，四者交相为济，苟一有所歉，则不可登作者之坛。"清代诗人叶燮，是颇识作家的必具素质的。

"大凡人无才，则心思不出。"叶燮又这样指出才对于作家的重要。倘作家无才，那就不成其为作家了。

"无识，则不能取舍。"

卓识，是作家的望远镜和显微镜。真正的作家，凭借远见卓识而洞察一切。

"无胆，则笔墨畏缩。"

胆魄对于作家，有如劲风之于风筝。风筝乘劲风飞升，作家凭胆魄而翱翔。

"无力，则不能自成一家。"

"力"，即功底也。功底，是作家腾飞的根基。若功底不厚，即令有所成，也难成大器。伟大的作家，往往借助雄厚的功底，建就耸入云天的文学大厦。

叶燮将"才、识、胆、力"四者归纳为作者的必具素质，未尝不可，倘加上"韧"，可能更全面。

因为韧，既可弥补"才识胆力"之不足，也可使"才识胆力"稍欠者在"韧"的熔炉中越锻越强。

作为金融界、文学界的领导者，就应该敢于并善于发现那些具有才、识、胆、力、韧素质的金融文学人才，让他们一展宏图。

其次，要创造优美的创作环境。

优美的环境是作家的幸运之神，是灵感升华之所。

创作环境的优美，不仅包括政治环境、工作环境，也包括生活、学习环境等。

优美的创作环境，是培养和造就金融作家的摇篮，是伟大金融文学家的起飞之地。

恩格斯站在历史的高度，认为欧洲文艺复兴时期是"一次人类从来没有经历过的最伟大的进步的改革，是一个需要巨人而且产生了巨人——在思维能力、热情和性格方面，在多才多艺和学识渊博方面的巨人的时代。"[①]

一个比欧洲文艺复兴时期更加"伟大的进步的变革"已然在中国大地上展开。

作为历史悠久的中华民族文化，有过楚辞的兴盛、汉赋的繁荣、唐诗的辉煌、宋词的豪放、元曲的高吟和明清小说的璀璨，没有理由不相信，新中国需要巨人，也能够产生一批批文化巨人。

让我们多做些培土、催芽的工作，迎接新中国文化的鼎盛时代！迎接中国金融文学的巨人时代！

（原载《中国文学研究》1994 年第 2 期）

---

① 《马克思恩格斯选集》第三卷第 1145 页。

▎作者简介

··

　　赵晓舟，笔名校友，中国金融作家协会会员，陕西省作家协会会员，陕西金融作家协会副主席，供职于中国银行陕西省分行。

··

打造文学品牌　构筑精神高地

——关于"丝路金融文学"的构想

赵晓舟

　　文学"陕军"是中国文学界的一支劲旅，是 20 世纪 90 年代的一种文学现象，这一现象曾经震动文坛，成为陕西乃至中国文学史上都值得记录的辉煌。其艺术成就和精神财富激励、示范带动了陕西文化界及三秦莘莘学子，使一代又一代文学艺术新人茁壮成长。

　　20 世纪五六十年代，柳青、杜鹏程、王汶石、李若冰这批来自延安文艺圈、担当文学使命、胸怀民族忧患的作家使陕西的文学薪火传递，由此，后来者得以仰承这一鲜活的文学热脉，从而缔造了文学陕军创作的高潮。20 年前，陕西集中推出陈忠实《白鹿原》、贾平凹《废都》、高建群《最后一个匈奴》等长篇厚重之作，把长篇小说艺术标尺提升到新的高度。这段辉煌，造就了"文学陕军"这一空前文学盛况，形成了广泛多元的文学形态。

　　2015 年那个春夏之交，是陕西金融文学的春天、丝路金融文学的花季，一群志存高远的金融文学爱好者，在"金融助力一带一路，文学讴歌金融事业"的理念感召下，成立了陕西金融作家协会，组建了金融文学陕军，亮出了"丝路金融文学"的大旗，为此还在陕西省版权局进行了版权登记。两年来，金融文学陕军"坚持以人民为中心、以金融为主体的创作导向"，围绕发展大局，反映金融心声，小说创作成果丰硕，诗歌创作亮点纷呈，散文创作异军突起，影视文学引人注目，取得了广泛的社会认可，确立了自身的时代地位，显示出强大的品牌效应。涌现出杨军、白来勤、杜崇斌、黄天顺、姜启德、吴文茹、李伦、程峰、陈翼鹏、高歌等一批代表作家，出版了诸如《大儒张载》《大汉钱潮》《三秦儒商》《山魂》《消失的身份》等备受读者喜爱的优秀作品。陕西金融作协取得的成绩受到了中国金融作协、陕西省作协的充分肯定和高度赞扬，2017年荣获本省优秀行业作协，受到陕西省作家协会的表彰。

陕西金融文学从孕育成长，到跻身于"文学陕军"乃至中国金融文学之林，既是"文学依然神圣"理念的再现，也是金融文化的硕果，已引起业内人士的广泛关注。陕西省评论家协会副主席柏峰认为，陕西"金融作协提出'丝路金融文学'理念并进行版权登记，对这种可喜和可贵的探索，应给予充分的肯定，此举标志着文学陕军正以一种新的姿态介入文坛现场"。著名编剧、作家杨争光，陕西省作协副主席梁向阳、王海，西安交通大学教授黎荔等普遍认为，金融文学陕军异军突起，为陕西文学注入了新的力量、增添了新的活力。西安晚报记者曾世湘说："丝路金融文学"为文学陕军探新路。中国作协全委会委员、中国金融作协主席阎雪君赞誉丝路金融文学是"文学陕军引擎，金融文化尖兵"。金融文学陕军从"养在深闺无人识"的幕后逐步奔向"万人瞩目任端详"的前台并惊艳亮相，标志着陕西金融作家社会知名度、美誉度和认可度的大幅提升。

一、"丝路金融文学"基本含义

金融文学源远流长，两千多年前《国语·周语》中，就记载有远古天灾降临，先王为拯救百姓，造出货币以解决百姓临时交换的困难，这个圣王造币的故事，是世界上最早的货币传奇。近代著名文学家茅盾先生的小说名篇《子夜》，就是围绕三个买办商人的上海金融活动展开，可以视为金融长篇小说的肇始，中国金融文学的开山巨著。1988年湖北农行创办《金潮》杂志，标志着金融文学成为一个单独列出的门类，开始受到文坛内外的关注。然而，正式提出在文学中列出金融门类，是2004年1月，由春风文艺出版社出版陈一夫的两部长篇小说《金融街》和《资本魔方》开始的。而后，2006年10月，中国文联出版社出版了陈一夫的长篇小说《钱网》，又以"金融犯罪"小说的提法再次在文学中加入了金融的内容。2008年3月，春风文艺出版社再版陈一夫的四部长篇小说时，首次使用了"金融小说"的提法。自此，金融小说便有了正式的提法和含义。因为作为文学主要门类的小说有了金融小说的提法，作为大类的文学也就自然而然地有了金融文学的提法。《金融作家》杂志于2012年起正式更名为《金融文学》。湖南省金融作协名誉主席谭锦旭撰写的《金融文学三论》和中国金融作协常务副主席龚文宣撰写的《关于金融文学的几个认识问题》一文等，对中国金融文学都有较为详尽的描述。

综上所述，我们不难看出，金融文学是20世纪80年代末期提出的概念，基本含义是以金融行业的人物为原型，以金融行业的故事、情感为素材创作的文学作品。金融文学说到底是以"金融人写和写金融人"为主要特征的金融文学理念。

何谓"丝路金融文学"？这首先要从丝路金融谈起。丝路金融是在国际金融危机之后的世界经济政治格局发生巨大变化的背景下起步，在以"一带一路"倡议为核心的对外开放战略之下，中国对于全球治理的积极参与，聚焦于跨境的基础设施投资倡导成立的一些新金融开发机构，为国家和地区间的互联互通提供资金支持，进而促进相关国家的经济增长，以此成为世界经济未来增长新引擎而从事的金融服务。

无论是金融文学或是丝路金融，金融在其中充当着关键角色。"一带一路"是丝路金融助力的重点，丝路金融是金融文学讴歌的主体。所以，丝路金融文学，是基于中国与世界其他国家和地区之间贯穿古今的海上和陆上通商以及文化交流区域金融行业的文学创作，而沿这些丝路所传播和衍生的金融文学作品则被称之为"丝路金融文学"作品。

党的十八届三中全会提出，建立开发性金融机构，加强同周边国家和区域基础设施互联互通建设，推进"一带一路"倡议，形成全方位开放新格局，这是新时期我国对外开放、完善开放型经济体系的新举措。金融是现代经济的核心，金融文学是金融的软实力，作为古丝绸之路起点的陕西，积极研究、探索和推动丝路金融文学支持丝绸之路经济带核心区建设具有重要的理论和实践意义。

二、"丝路金融文学"项目构想

陕西是古丝绸之路的起点，中国"一带一路"倡议的实施，让陕西在国家发展格局中的地位显著提升。作为经济发展血液和重要支撑的陕西金融业如何发挥自身优势，助力"一带一路"建设行稳致远，已经成为各家金融机构致力于"一带一路"文化传播与经济发展的一大目标和使命。基于上述认识，2015 年金秋时节，陕西金融作协依托国家"一带一路"建设，打出了"金融助力一带一路，文学讴歌金融事业"的旗帜，制定了"丝路金融文学系列项目计划书"，基本构想是以"丝路金融文学"命名开展工作，积极打造"三大核心主体、三大实力品牌、三大传播平台"，采取"十项实施举措"开展工作。

"三大核心主体"是：创建《丝路金融文学》杂志、中国丝路金融文学网、丝路金融影视创作基地。"三大实力品牌"是：举办"丝路金融文学论坛"、全国大学生丝路金融文学大赛、丝路金融文化国际高端论坛。"三大传播平台"是：设立微信、微博、公众号。"十项实施举措"是：《丝路金融文学》期刊、丝路金融文学高峰论坛、丝路金融文学微信、丝路金融文学博客、丝路金融文学微信公众号、丝路金融文学全国大学生征文大赛、丝路金融文学网站、丝路金融文学之旅、丝路金融文学影视、丝路金融文学起点吟。

"丝路金融文学系列项目计划书"草拟完稿后，协会先后以不同形式分别听取了多方意见并在 2015 年陕西金融作协年会上进行了宣讲、听证、研讨。此后，在进一步修改完善的基础上，向中国企业文化管理专业委员会提出了加入全国企业文化合作组织的申请，并于当年 11 月获得批准。与此同时，陕西金融作协于 2015 年 11 月 16 日在陕西省版权局对"丝路金融文学"名称进行了版权登记注册。"丝路金融文学"作为陕西金融作家协会文学期刊、文学网站、微信公众号及开展文学活动的通用名称，享有对此注册名称的所有权，受文化知识产权保护。至此，"丝路金融文学系列项目"进入了有计划、按步骤、有条不紊的实施阶段。

"丝路金融文学系列项目"实施以来，引发了金融文学同行和社会相关部门的高度关注和强烈反响，中国金融文联、金融作协、兄弟省份金融作协、陕西行业文学团体以及各类文学组织和新闻单位纷纷以不同形式表示祝贺。通过两年多的试运行，金融文学陕军在组织机构设置、作家队伍发展、宣传载体建设、开展系列活动等方面均有重大突破。作家杜崇斌《大儒张载》、杨军《大汉钱潮》、黄天顺《三秦儒商》出版发布会的成功举办，作协成立一周年、两周年纪念会的隆重召开，文化下基层及金融文学走近企业活动的持续推进，金融系统文学创作骨干培训班的隆重举办，使陕西金融作协主导的"丝路金融文学"知名度、美誉度显著提升，同时也得到了金融行业各级领导的认同和支持。实践表明，丝绸之路实际上是一条钱币之路，助力"一带一路"的确离不开金融业的鼎力支持，离不开丝路金融文学的大力宣传。以文学来弘扬时代主旋律，发挥金融作家的行业优势，是金融作家们义不容辞的社会责任和崇高使命。我们有理由相信，丝路金融文学未来将在弘扬中国精神、传播中国价值、凝聚中国力量，讴歌金融助力"一带一路"的创作与实践中发挥更大作用。

三、"丝路金融文学"主要成果

丝路金融文学的诞生，标志着金融助力国家"一带一路"战略已经由金融硬支持转入金融与文化支持并重的新高度，同时，也标志着金融文化建设步入一个新领域。金融不仅靠行政、法律的手段加速自己的运行，还将借助文学的羽翼，去加速自己的腾飞。"一带一路"不仅需要金融的支持，也离不开文化的滋养。

按照"金融助力一带一路，文学讴歌金融事业"的宗旨，陕西金融作协成立以来，立足金融、辐射丝绸之路，从实际出发提出了"三年迈出三大步，打造陕西金融作家实力品牌"的奋斗目标。即第一年树立协会形象，重点以文学活动为主；第二年繁荣文学创作，重点支持会员多出作品；第三年推出精品力作，重点是宣传推广会员精品佳作，目前已初见成效。

一是确立了"丝路金融文学"品牌定位。陕西金融作协立足陕西文化大省和丝绸之路起点这一优势，创立"丝路金融文学"名誉权在版权局正式登记注册两年多来，已经成为陕西金融作家协会的实力品牌，受到了省内乃至全国文学界的认可与赞誉。

二是增强了服务金融事业发展能力。遵循金融文学"为金融服务、为社会服务"的方针，先后开展了"金融大堂故事"作品征集，"陕西工行杯"纪念长征胜利80周年作品征集，为陕中行、陕工行基层员工开展系列文学讲座，帮助基层金融工会建设职工书屋等20余项活动。

三是推动了金融文学创作步入繁荣。首先是小说创作成果丰硕。先后出版了《大汉钱潮》《大儒张载》《消失的身份》《山魂》《三秦儒商》等长篇小说。其次是诗歌创作亮点纷呈。《太白》《我必须为一条河流歌唱》《梦入长安》《一个人的天堂》《圣像与阳光》等诗集先后面世。再次是散文创作异军突起。《三十六记》《银海拾趣》（三卷本）《撞钟自闻》先后出版，成为协会金融文化研究的重要成果。

四、"丝路金融文学"深耕远行

三秦大地，文脉昌盛；圣贤先哲，人才辈出。诞生于这块土地上的"丝路金融文学"，自诞生之日起，就以习近平总书记在文艺工作座谈会上的重要讲话精神为指导，瞄准新时期中国文学高度，紧扣时代脉搏，瞄准"金融助力一带一路，文学讴歌金融事业"的创作导向，团结和带领广大作家会员，主动适应社会发展新常态，努力开拓文学创作新局面，目前已经有一批影响深远的精品力作问世，这些来自金融作家、诗人心灵与笔触的激扬文字，无疑为当地金融文化和地域文化注入了无可替代的涵蕴，也为文学陕军注入了活力，与此同时，也为中国金融文学创作成果增添了一份厚礼。完全可以说，"丝路金融文学"是一支有潜力、有作为的创作群体，虽然目前还不足以全方位突显他的姿容风采，但我们坚信，有各级领导的关心支持，有全体会员的敏捷才思和勤奋创作，还有波澜壮阔、多姿多彩的火热生活为创作提供的用之不竭的素材源泉，在不久的将来，一批反映金融人生活、展示当代金融职工风貌、彰显金融文化并为金融人喜闻乐见的不同体裁的精品力作的涌现，将指日可待、目标可期。

著名文化学者、中国西部文艺研究会会长肖云儒希望"丝路金融文学深耕远行"。目前，"丝路金融文学"起步良好，但金融文学创作永远在路上。

（本文获"首届中国金融文学理论研究优秀奖"）

‖ 作者简介

　　胡小平，湖南省隆回县人。中国作协会员，中国金融作协理事，湖南省金融作协主席，毛泽东文学院签约作家。现供职中国银行湖南省分行。已发表、出版作品 360 多万字，出版有散文集《血脉》、诗歌集《守望》、长篇小说《催收》《蜕变》等文学作品 9 部，获第二、第三届中国金融文学奖。

谈金融作家与金融文学创作

胡小平

一、金融作家和金融文学大有可为

　　（一）什么是金融文学。金融文学有狭义和广义之分。狭义的金融文学是以金融为题材的文学作品，包括金融作家和非金融作家创作的以金融为题材的文学作品。广义的金融文学是金融作家创作的文学作品，和非金融作家创作的以金融为题材的文学作品的总称。

　　（二）什么是金融作家。狭义上的金融作家就是金融系统的作家，广义上的金融作家则包括金融系统的作家，和以金融文学创作为主的非金融系统的作家。

　　之所以这样理解金融作家和金融文学，是基于金融作家和金融文学不应该排斥，更不应该拒绝，而应该是开放的、包容的、互通的、共享的，金融文学的繁荣需要社会更多人的关注、支持、参与、共建，金融作家需要更多地向他人学习、借鉴。

（三）社会需要金融作家和金融文学。"金融作为现代经济的血液"，与社会的各行各业息息相关，与老百姓的生活紧密相连。正因为这样，一方面是社会和民众越来越关心金融、关注金融，一项金融政策的出台或调整、一个敏感岗位人事的变化或一个金融事件的发生等等，都往往会成为社会热议的话题、关注的焦点，另一方面是金融需要面向社会和民众普及金融知识、传导政策法律、宣传先进事迹等等，需要社会和民众的支持、参与、合作。而金融文学由于有其活泼多样的表现形式、惊险曲折的故事、生动鲜活的语言等等，在这两者之间架设了一座桥梁，让社会和民众更多更好地了解金融、感受金融、理解金融、共享金融。《子夜》诞生八十多年来，之所以一直深受读者的喜爱，其原因之一就在于它不仅深刻地反映了当时的社会面貌，而且让读者看到了当时的金融资本运作及证券交易等等，在感受艺术形象的同时，还获得了知识。

二、金融作家要以金融文学创作为己任

（一）金融作家写金融文学有着得天独厚的条件

"文艺创作方法有一百条、一千条，但最根本、最关键、最牢靠的办法是扎根人民、扎根生活。"文学来源于生活。没有生活，仅凭虚构和编造，是难以写出好的作品来的，就是生拉硬扯弄出来了，也会让人觉得这里不像，那里不对，或是干巴、生涩，让人费解、难以接受。有的非金融系统的作家也想涉足金融题材，创作金融文学作品，但又往往望而却步，或是虽然作品写出来了，却得不到社会的认可，甚至作者本人也不那么满意，觉得不如自己的其他作品。这是因为金融业有其特殊性，不仅具有较强的社会敏感性，而且具有较强的专业性，行业色彩比较明显，许多东西并不是一个作家在银行或是保险、证券，体验了十天半个月，或是一年半载就能看得到、听得到、想得到、感觉得到、体验得到、悟得出来、把握得了的。而金融作家熟悉金融政策法规、业务流程、产品特点、服务规范等等，更重要的是了解金融人的思想感情、喜怒哀乐，每天都在跟金融人打交道，

每天都在积累素材。也正因为金融作家有金融生活，金融文学的创作自然也就落到了金融作家的肩上。

（二）金融是一个文学创作的宝库

一方面金融虽然种类多、机构多、人员多，但有着共同的行业特点，有着特色鲜明的行业文化，并自成体系，构建了一张行业内部的纵横交错的网，另一方面金融又与政治、经济、军事、文化、科技等相关联，渗透到了社会的各个方面、各个角落，影响着每一个家庭和个人。可以说如今没有谁不与金融打交道，只是方式和渠道不同罢了，没有谁不在分享现代金融带来的便利和福利，只是有多有少而已。这样，金融与社会、与个人就交织成了一个更大而又更复杂的网；而正是这张网，给金融作家提供了取之不尽、用之不竭的创作素材，筑就了一座金融文学创作的宝库。而在这无边无际、有形无形的网里，每天都在发生着各种各样的精彩的故事，给我们提供源源不断的创作素材。我们可以从宏观写金融对政治、对经济的作用，也可以从微观写金融对家庭、对个人的影响；可以写金融改革的波澜壮阔，也可以写金融发展的艰难曲折；可以写发生在机构的一个重大事件，也可以写发生在网点的一个小故事；可以写一群金融人的集体生活，也可以写一个员工的生活片段；可以写金融人的奋发图强，也可以写金融人的苦闷烦恼……可以写的东西很多很多，关键看我们怎么去认识，怎么去驾驭，怎么去表达。

在金融文学这个宝库里，有着许许多多事迹感人、个性鲜明的人物。作为金融作家，就是要努力去把这些人物挖掘出来、树立起来。文学就是人学。金融文学最主要的就是要写出金融人，写好金融人。

三、金融作家要努力创作金融文学精品

（一）金融作家要有精品意识

"精品之所以'精'，就在于其思想精深、艺术精湛、制作精良。""优秀的文艺作品，最好是既能在思想上、艺术上取得成功，又能在市场上受

到欢迎。""艺术的最高境界就是让人动心,让人们的灵魂经受洗礼,让人们发现自然的美、生活的美、心灵的美。我们要通过文艺作品传递真善美,传递向上向善的价值观,引导人们增强道德判断力和道德荣誉感,向往和追求讲道德、尊道德、守道德的生活。"无疑,要创作出精品,那是不容易的,不是自己立志要有就能有的,也不是自己勤奋就能生产出来的,但一定要有精品意识,要精益求精,努力写好每一个作品,多写出自己的"精品"。有了精品意识,努力把每一个作品打磨成自己满意的"精品",这样就会提升更快,成熟更快。当然自己满意的作品,并不等于就是精品,更不要自我欣赏、自我陶醉。自我陶醉只会让自己固步自封,成为井底之蛙。

（二）金融作家要有市场意识

"一部好的作品,应该是把社会效益放在首位,同时也应该是社会效益和经济效益相统一的作品。""文艺不能当市场的奴隶,不要沾满了铜臭气。优秀的文艺作品,最好是既能在思想上、艺术上取得成功,又能在市场上受到欢迎。"搞文学创作虽然有快感、有快乐,却也是挺辛苦的,要费神费力费时,而金融作家都有自己的本职工作,总是在繁重的工作之余,牺牲难得的休息时间来进行创作,那辛苦更是不言而喻了。因此,笔者虽然不赞成作家写作的出发点和落脚点就是为了赚几个钱,但还是要考虑市场因素,要在考虑社会效益的同时,评估作品是否受社会的认可,是否能得到读者的喜爱,换句话说,就是作品是否卖得出,会不会赔本。

（三）金融作家要不断提升思想修养和文学素养

"文艺工作者要自觉坚守艺术理想,不断提高学养、涵养、修养,加强思想积累、知识储备、文化修养、艺术训练,认真严肃地考虑作品的社会效果,讲品位,重艺德,为历史存正气,为世人弘美德,努力以高尚的职业操守、良好的社会形象、文质兼美的优秀作品赢得人民喜爱。"要出"精品"就必须不断提升思想修养和文学素养。一提到"政治、思想、信仰、理想、信念、主义"等这一类的词语,社会上有的人就会不以为然,甚至嗤之以鼻。对一般的社会民众,这本也无可厚非,而对一个作家来说,那就不行了,因为作家的作品是具有社会性的,作品里的思想、观点、情怀、情感等等都是会影响读者、影响社会的。作家应该要有天下情怀、民族情感、人民意识，不管你是讴歌祖国的繁荣还是反映民族的苦难，不管你是写金融发展的成就还是写金融改革的阵痛……都"应该用现实主义精神和浪漫主义情怀观照现实生活，用光明驱散黑暗，用美善战胜丑恶，让人们看到美好、看到希望、看到梦想就在前方"。人生最大的敌人，不是来自外部，而是自身。作家必须学会自省，不断地克服自己的弱点和不足，找出自己的缺点和短处，不断地超越自我，不断地战胜自我。当然，自省不等于否定自己，不等于抛弃自信，而恰恰相反，自省是为了更好地肯定自己，更好地为自信打牢基础。人的思想成熟过程，实际上就是一个不断认识真理、纠正错误的过程，也是不断改造旧思想、取得新认知的过程。思想改造，对于一个作家来说，是一辈子的事情，需要活到老、写到老、思想改造到老。只有这样才能不断进步，不断获得新知识、开拓新眼界、培养新思维、拓展新思路、写出新作品。改造思想，需要勇气，也需要毅力和胸怀，敢于突破自己，超越自我，要能够下得决心、怀有虚心、持有恒心。作家要不断提高思想境界，只有境界高了，看问题、想事情，才会高瞻远瞩，与众不同，才会用唯物的眼光，站在历史的高度去认识和观察事物，审视自己，审视世界，不以物喜、不以己悲，真正把自己的文学创作同社会、同时代、同国家与民族的兴衰成败融为一体。

　　文学素养是指一个人在文学创作、交流、传播等行为及语言、思想上的水平，体现一个人的文学气质，也体现一个人的内涵，是一个人的综合反映。对社会有一定的了解，有宽广的知识面，对历史、对现实有一定的独立见解，有良好的行为举止等等，都是文学素养的一部分。由此可见，提高文学素养不可能一蹴而就，而是一个漫长的过程。作家要爱学习，多实践，读百家之书，成一己之思。古人说，读万卷书，行万里路。书不仅要读得多，有的还要读得熟读得精。所谓书读千遍，其意自现。把名家名篇烂熟于心，就能丰富词汇，切实占有语言材料，熟悉句法，掌握篇章结构及写作方法，写时就能左右逢源，信手拈来。近代学者王国维在《人间词话》中说"古今之成大事业、大学问者，必经三种境界"：第一个境界是"昨夜西风凋碧树。独上高楼，望尽天涯路"；第二个境界是"衣带渐宽终不悔，为伊消得人憔悴"；第三个境界是"众里寻他千百度，蓦然回首，那人却在灯火阑珊处"。学习会因为量的积累而有质的飞越，常常会让人有豁然开朗、茅塞顿开之感。有人说，自己在金融系统工作，干的就是金融，哪里还要什么去深入生活。其实不然，文学创作并不是作者个人生活的真实写照，只有深入到基层中去，深入到员工中，深入到客户中去，才能获取第一手鲜活的素材，才能写出让人喜闻乐见的好作品。"纸上得来终觉浅，绝知此事要躬行。"契诃夫说："人有三个头脑，一个来自书本，一个来自生活，还有一个来自社会。"有的文章，读过后，掩卷而思，意远旨深，久不能忘，就是说，只要是发自内心的真情实感，就会打动读者的心灵，包括自己。要多写多改，勤于练笔，写百家之事，舒一己之见。文章可以反映出一个人的性格和品质，文品如人品就是说做学问与做人是密不可分的。写作是一个实践的过程，是从感性认识到理性认识的过程，也是一个探索、积累、提升的过程。写得多了，自然就会写了，会写得更好一些了。文章是改出来的。改的过程就是一个修饰、雕琢、完善的过程，也是一种对自己、对自己的作品和对读者、对社会负责任的表现。要多思考多思辨，勇于创新，敢于突破。学而不思则罔，思而不学则殆。思考是我们对所认识的事物总结归纳过程中必不可少的一环。《中庸》中说做学问要博学之、审问之、慎思之、明辨之、笃行之。可见思考对提高文学素养的重要性是不言而喻的。作家是要有思想的，而这思想往往来源于对生活的思考。

（四）金融作家要磨砺心志，能沉得住气，耐得住寂寞

写作本身就是清苦的，而在当下这个机会多、诱惑多的时代，要想静下心来写作，特别是要花费数年时间，写出一部洋洋洒洒数十万字的长篇小说，那是要有定力、要有毅力的，是要能沉得住气、耐得住寂寞的，是要守得住清苦、守得住底线的。同时，一个作家，还得有一个好的身体，如果没有一个好的身体，那许多的美好的故事也只能烂在自己的肚子里，许多的愿望也真的只能成为梦想，生出许多遗憾。

前不久，中国金融文学的领头人阎雪君主席出版了长篇小说《天是爹

来地是娘》，好评如潮。看着书，笔者就在想，阎主席之所以能不断地有精品问世，那是因为他有生活、有故事，又会说故事、写故事，之所以他的小说刚一出版，马上就了盗版，那是因为他的小说上接天线，下接地气，有市场，有读者啊！

（本文获"首届中国金融文学理论研究优秀奖"）

‖ 作者简介
- -

　　王照杰，山东德州陵县（今陵城区）人。中国金融作家协会理事，江苏省诗词协会会员。现任中国银行山东省分行作家协会主席。文学创作兼及诗歌、散文、小说与评论，散文集《给女儿的九封信》于 2009 年获得青岛财经日报举办的"我与孩子一起成长"征文特等奖，并获得第三届中国金融文学奖优秀奖。

144

浅谈中国金融文学发展

王照杰

　　作为中国金融作协的一名普通作家，我起步较晚，自 2015 年开始关注中国金融作家群及其作品。以下我从个人角度，对于中国金融文学目前的现状、存在的问题以及发展的建议谈一下自己粗浅的看法，也希望能给与中国金融作协的领导及关注中国金融文学的金融同仁一定的启发，为我们中国金融文学的发展贡献自己微薄的力量。

一、中国金融文学现状

　　今天，在中国金融界，有这样一群人：在从事自身所做的金融工作之余，他们将家国爱、金融情汇聚于笔端，刻画着中国金融界过去和现在的同时，还精心描绘着中国金融界的明天，讴歌着中国金融界的文化、历史和传承，为中国金融文化建设和文学繁荣，勤勉创作，砥砺前行；他们分布在金融机构的不同岗位，他们的作品做到了文学性与思想性的统一、创作先进性与社会发展客观性的统一；他们在文学创作上屡获国家级大奖，为中国金融文学界争得了一系列荣誉，彰显出中国金融文学的软实力——他们就是中国金融文学界的优秀作家群。

在肯定中国金融作家做出较大贡献的同时，我们也不得不面对中国金融作家所处的尴尬环境以及诸多结构失衡。在现有的金融体制下，几乎所有的金融机构无论岗位设置还是工作重点都是以追求利润为核心目标，在大多数金融机构，还没有成立作家协会。已经成立的作家协会，也多是虚拟部门，隶属于工会、办公室、人力资源等宣传部门，作家协会主席、理事及会员也仅仅是个虚职甚至是个类似花瓶似的摆设，金融作家们很多创作处于"地下"状态，很难理直气壮地从事文学创作。另据《金融文坛》对 2015 年至 2017 年 3 月的所有文章的统计与分析，目前金融作家存在三个方面的结构失衡：一是作者年龄结构失衡较重，45 岁以上的作者占八成以上，25 岁以下的作者只有一位；二是作者所在单位分布不均，银行业作者占八成以上，保险业占一成，其他金融机构合计一成多，证券业作者无；三是文章体裁占比失衡较重，小说、散文占绝大比重，其次是诗歌，文学评论、金融理论研究文章所占无几。

二、中国金融文学目前存在的问题

对于中国金融作家及其作品，我有一定的了解，这源于我这两年较为关注金融作家的作品，并机缘巧合结识了一批金融作家。我的阅读范围主要来自以下五个渠道：一是两届中国金融文学奖的获奖作品；二是《中国金融文学》《金融文坛》及其公众号所刊发的金融作家作品；三是在中国金融作家微信群中所发表的作品；四是部分金融作家微信朋友圈所发的作品；五是我自己向部分金融作家索要的以及部分金融作家主动寄送给我的出版书籍。对于大部分作品，我或精读或浏览，并积极与作者交流、沟通甚至争辩。大多数的金融作家较为敬业，把文学作为自己的特殊爱好甚至作为一项神圣的使命去完成。

多年前，中国金融作协常务副主席龚文宣曾经总结过金融文学中的"四多四少"现象，即：一是作协会员多，有影响的作家少；二是创作体裁多，有影响的作品少；三是创作数量多，高水平的文章少；四是补贴出书多，市场发行少。目前中国金融文坛上的这种"四多四少"现象仍然存在。从我个人角度，我认为目前的金融作家还存在着如下的问题：

（一）金融作家年龄结构相对偏高，中年以上作家比例较大。这固然有优秀的作家作品需要时间及人生经验的沉淀等原因，但更多的是因为纯文学时代已经成为过去式，20世纪80年代左右全民喜爱文学追捧作家并梦想成为作家的时代已经一去不复返，而目前金融文学的中坚力量就是20世纪80年的少年与青年人。从这个角度看，这部分人在继续笔耕不辍继续写出优秀作品的同时，更要做好对于纯文学的普及与推广，使文学能够给予目前这个物质享受为重、文学渐行渐远的时代以一缕清新的春风，来洗涤信仰缺失、没有方向的迷茫的灵魂。另外，对于目前急于建功立业功利心较重的年轻人而言，金融文学创作不仅费时费力，而且多数金融机构处于摆设的位置，没有多大吸引力，即便是文字水平较高文学潜质较大的年轻人，也不会拿出太多精力去从事纯文学事业。

（二）大多数金融作家文学素养相对较弱，难以在真正的纯文学圈立足。据我所知，大多数金融作家没有上过真正的大学也没有接受过专业的文学培养与锻炼，或是因自身爱好"自学成才"，或是因一直供职于与文字有关的诸如工会、办公室、企业策划部、党务工作部等宣传部门而与文学结缘。因其自身局限性及工作局限性，所写作出的文学作品或多或少存在一定的瑕疵甚至缺陷。很多的金融作家所发表的文章都是一些无名小报，在纯文学期刊发表的较少。不过，我们欣喜地看到，在金融作协领导们的斡旋和努力下，金融作协可以推荐部分金融作家参加鲁迅文学院的专业学习与培训，许多受过专业培训的金融作家也开始在纯文学界崭露头角，这为我们金融作家真正融入纯文学圈创造了较为顺畅的创作环境。

（三）大多数金融作家固然写作热情高涨且笔耕不辍，但精品较少。从我个人阅读金融作家作品并对金融作家的分析看，很少有同时兼具诗歌、散文、小说等多种文体于一身的作家，即便是专于某个文体方面创作的金融作家，真正具有所专注文体的高水平的也是凤毛麟角。比如金融小说作者很少真正从事一线工作，所写的与金融相关的内容虽然似有其事，实际存在诸多细节瑕疵。这固然有与目前我们所存在的写作环境限制等因素有关，但不可否认，这也与写作者没有真正深入基层深入到金融核心岗位有很大的关系；比如金融散文作者，大多是与自身有关的回忆性或者小资性散文，难以见到具有大视野大情怀上升到哲学思考触及到人类灵魂深处的作品；比如很多金融诗人，对于古今中外诗歌的阅读量少之又少，不清楚诗歌其实有很多"根性"的成分，也导致因"根性"不足而使作品孱弱不饱满；另外，文学评论几乎处于空白状态，我所了解的真正具有文学评论水平的也仅有两人，其中一人所做评论更多地是金融圈外作家作品。我们中国最伟大的田园诗人陶渊明17年间只写了9首诗，李白流传下来的诗歌约920首，杜子美约1420首，以每个人做诗40年计算李白平均每年约23首，杜子美平均每年36首，这足以让当下每天必写一首的诗人们清醒了。清代的袁枚在其《续诗品》中提出"诗可数年不写，不可一作不真"的主张，其中的真，不仅指真感情，更指具有较高文学素养与较高思想境界的"真"作品。诗歌如是，散文、小说等文体亦然，在此不再做过多赘述。

三、个人对于中国金融文学发展的几点建议

（一）完善中国金融作协办公条件

中国金融作协是由中国金融工会及金融文联直接领导的并经中国作协主席团会议正式批准的官方团体会员单位，应该具有专职的办公场所与专职的办公人员。据了解，目前行业作协办公模式分两种：一类是公安作协、煤矿作协、国土作协等行业文学组织，不仅有固定办公场所、专职工作人员，还有专职的编辑与报刊；另一类是石油作协、石化作协等行业作协，由下级部门承办，其中石油作协放在所属的几个油田，化工作协则放在大型化工企业。而目前中国金融作协尚无专职工作人员，没有日常的办公费用，甚至连挂放办公牌子的办公场所都没有。建议中国金融工会及金融文

联优先选择第一种模式，即争取申请正式的办公场所、专职的办公人员并拨出固定的日常经费，充分利用好金融作协这个文学组织，切实发挥金融作协的文化带动作用，提高金融作协工作人员的积极性。如确实不能解决，也可采用第二种模式，委托下级各家行司工会代为解决。

（二）解决《中国金融文学》杂志市场化问题

目前的《中国金融文学》杂志是一份高水平、高质量的文学刊物，深受读者的喜爱。《中国金融文学》的主要编辑大多是中国作协会员和有文学专长的学者，有的还是知名的作家、资深编辑，但他们一直在自己花时间、贴精力、贴费用，为金融文学事业无私奉献，义务劳动。一直以来，《中国金融文学》作为金融作协的内部会刊全部为金融系统内赠阅，不利于金融作协大力宣传金融文化、弘扬金融精神，也不符合纸质刊物市场化的发展方向。因此，建议尽快解决《中国金融文学》杂志市场化问题：一是建议为《中国金融文学》申请正式刊号，由内部刊物转变为公开发行刊物；二是在满足中国金融工会赠阅的前提下，扩大征订范围，并收取一定的成本费用。可以通过正式文件的形式，允许金融各级行司订阅，甚至扩大到社会征订，让全社会的人们知道金融文学，了解近一千万金融员工对国家对社会所做的贡献。

（三）要求金融作家把握好主流的创作方向

无论是金融作家本人，还是中国金融作家协会，要想在现有体制下有大的发展，必须依附于金融主体，必须首先撰写出具有时代气息与金融特色的文章，如是我们才能够在体制内争得真正的地位，如是我们才能够获得领导层真正的认可甚至赞许与鼓励。建议金融作家在从事文学创作时做到五个结合，即文学创作要与所在金融机构战略目标相结合，要与所在金融机构的业务发展相结合，要与所在金融机构的企业文化相结合，要与内心的心灵感悟相结合，要与自身工作与生活相结合。只有这样，金融作家才能够创作出既具有思想性，又具有文学性的优秀作品。坚持为时代服务，为金融事业服务，撰写出真实、客观、全面、生动而又深刻的金融作品，切实做到群众文学普及与文学素养提升的统一，作品教育性与美悦性的统一，文学创作先进性与社会发展客观性的统一，不断推陈出新，丰富创作内容，是金融作家的使命，也是金融作家发展的重要方向。

（四）要求金融作家努力提升自身的精神境界

一是提升自身的思想境界。要看淡物质，重视精神；要看淡外界，重视内心；要看淡负能量，重视正能量。二是提升作家的情感境界，要弘扬真、善、美、爱，鞭挞假、恶、丑、恨，切实做到求真、向善、唯美、尚爱。作家要做真的追求者，善的坚守者，美的宣扬者，爱的实践者。三是努力提高自身的文学素养，多读精品，多与名家交流，增加沉心思考的时间，写出真正有分量有特色的作品。

（五）要努力打造金融作家发展的平台

中国金融作协是金融作家的最高组织，也是金融作家真正的"家"，近年来，金融作家发展迅速，这与金融作协的正确领导与努力工作分不开。我们欣喜地看到，我们不仅已经成为了中国作家协会的团体会员，而且每年由中国金融作协这个平台推出了一批批鲁迅文学院学员，这些学员在学成后又反哺中国金融作协，为中国金融作协注入了新鲜血液，开阔了金融作家的视野，也推动了金融作协成员步入纯文学圈，推动了金融作家的成长。一是建议打造各金融系统的机构平台。建议中国金融作协领导做好各金融机构总部的高层营销，充分借助金融工委的力量，以正式文件与非正式电话、微信沟通甚至不惜登门拜访方式要求各金融部门总部成立作家协会，对金融文学发展进行垂直管理，必要时辅以考核手段，使系统内金融作家真正挺直腰板理直气壮地从事金融文学创作，并创作出更多精品。二是打造培养作家的平台。建议中国金融作协领导创造条件让金融作家走出去学习，积极组织金融作家参加中国作家协会、各省作家协会以及中国金融作家协会举办的培训班，提升作家的创作能力。可以邀请全国著名作家、知名学者到金融机构授课，也可以组织金融机构内优秀作家在系统内做巡回巡讲。三是打造展示作家才能的平台。充分利用内部期刊《中国金融文学》这个平台，多出精品，多推新人，扩大该刊物的影响力，在条件成熟时申请统一刊号，使之成为一份行业内纯文学刊物，走出金融系统，走进纯文学的大门。同时，建议每年出一本优秀金融文学集，择取优秀金融作家的优秀作品结集印刷、出版，提升金融作家的影响力；四是打造组织活动的平台。可以定期不定期组织笔会、作品讨论会、培训班，开展多种形式的文学交流活动，促进会员之间的交流与学习。

（本文获"首届中国金融文学理论研究最佳论文奖"）

作者简介

邓洪卫，中国作家协会会员，中国金融作家协会理事，现供职于中国建设银行盐城市分行。

以文学的名义开放金融生活之花

邓洪卫

一、关于金融文学定位问题

首先，金融文学的定义。顾名思义，就是金融的文学。严格起来讲，就是反映金融的文学。这显然有些狭隘，把金融作家中不搞金融文学的作家排斥在外，显然是个损失。于是通过不断补充、完善，概念更为宽泛，大致可分两类：一是金融人搞的文学，二是金融类型的文学。包括金融人搞的金融文学和非金融人搞的金融文学。这一来，范围更扩大了，可以不是金融人，但你写的是金融题材，便是金融文学。这两个一结合，金融文学的概念就完整了。其次，金融和文学相辅相承，不可切割，切割开了，便不是金融文学了。我也觉得两个都重要。但如果问我哪个更重要，我肯定选择文学。金融文学是偏正词语。金融是修饰语，文学才是中心语。那么现在，我们的现实，可能正好相反，金融为主，文学为辅。我们的这个环境，可能过多强调金融，而忽视文学的品质。所以，我们的金融文学中，存在大量的伪文学现象。而这样的伪文学，有可能会占领金融文学的主阵地。业内热闹，行外哂笑。第三，金融和文学的关系问题。是金融为文学服务，还是文学为金融服务。显然是相互服务。这一点金融作协做得尤其到位。比如，每年都选送优秀的作者，到鲁迅文学院去学习深造，我本人也是受惠者。这对文学有追求的作者来说，是非常重要的。他们的创作很可能由此上了一个台阶，进入一个崭新的天地。但我要说的并不止于此。我想说，金融文学要有自己的独立性，不能沦为金融的工具。如果一旦沦为金融的工具，那就失去了金融文学内在的品质，失去了金融文学存在的意义。这是个大问题，应该引起重视。

二、关于金融作家认识问题

金融作家，是个光荣的称号。对这个称号，我是心怀敬畏的。我自己目前尚不敢如此自称。我常常问自己，金融，你了解多少。显然，我了解得不多，只能了解自己从事的业务，也只是皮毛，不能深究。文学，你又了解多少。显然，了解得不多，皮毛而已，也不能深究。所以，别人称我为作家，尤其称我为金融作家，我常常会心慌气短，汗流浃背。因为我觉得担当不起，我的修为不够，道行太浅，受之有愧。那么，关于金融作家的修养问题，我也想谈三点。一是知己。我觉得我们金融作家对自己应该有个清醒的认识。我们在这个行当中，处于一个什么样的位置，宁可往后排，也不能往前冲，宁可贬低自己，也不能不切实际地自夸。少说外行话，少说虚夸的话，让内行见笑。当然，我们也不能自卑，该有的文化自信，还是应该有的。二是知彼。我们的视野要开阔，眼光要长远，应该往外看，外面的世界很精彩。我们的容量要大。心中要有别人，要放得下别人，要尊重别人。我们的心中，至少要有几个重量级的作家，有几篇重量级的作品，引领着我们在文学的道路上不断地追求，不断地超越。我们的心要高，要狠。如果心低，心软，你写出来的，永远是粘粘乎乎，温温吞吞的作品。三是彼知。我们的名字，不是让自己喊的，是让别人喊的。我们的名字，不仅仅在一个圈子里存在，而是应该渗透到外面。当越来越广泛的人知道你的名字，记住你的作品，你就成功了，你就可以对别人大声说，我是金融作家。

三、关于金融作品品质问题

前面说过，近年来涌现了许多优秀的作家和作品，给金融文坛吹来了一股清新之风，给金融文学增添了无限亮色。但我们也不能一味地沉迷其中，也应该有一个清醒的意识：就是如何坚定自己的文学品质。企业有这样一个说法，叫：质量为王。我们的金融作品也应该有这样一个信念：品质为王。我曾经受主席团委托，编过几期《中国金融文学》杂志的小说栏目。其中突出的问题，就是品质不纯。许多作品虽然发表了，但并不具备纯文学的品质，叙事拖沓，故事老套，细节拼凑，同质化很严重。那么，金融作家怎样写出优秀的作品，我也想说三点。一是文学追求要真。这一点很重要，是写出好作品的前提。我们常说态度决定一切。首先，我们搞文学的，对文学的态度要真诚，不能抱着玩文学的态度，那你永远写不出好作品。对文学的信仰和追求，让我们一再坚持，虽然历经挫折，但矢志不移。当代大家，之所以能写出传世之作，皆有对文学有着近乎变态的追求。二是阅读心气要沉。毕飞宇说过，写作是阅读的儿子。这话说得非常好。我们的金融作家不缺生活，好像也不缺阅读。那么缺少什么呢？缺少一个能沉下去的阅读心气。阅读时心气总是浮着，功利性太强，不能深入体味。好书是要沉下去精读的，不能浮皮潦草地读，那样读不出味来，读不出字面背后的东西来。一部《红楼梦》厚不厚？优秀的阅读者，能读出多少部《红楼梦》来。一个作家，如果不精读几本书，是很难有写出优秀作品的底气的。三是人性挖掘要深。不客气地说，当下的许多作品故事都一波三折的，很热闹，但很多东西只停留在表面，不能深入内心。许多小说，还是报告文学式的写作，甚至是通讯报道式的写作，唱赞歌，说好话。还有的看似挖掘人性了，好人也干坏事，坏人也做好事。但只是表面处理，不能挖掘其背后的东西，不疼不痒，还是脸谱化了。文学即人学，人性是文学的核心，是文学的气质。文学作品离开人性，就失去了灵魂与力量。

当下的我们，应该投入到火热的生活中去，用敏锐的目光，细微的内心，发现金融生活中的真善美，假丑恶，挖掘金融生活的人性深度，写出表现金融生活的经典篇章！以文学的名义，开放金融生活之花！

（本文获"首届中国金融文学理论研究优秀奖"）

| 作者简介

　　冯子豪，安徽宿州市人。中国金融作家协会会员，安徽省作家协会会员，安徽省散文家协会理事，安徽省诗词协会理事。现供职于中国建设银行安徽省宿州分行。在全国各家报纸、刊物，发表 100 多万字小说、散文及诗词。出版散文集《解读墉桥》、长篇小说《往事》和散文集《小河潺潺》。短篇小说《一张假币》获第三届中国金融文学奖、宿州市人民银行反假币征文二等奖；纪实文学《驰骋在金融沙场上的巾帼英豪》在中国金融工会举办的"再创辉煌"征文大赛中获奖，散文《沧海桑田》在宿州市政府举办的"改革开放 40周年"征文中获二等奖等。

文学与金融浅论

冯子豪

　　本文联系金融行业的发展及文学在金融行业的作用，从文学促进金融业发展的角度，谈点一孔之见。

文学与金融的关系

　　文学，是以语言文字为工具，比较形象地反映现实、表现作家心灵世界的艺术，包括诗歌、散文、小说、剧本、童话等体裁。金融，是实现储蓄到投资的过程，狭义可以理解为动态的货币经济学，它包括银行、保险、证券、典当、信托投资等银行与非银行金融企业。

　　文学与金融，看似不相容，但随着经济发展，尤其是改革开放以后，各种文学思潮和创作题材，如雨后春笋纷纷涌现，为金融文学孕育提供了学习借鉴条件，也提供了丰润的外部环境。在国家恢复工、农、中、建四大国有银行及其他金融机构的同时，金融行业也冲破旧体制的条条框框发展起来，尤其是四大国有银行的体制改革，金融业成为了国家的经济动脉。人们的生活、娱乐、工作，样样紧密联系着银行、保险、证券、典当等金融行业。中国的改革开放、党的方针政策，给金融业发展造就了丰润的土壤，越来越多的人投身于金融行业，涌现出许多可歌可泣的事迹。这些事迹需要有人歌颂、宣扬、推广，于是出现了以金融行业的人物为原型，以金融行业的故事、情感为素材创作的金融文学，它注重对金融体制深层次问题的思考，注重对金融人物的刻画，试图用文学的形式来演绎金融的历史，甚至研究经济、金融问题。这样就产生了金融文学。可以这样说，金融文学是在中国金融经济体制改革的浪潮下，随着中国各种文体创作思潮的兴起而产生的。

从文学创造价值的观点来看待金融文学，能确定文学在金融行业的作用。在我国历史上，文学创造的价值是不可估量的，一句"停车坐爱枫林晚"，造就了中国四大名亭之一的"爱晚亭"；一篇《岳阳楼记》，使岳阳楼名闻天下；一部《红楼梦》，掀起了上百年的红学热潮，创造的经济效益更是难于计算；一部《三国演义》老少尽知，被许多人当作兵书。有人戏称，毛泽东就是凭借手中的《三国演义》《水浒》，打败蒋介石的。老人家曾经说过，没有读过《红楼梦》《三国演义》《水浒》的人，不是真正的中国人。世界亦然，莎士比亚的一部《哈姆雷特》，震惊了整个世界，玛格丽特一部《飘》响彻太平洋两岸。可见文学在历史的发展中所带来的价值是不可替代的。

目前处在经济大发展中的金融行业，队伍不断扩大，业务不断细分，结构架构为适应社会在不断改进，带来的社会影响越来越大，同社会的交叉关系越来越密，同样与文学的关系也越来越密。首先是金融行业的员工需要文化生活，他们需要阅读、娱乐、演讲、写作等。其次是金融行业涌现出许多先进事迹、模范人物、好的经验等，需要向社会推广，需要在系统内交流。这一切都要借助于文学，于是一些金融机构便创造性地运用了文学的力量，金融文学团体便应运而生了。如中国金融文联、中国金融作家协会的成立，《金融时报》《中国金融文学》《金融文坛》《建设银行报》等各种金融刊物的创办，就说明了这一点。一方面金融行业的发展，涌现出的金融人与金融事，为金融文学提供了广阔的舞台及不可多得的素材；另一方面金融文学作品的涌现，如闫兴华的长篇小说《查账》、阎雪君的中篇小说《香水沟》、龚文宣的长篇小说《新银行行长》、付顾的《影子行长》及金融界的各位老师同事的诗歌、散文、戏剧等，讴歌了金融界的人和事，揭秘了金融业发展中存在的弊病，探索了金融业今后发展的道路及解决现实问题的方法，对金融业务发展起到了积极的推动作用。

此外，文学在金融业务中起到直接作用。

一是直接的业务宣传。包括演讲、宣传单、广告小品、宣传标语、社区节目表演等。二是业务营销。在营销中起到的作用是很大的，有时候起决定性作用。一个客户经理，尤其是对公客户经理，有了文学素质，可以说是如虎添翼。

可以这样说，任何组织或团体离开了文学，它将失去光彩，失去存在价值，金融行业更不例外。

金融文学发展存在的问题

尽管金融文学如此重要，但存在的问题还是很多的，一是金融业务越来越忙，许多人忙于工作，无暇顾及看书写作，心有余而力不足。据调查：金融行业员工能坚持看书的人很少，能坚持看长篇小说的人可以说是凤毛麟角。二是金融业发展很快，文学作品有些跟不上。社会上的名气很大的笔杆子，想写金融小说，但苦于对金融业务的不熟悉，只是想想而已。有些作者在文章里提到金融业，甚至写到金融业的人和事，但只是金融与社会的相互渗透、相互影响而已，并不是真正的金融文学，如茅盾的《子夜》、邓长建的《支行行长》（2010年江苏人民出版社出版）等。金融系统的人想写些金融作品，但又缺乏一定的写作水平，即使写出来，也没有地方发表，况且，写作是个既累又苦、既枯燥又无味的活，金融人写金融文章，尤其是写长篇金融小说，很多人也只是想想而已。此外，金融业的一些文学团体，目前只有省级以上金融单位才有，地市级金融单位几乎没有文学团体，员工的生活非常枯燥。就目前安徽省而言，仅仅有个安徽省金融作家协会，刚刚成立，还没有正式开展活动，刊物一个没有。三是目前金融业的文学队伍少之又少，整个建设银行安徽省分行中国金融作家协会会员只有3人，其中中国作家协会员无1人，省作协会员仅1人，就是全国建行中国金融作协会员也只有53人。在国家级报刊（像《清明》《十月》《当代》《收获》《人民文学》《人民日报》等）上发表文章的人，更是寥寥无几。

对金融文学的奢望

首先给文学爱好者一个表现舞台。金融业既然需要多元化的人才，不妨多加一项，增加一个金融文学人才。要培养这样的人才，就要有舞台，这个舞台就是组织一个队伍、成立一个学社；或者对文学上取得成绩者给予一定的奖励。既然省级以上的金融机构成立了文学团体，那么，地市级金融机构也可成立文学团体。像二级分支行，就可有通讯员队伍，也可让工会组织作协、诗社等。每年给成员们任务，完成者奖励，鼓励金融人在社会上各大报刊发表文章，尤其是歌颂金融战线上的人物事迹，把这些写作上的任务列为每年考核指标，像业务指标一样考核。

省级以上金融机构除了有文学社团外，还应当多办些文学刊物，同社会上的出版社、中国作家协会取得联系，最好能有金融业自己的出版社。让金融文学爱好者有个桥梁，有个奔头，文章有地方刊登，书有地方出版，成就大的能进入省作协、国家作协。这样就能把整个金融文学火红起来，更能提高金融业知名度，造就一批多元化有用人才，同时也能活跃员工的业余文化生活，缓解目前金融行业员工压力大、业余文化生活枯燥无味的局面，更能扩大员工阅读面知识面，不再出现不识司马徽的笑话。

其次，加强管理。俗话说"不以规矩，无以成方圆"。文学队伍建起来，管理更要跟得上。一是要有专人管理。文学团体无论是挂靠工会还是办公室，必须指定专人管理，定期召开会议，对表现突出，贡献较大的给予一定的奖励。例如宿州市市委宣传部，每年都有表彰大会，对出版书籍者进行奖励，对加入国家作协者给予奖励，甚至对预备写长篇小说者，只要列出题目、章节及进度情况，都预先拨款。金融行业可以模仿着学习。二是定期开展活动。活动形式多样，建党节国庆节，平时的杏花笔会、桃花笔会、梨花笔会等，组织起来，让大家走出去、动动笔，以歌颂金融业务为主。还可让通讯员开展一些采访活动，采访一些业务突出的金融单位、业务尖子，而后形成文章，刊登在报刊杂志上、网站上，达到鼓励先进、鞭策落后、活跃文化生活的目的。三是对在金融文学方面表现突出，且有一定影响的金融人才，在干部提拔任用时，可作一参考，或者作为一个提拔条件。

第三，各位文学爱好者多看书，多投稿，投好稿；多写书，多出书，出好书。为金融事业摇旗呐喊，为推动金融业发展做出最大贡献。

（本文获"首届中国金融文学理论研究优秀奖"）

‖ 作者简介

张奎，中国作家协会会员，中国金融作家协会理事。现供职于中国农业银行重庆万州分行。

浅谈金融题材小说创作

张　奎

邓小平同志说过："金融是现代经济的核心。"这个经济的核心，无不与社会的各个方面发生千丝万缕的联系。一定程度上讲，这核心无不是政治、经济、文化等方方面面的风向标和世象百态的记录器。因此，创作金融题材的小说，绝不是一个微不足道的狭窄领域，而是一包罗万象的世象大观。创作金融题材小说前途广阔，蹊径芳幽，并不亚于历史记录、都市言情、反腐倡廉、穿越梦幻等题材的小说。

一、独特的领域，特别的味道。金融领域是一个特殊的政治经济领域。她的所有步履，都与社会经济发展同步前进，并还以独特的视角审示社会经济的运动轨迹，不时发挥政策功能对社会经济进行调节和干预。从国家的银行、政府的银行、人民的银行和市场的银行这些多重身份中，创作金融小说的味道就会特别地吸引人。笔者从几十年的金融从业中感受到，金融工作的一切作为，担负的无一不是国家繁荣富强的使命。那支持农村经济，发展乡镇企业；支持农民致富，发放小额农贷；支持大中小项目，繁荣国民经济等等做法，都凝聚着金融力量，喷薄出金融奉献。哪怕是在现实市场经济的大潮翻涌中，金融工作的宗旨都是在紧扣服务"三农"中积极展开。因为我国的国情决定了金融工作无不深深贴上国家意志的烙印。无论何时何地，都不可超越为人民服务的宗旨而另搞一套。特别是在眼下，互联网＋正欲把金融服务延伸到农村的最后一公里，金融服务的温暖正在贴心送到人民群众的心坎上。

静观一路走来，有灯红酒绿下的诱惑，有与各种力量较量的创伤，有猝不及防的疼痛，有大获成功的喜悦。一切的酸甜苦辣麻，都融进了我们金融小说的大作坊，成就了我们创作的源泉和肥沃的土壤。"求木之长者，必固其根本；欲流之远者，必浚其泉源。"我们有这么好的创作金融小说的源泉和土壤，出高质量的金融小说作品，也就不是天方夜谭和实现不了的远梦。

二、深度挖掘，凝结厚重。政治经济和社会生活是平凡实在的，欲用金融的独特视角反映政治经济的社会生活，就必须深度挖掘金融土壤中诞育的根和灵魂。要充分依托国家的发展史和民族奋发图强的兴衰史的庞大背景，思考作品的民族情怀。在中国精神和中国力量的彰显凝结中，把金融小说写得荡气回肠，有厚重感，让平凡的金融世界突现出不平凡来。说到这里，我就想起习总书记在全国文艺座谈会上讲到的在文艺创作上存在"有数量缺质量、有'高原'缺'高峰'的现象"。因此，创作金融题材的小说，就要在独特的视角上下功夫，不要在千篇一律的组织存款、发放贷款和增长中间业务上打转转，更不可一味迎合市场和一些人们的低俗心理，在灯红酒绿的波光艳影中，追求感官刺激，其或是牵强垃圾文化而迷失创作的方向。

在金融小说的创作中：一是要在挖掘"痛点"上下功夫。这痛点就是生活的痛、社会的痛、人民的痛、个人的痛。只有挖掘出好的痛点，才能让读者和社会思索，才能洗涤灵魂和让人反思，才能激励斗志和催人奋进。二是要在"精"字上做文章。习总书记说"精"："就在于其思想精深、艺术精湛、制作精良。"任何的胡编乱写和粗制滥造，无论词藻多么华丽，无论欲念多么勾人，那都是没有生命力的过眼烟云。三是要在手法上觅创新。手法创新其实就是个技巧问题，同做菜是一样的。一样的材料，不同技巧的师傅做出来的味道是不一样的。这就包括火候的把握、佐料的组合、五味的调制。稍有不协调就会出现差之毫厘失之千里的情况。金融工作是一门既有高度的技术性、又有高度的政治经济性的工作，从马克思的政治经济学中就可窥见一斑。因此，金融小说的创作者就应把住金融法门，调出金融味道，创作出独特的金融小说。要像《平凡的世界》和《白鹿原》那样，没有华丽的词汇，只用平实的语言反映平凡的故事，而让人们记得住、同震撼、共悲鸣。

三、塑造好人物，讲述好故事。一篇小说，都是通过人物的塑造来展开故事的。人物形象如何，往往就决定一篇小说的耐读性和生命力，如《麦田里的守望者》《边城》和《廊桥遗梦》，都是在人物形象及内心世界的刻画中取得成功的典范。在中国金融这块大平台上，有尽职尽责的老黄牛饶才富，有舍身保卫国家财产的杨大兰和潘星兰，还有千千万万服务一线的普通柜员和深耕"三农"的排头士兵。正能量的题材可谓数不胜数，为金融小说的创作堆起来崇山峻岭和巍巍昆仑。虽然时下金融领域也有些不尽人意之处：有内外勾结的败类，有不守底线的贪官，有无视市场规律的恶意竞争，有只追求乱作为做大业绩谋求官帽子的官混，那可不是中国金融的主流。这些事件要融进小说，就得在提炼后客观做出反映，而不是做全盘否定的杂音传播。只有这样，金融小说才能引起人们思索、提示人们警醒，让人们准确把握底线并吸取深刻教训，起到四两拨千斤的正向牵引作用。

无论是哪个国家或是什么社会，讴歌祖国，渲染正能量，无不是小说应把握的方向，无不是讲好故事的主旋律。哪怕是在西方，那些成名大著也不见攻击祖国和仇视社会及人民的作品，反而只见其为祖国和人民痛之痛、忧之忧、乐之乐。近年有些作品中，亦如习总书记所说："在有的作品中，有的调侃崇高、扭曲经典、颠覆历史，丑化人民群众和英雄人物；有的是非不分、善恶不辨、以丑为美，过度渲染社会阴暗面。"这是创作金融小说极其不可取的。事物的发展总是在不断解决问题和化解矛盾中前进的，前进中出现这样那样的问题自当不可避免，关键是要看问题和矛盾是怎么得到解决的，要充分展示希望和让人们看到未来。更何况古语有云："儿不嫌母丑，狗不嫌家贫。"在创作金融小说中，要"正"字当先，"爱"

字当头，充分认识中国金融和金融群体的付出和贡献。这就是一个金融作家应有的良知和应具备的创作态度。

在艰苦的创作中，要辩证地把握好正反两方面的东西，千万不要只是单纯记述现状，原始展示丑恶，触笔煽动仇视、泯灭希望、喷发怒火。而是要让作品鼓舞人、感染人、激励人、启迪人和引领人。只有这样的作品才能让春天和大地不会忘记。

（本文获"首届中国金融文学理论研究优秀奖"）

作者简介

王张应，中国作家协会会员，安徽金融作协副主席。现供职于中国农业发展银行安徽省分行。

让数字与文字来一场恋爱

王张应

如今形容一个人做事专注，许多人爱讲这样一句话，一生只做一件事。若拿这句话作为镜子来对照自己，我便有些汗颜了。我一向做事还算专注，却没有专注到一生只做一件事的顽固程度。不过，中间的差距也不是很大。回想我的前半生，所有的有效时间无非用在两件事情上，先后或者同时仔细侍候着数字和文字。实际上，数字和文字业已成为我此生此世忠诚服务的上帝。这些年的工作实践，已经让我习惯了一句话，客户就是上帝。客户者谁？客户就是我侍候的对象，数字和文字都是我的客户。

都说兴趣是人最好的老师。诚如此，有了浓厚的兴趣才有可能把事情做好。我最初的兴趣可能是落在数字上，自以为对于数字的认知和把控能力更优于文字。我说的"最初"，那可是一个遥远广阔的背景，远在20世纪70年代中后期那段特殊的历史空间。当年，作家徐迟的报告文学《哥德巴赫猜想》甫一发表，立刻让沉睡已久的人们如梦初醒，数学家陈景润痴迷数学的故事一时间家喻户晓。团结紧张严肃活泼的校园里，一夜之间，有一句话突然流行起来：学好数理化，走遍天下都不怕。姑且不论话语有无道理，若有道理，也不论它有多少道理，它当年的的确确鼓舞甚至成就了无数的青年学子，让一批批年青人成为一个时代的天之骄子。

我还不能说是被这句话所成就的，因为我算不上那个年代的"天之骄子"。我没上过大学，就连高中也没上过，初中毕业直接考上了中等师范学校。不过，如果不上中等师范选择上高中，则可以上当地最好的重点高中，不出意外也会是那个年代的"天之骄子"吧。那时的中考，是按照从高分到低分的顺序，先录取师范等所有中等专业学校，再录取重点高中，最后录取普通高中的。果真放弃国家包分配工作的公费师范学校而去上自费的重点高中，极有可能也成为被那句话成就的了。那句话没有成就我，还是在很大程度上影响了我。初中毕业成功考上中专，数学成绩功不可没。众所周知，数学这门课，最容易拉开得分的差距，它在很大程度上直接决定学生能否升学。进入师范学校后第一次期中考试，我的数学成绩是全班第一名，当然也是全校第一名，至少并列第一名，因为我考的是满分，100分。只可惜这一良好势头并未保持，等到第三次期中考试，我只考了63分，一落到底，是班上倒数第一名。从天花板上坠落到地板上，这次"沉重一摔"，虽未受伤，却也很疼痛。之所以出现如此重大逆转，原因只有一条，兴趣发生了转移，从数字转移到了文字上。我开始了昏天黑地的阅读和写作，上师范二年级时，已开始有些文字在报刊上发表。一个十六七岁的年轻人哪里把持得住，根本做不到对数字与文字一视同仁，不偏不倚，处理得妥善公道，使得各门功课齐头并进。疏远数字成为必然，迷恋崇拜文字到了无以复加的狂热程度。

当年的中专生同样是令人羡慕的，它的魅力有三，转户口、包分配、上学不花钱。最大的魅力还是包分配，进了学校就意味着有一份不错的工作等着你。拿到了毕业证书，一纸分配工作报到证即刻到手，便有了一个引以为豪的"干部身份"。师范生毕业去向当然是中小学校，当教师。我曾经当了几年初中教师，教过几年初中语文。肯定不会选择教数学，在数字与文字之间，我早已选择了文字。当教师的那几年，基本上还是围绕着文字转。尤其八小时以外，则是直接侍候文字了。初生之犊，不畏虎威，诗歌、散文、小说样样尝试。贴八分钱的邮票，有时还不用贴邮票，天南海北四处投稿。

虽广种薄收，毕竟有些收成，在那个文学受到整个社会器重追捧的年代里，竟也收获了周围不少尊重乃至艳羡的眼光。

正是因为这种眼光，在一个偶然的机遇里，25 岁那年我突然地离开了任教六年的学校，来到了一个完全陌生的世界。陌生只是相对的，之前是在文字的世界，后来置身的是一个数字世界。若想在这个数字世界里行走有路，甚至道路畅通，空间开阔，那个 25 岁的年轻人必须改弦更张。适者生存，人到了某个环境，必须顺应形势。于我来说，首要的是增强数字意识，培养对于数字极好的把控技能。其时，我对数字的操持能力，仅仅停留于自以为很不错的本能的口算和心算。在那个凭数字说话的世界里，仅有口算和心算远远不够，无法满足把持数字的实践需要，大家都在借助计算工具。那时的计算工具也很简单，尚且依赖于传统的珠算。在那个数字主宰一切的世界里，算盘的地位实在太重要了，它曾经是大名鼎鼎的"三铁"之一，除了"铁算盘"，当然还有"铁账"和"铁规章"。话说到此，所有的情况也就不言自明了，所谓那个完全陌生的数字世界，不是别处，它是一家银行。属于金融机构，一个很重要的经济部门。就像当年那位最睿智的老人所言，它是现代经济的核心。经济是什么？经济就是数字！从事金融工作，实际上就是从事数字工作。

我是因为文字上的专长，才得以进入金融系统。世间的事就是这么奇怪，一个自以为擅长文字的人，却偏偏阴差阳错地来到了数字世界里，长期与数字打交道，以侍弄数字为生。初到这个数字世界，开始自己的数字生涯时，我不得不面临一个残酷的现实，自己在侍候数字的能力上准备还很不够，时常显得力不从心，捉襟见肘。陌生的数字世界，的确让我对于数字大开眼界。起先侍弄那些从未见过的巨大数字，因为数字太长，几乎一口气读不下来，才渐渐习惯于在数字中间加逗号。我心目中的标点，从来都是留给文字用的。没想到数字也用标点，而且用了标点的数字，读起来抑扬顿挫很有语感，似乎还有些诗意。

在倍感新鲜的同时，也有一些无奈的苦恼。在那些超级巨大数字群体里面，总有某些小数字泥鳅一般滑溜，很不容易逮住，稍不留神它就溜之大吉，逃得无影无踪，任凭你大海捞针，就是觅不见它的踪影。我至今还记得，第一次做银行季度会计报表，是在晚上。柜面营业终了之后，同事都回家了，我一个人在柜台里面闭门造车。为了把报表上的数字横竖"摆平"，那把油光乌亮的木制算盘，荸荠般的大珠子噼噼啪啪，响了一宿，我几乎埋头忙了一个通宵。只因为珠算技能不过关，让某些不听话的数字有机可乘，在眼皮底下轻而易举地开溜了。几十年来，我一直没有忘记这件事。初到数字世界那段时间，追寻那些走失的数字，真是一个令人无比心焦的过程。那时，总觉得数字不听话，像个淘气的学生。很长时间里，我还是没有忘记自己曾经的教师身份。

也就是从那一刻起，我才清楚地认识到，所谓银行其实不是银的行，甚至见不到"真金白银"，见到的只是数字，它实在就是一个经营和管理数字的场所。我知道，在银行工作，就得练就一副驯服数字的看家本领。能让数字乖乖地听你的话，将数字调教自如，让所有的数字各归其位，你就是一名优秀的银行员工了。甚至，你还有可能从这样一名优秀的银行员工，一个台阶一个台阶地层层走上去，最终成为一位足以经营管理更大数字群体的优秀银行家。

补课，人的一生难免需要补课。缺什么，就得补什么。珠算是那个年代的银行员工一项最基本的技能，新员工入行很长一段时间里都得训练珠算，专业术语叫"翻打百张传票"。直到把算盘打得呱呱叫，闭上眼睛也能打，就像现在不看电脑键盘打字，盲打。进入银行初期，相对其他银行员工而言，我在业务技能训练上缺了一课，没能参加统一组织的业务培训。落下的课程不能不补，如不补上，在这个行业里，你将会始终比别人差了一截子。年轻的我，自然不愿意接受这样一个人生局面。这种补课还不能公开进行，只能在你下班以后悄悄进行。别人不屑一顾的问题，你还在公开补课，能好意思吗？珠算只是一个具体表象，需要补课的远远不止珠算一项，还有大量与数字密切相关的陌生课程在等着你去从头学起。那些内容可都是银行员工的必修课啊，只有学习好了那些课程，掌握了相关技能，你才能成功地驾驭那些桀骜不驯让人头皮发麻的数字。过了能够驾驭数字这一关，你才可以昂首挺胸心安理得地做个金融人。

人生总会充满各式各样的尴尬。回想起来，当时我所面临的便是这样一种尴尬。在这个数字世界里，本是因着文字而来，结果却不得不放弃我心爱的文字。至少也得暂时放下文字，集中一段时间一门心思侍候数字。一段时间有多长？说出来可能让人无法置信。它可不是三五个月，也不是三五年。我说的那一段时间，整整二十年。相对于历史长河而言，二十年只是一朵浪花从兴起到衰落的短暂过程，的确不足挂齿。对于一个人而言，二十年时间实在太过漫长了，它几乎长过了人的青春岁月。人的一生也不过几个二十年嘛！从来没听说过有谁一生拥有了十个二十年呢。如果说这二十年时间可以算作某种代价，那么这种代价实在是太沉重了。

当然，在这个二十年里，我对于文字也只是停一停，只是放下来，还不是真正、彻底地放弃。准确地说，它是一种搁置，或者珍藏。搁置不提的话题，总有一天还会提起。珍藏的宝贝，可能会在夜阑无人之时，你终于忍不住，独自悄悄地接近它，对它致以亲切问候。

二十年后，人已然不惑，头脑开始冷静，一抬脚便跨过了知天命的门槛。这才忽然发现，其实数字与文字原来并不是相互排斥，二者关系相当亲密，密到难舍难分。它俩好似一对亲兄弟，一母所生，情同手足，各司其职。它俩又好似一对情侣，刚柔相济，阴阳互补，相濡以沫，融为一体，你中有我，我中有你，不分你我。其实，它俩简直就是一个人，一个完整的人，一个完美的人，灵肉结合，浑然天成。数字好比人的肉体，它是厚重的。文字好比人的魂魄，它是空灵的。人的肉体和魂魄必须同在，厚重与空灵缺一不可。肉体失去魂魄，那才是名副其实的失魂落魄，一堆行尸走肉。魂魄失去肉体，无以寄托，那可是四处游荡无家可归的孤魂野鬼，流浪漂泊便是其不可避免的宿命了。所以，厚重需要空灵，空灵也离不开厚重。

在厚重与空灵之间，忽然想到了君子成人之美，何不去做个成人之美的君子。就像当年胡适那样，乐意做红娘。明白了数字与文字密不可分的道理之后，我决计去做一位月下老人。努力地给我面前的数字和文字牵线搭桥，让数字与文字来一场恋爱，而且"强媒硬保"，保其二者只聚不散，玉成一桩美满姻缘，使得这对有情人终成眷属，情真意切的两个人变成一个十分完美的整体。那个完美的整体亦如"新生儿"，给他命以一个金碧辉煌、吉祥如意之名吧，它就叫作"金融文学"。我心目中的金融文学，从来就是一个数字和文字的天然结合体。结合的双方彼此不离不弃，离开了数字，只剩下文字，它只是文学，便没有了金融的属性。离开了文字，只剩下数字，它就是金融，不再具备文学的特质。

果真实现了君子成人之美，这个世界在时间和空间上豁然开朗。此后，数字和文字不仅不相排斥，反而相互吸引，出双入对，形影不离，相扶相携，相敬如宾，伉俪情深，宛若一人，俨然一个崭新的美好生命。

偶尔想想，人的一生运行轨迹，或许就是一个圆圈。曾见过身边很多人，满世界兴致勃勃跑了一大圈，走得很远，到最后还是回到了原点。我审视自己的人生轨迹，又何尝不是这样，原点一直等人回归。由此，我发现了一个也许不是秘密的秘密，世间所有的起点，总是不谋而合地与终点重叠。关于人生，人各不同，圆有弧度，圈有大小，如此而已。

我想，我的人生轨迹之圆圈，圆与不圆，圈大圈小，其实并不重要。重要的是，由于我这位月下老人热心替人作伐，业已成功地实现了属于我的数字与文字携手同行。我追求，我努力，我人生的一个重要目标，便是让那些属于我的数字和文字形成一个更加完美的结合体。而后，我悄悄地远远看过去，会认为那是一道不错的风景。

自己制造的风景，用来滋养自己的眼睛，那种感觉当然不会错。我很喜欢这种感觉，一种自得其乐的愉悦感。倘若这道风景也能滋养别人的眼睛，亦能给别人以些许的愉悦感，那么我就十分知足了。

（本文获"首届中国金融文学理论研究优秀奖"）

‖ 作者简介

　　欧阳明，曾用名欧阳明明。湖北蒲圻（今赤壁市）人。中国作家协会会员，中国金融作家协会会员，中国诗歌学会会员，中国报告文学学会会员。现供职于中国农业发展银行湖北赤壁市支行。曾在《人民文学》《长江文艺》《中国诗歌》《中华儿女》《绿风》《诗人》《写作》《中国金融文学》《金潮》《湖北日报》等报刊发表大量作品，出版诗集《月光里的河》《远方的家园》《遥远的苍凉》以及报告文学集《湖北人在温州》。有诗作入选《湖北新时期文学大系》《湖北新诗百年诗选》等多种文本。

浅谈金融诗歌与时代的关系

欧阳明

　　诗歌是中国文化及世界文化史上一颗璀璨的明珠，是中华民族精神的重要组成部分。中国的诗歌艺术，在中华民族五千年的历史长河中源远流长，从《诗经》到各个历史时期的诗歌，无不反映了诗歌和那个时代的关系。无论是古代还是当代，无论是昨天还是今天，每一首诗歌，反映的都是当时的历史背景、社会状况，通过歌颂美好，鞭挞丑恶，通过一些事件、人物，唤起我们对那个时代的种种记忆，作为金融诗歌作品也莫不如此。下面本人就金融题材诗歌与时代的关系谈一下浅见。

一、金融诗歌是时代的经济影像

　　"文章合为时而著，歌诗合为事而作。"（白居易）每个时代有每个时代的生活以及每个时代的社会制度、秩序、法则。同时，不同时代的经济状况产生了不同时代的金融诗歌。

古代金融诗歌中，大多写的是货币方面或与货币有关的题材，表现的是人与借贷的关系。唐代诗人皮日休在其《橡媪叹》中写道："山前有熟稻，紫穗袭人香……持之纳于官，私室无仓箱……狡吏不畏刑，贪官不避赃，农时作（借）私债，农毕归官仓。自冬及于春，橡实诳饥肠。"从一个侧面反映了唐代借贷的实际。《橡媪叹》表达了作者对贪官污吏和高利贷极大的痛恨，以及对广大农民的极大同情。

"到头禾黍属他人"是唐代另一位诗人张碧《农父》中的诗句，它也从一个侧面反映了唐代农村高利贷的状况，反映了那个时代官府放债盘剥农民和那个时代的经济关系，表达了对这种现象的强烈不满。

中国古代主要是以农耕为主，工业、商业极不发达，所以货币的流通与金融的发展受到了很大的限制，诗人们的写作题材的空间也就显得十分狭窄，难以全面地反映那个时代的经济活动。

而现代和当代的金融诗歌，不仅仅只是从货币上、从借贷上去反映社会的经济状况，而是融入了更多的经济现象和时代元素，写作的题材更加宽广。

1993 年，《中国农村金融》第 3 期上有一首《我的早晨》："电铃，清脆地拉响新的一天 / 庄严的银行大楼向我走来 / 神圣的八小时向我走来 / 我打开大门，打开一个清新的早晨 / 拿起抹布将新的一天擦得心一样晶亮 / 摆上太阳一样火红的图章 / 摆上自己的责任 // 阳光，在营业大厅外投来缤纷的微笑 / 我翻开账本 / 翻开一个个企业前进的步伐 / 在秧田似的收方和付方栏里 / 准确、真实地记载收入的喜悦和支出的必需 / 算盘、计算机和我的思想一样紧张活泼 / 像一道道清澈的山泉从春天的瞳孔流出 / 透明着我、透明着每个顾客的心 // 这是我的早晨 / 这是祖国农村金融阵地上的早晨。"

此时的银行正处在改革开放后的 20 世纪 90 年代初期，金融科技还不十分发达，电子化技术还不成熟，计算工具多为算盘。作者将镜头聚焦在电铃、银行大楼、图章、账本、算盘等具体实物工具上，为我们呈现出当时银行网点的工作状况，折射出那个时代经济发展的影像。作者通过一系列描述，将企业的经营活动与祖国农村金融紧紧地联系在一起，为我们展现了中国农村金融一个繁忙、严谨、有序的早晨。这也是中国经济从缓慢增长走向快速增长的过程。

二、金融诗歌是时代的经济记忆

时代的发展不断挑战着金融行业，金融产品日新月异、突飞猛进，股票就是其中一种以全新的理财方式出现的金融产品，许许多多的人投身进了这张变化无常的网，从 20 世纪 90 年代直到今天，股票已成为许多人为之喜为之忧的金融理财方式。

青年诗人海沫在其《魔幻股市》中这样写道："红与黑无休止的厮杀 / 阴阳缠绵 / 纠葛着前行 / 争分夺秒的心电图走势 / 绝对掌控脉搏的悸动 //。"短短四句，把股市的无常，人们在经历各种走势时的紧张、不安、耐力、欲望写得栩栩如生、活灵活现。然后笔峰一转："虚拟世界加减的数字 / 考验着意志力和忠诚 / 癫狂的峰谷浪尖里 / 死去活来的沉浮 //。"把那种欲罢不能、如梦如幻的情态一览无余地展现在人们面前。它反映了人们在变革时期，在新的金融形势中的一种社会心态。而在另一首《货币之说》中作者写道："有时，它是一块试金石 / 可以让你挺直脊梁 / 变成无数人崇敬的神 / 也可以一秒之间 / 透视你卑鄙或高贵的灵魂 /……它是经济发展的杠杆 / 它是通货膨胀的见证 //。"对于货币这个从历史中走来的符号，人们对它又爱又恨，爱它，是因为它能改变你的生活乃至你的命运，带给你幸福而美好的生活。恨它，是因为它见证了人类社会中人性的贪婪、阴谋、战争和黑暗。所以海沫在诗中用试金石、神、杠杆、见证这样的词语，对货币进行了恰如其分、真实有形的描述，为我们揭示了货币在不同历史时期，不同的人得到和掌控它所产生的社会功效，这样的金融诗歌，它关注的是整个经济发展的脉络，人们在整个经济活动中的体会以及金融在促进社会发展中的作用。

三、金融诗歌是时代的经济温度

一个诗人只有把握了时代的脉搏，看清了时代的特征，才能够触摸到这个时代的经济温度，产生符合这个时代的语言，找到表现这个时代的主题，写出有温度、有厚度的金融诗歌。

唐代诗人杜甫的《茅屋为秋风所破歌》一诗除了表达出一种忧国忧民，先天下之忧而忧、后天下之乐而乐的家国情怀外，我们还可以从中看出，诗人和他所处的那个时代人民生活的艰难、经济的窘迫，深刻揭示了社会矛盾。

今天的经济活动已衍生出如银行卡、支付宝等数不胜数的金融产品，传统的银行业正受到私有股份制银行和其他金融行业及金融产品前所未有的严重挑战，政治影响经济，经济反过来作用于政治，金融的温度决定了经济的温差，而经济温差对一个国家的繁荣和发展有着极其重要的现实意义。每一次，金融风暴所带来的影响，足以让一个国家的经济停滞不前，甚至倒退。这是每一个诗人都必须去面对、思考、实践的命题，所有忠实于时代的诗人，其所写作品只有与时俱进，才能影响于后世，而这种影响，就是他创造性地保留了所处时代的经济体温和经济信息，把住经济脉搏，掌握经济温度，写出有厚度和鲜活生命力的金融诗歌作品。

天意君须会，人间要好诗。作为一名金融诗人，必须做到金融有好诗。今天，我们正处在一个经济大变革、大创新、大发展、多元化的时代，金融写作的题材和土壤有了更大的空间，金融文学理应出现大格调、大题材的作品。只有我们沉下心来学习，老老实实写作，金融诗歌的创作才有可能从高原走向高峰。

（发表于《中国金融文学》2018年第2期，获"首届中国金融文学理论研究优秀奖"）

❚ 作者简介
- -
　　王玉珍，中国金融作家协会会员。供职于华夏银行。
- -

金融诗歌应该成为繁荣金融文学的轻骑兵

王玉珍

　　近几年来金融文学队伍不断壮大，一大批金融文学作者正在茁壮成长，金融文学作品大量涌现，一批金融文学精品正受到越来越多的关注和认可。

　　但是，在金融文学繁荣的同时，金融诗歌却远远落后于金融文学的发展，表现为反映金融生活的诗歌作品数量远远不够，金融诗歌精品更是严重不足。原因有很多方面，而最重要的是以下几点：

　　首先，金融诗歌本身有严重的先天不足

　　如果说，金融文学就是金融人写金融事或用金融的视角去分析和观察时代，那么金融诗歌就应该是金融人写金融事的诗歌或以金融的视角分析和观察时代的诗歌作品，而金融是一个特别严谨乃至近乎冷酷的行业，面对诗歌的多情、浪漫和无限的遐想，金融生活好像难以在诗歌领域得到充分地展现和抒发。为什么有那么多写母亲的诗歌，是因为作者书写的是自己的心路历程，而听者和阅读者也感同身受。但是面对三尺柜台，不用说难以融合传诵千百年的唐诗宋词，海子的"面朝大海，春暖花开"，北岛的"卑鄙是卑鄙者的通行证，高贵是高贵者的墓志铭"等类似的名句好像也与金融工作不搭调。金融的特质好像与诗歌的特质南辕北辙，风马牛不相及。这是金融诗歌的先天不足。

其次，金融诗歌发展的后天失调

诗人以自己的内心感受这个世界并写成了诗，诗歌以文字展现诗人撕裂的灵魂。过去有人说，真正的诗人不是疯子就是半个傻子，原因在于那是怎样的生活感悟和撕裂的心才能写出那个叫诗一样的东西？是怎样精审的思维才能让文字成为经典的诗句？但金融人作为高级白领或者金领，面对的是社会对金融人的固有评判和认知，这无形中束缚了诗人的灵魂；面对金融机构内部严格的考核和严谨的作风，这成为有形的对金融诗歌灵魂的制约。因为你面对三尺柜台无论如何也不会写出"飞流直下三千尺，疑是银河落九天"的诗句；当你面对严肃的管理者，面对繁重的任务压力，你无论如何也写不出李白的"天子呼来不上船，自称臣是酒中仙"的豪迈。你如果写"客户呼来忙站起，只因我是小柜员"，好像缺少了许多的意境；你如果写"客户呼来不搭理，只因我是大柜员"好像不符合金融业服务的宗旨。金融诗歌就是在这样的氛围中被窒息掉了。

第三，金融诗歌缺乏借鉴和指引

诗歌是有灵魂的，因为诗人是有灵魂的。那些鲜活的有生命力的文字就是注入了诗人的灵魂才让诗歌有了生命力。从古代到今天，唐诗、宋词之所以不断地被传唱，是因为它们的灵魂反映了那个时代而又超越了那个时代，成为每个时代的共鸣音符和和声。而反映金融生活和金融视角的诗歌则很少，如何用诗歌的形式反映金融生活、以金融的视角分析和感知时代不但很少，似乎更难。所以，一说起诗歌就是风花雪月，就是美丽山川，怎么也不能与金融生活联系在一起。面对柜台人员你不能说"白发三千丈"，面对存款难、贷款难，你也不能说"寻寻觅觅，冷冷清清，凄凄惨惨戚戚"，面对不良贷款的催收，你也写不出"前不见古人，后不见来者"。

第四，推动金融诗歌繁荣和发展的建议

一是金融诗歌应该成为金融文学的轻骑兵。

与其他文学形式相比，诗歌以其方式灵活、多姿多彩、特点鲜明受到人们的喜爱。而金融工作者的工作性质又为金融诗歌的发展提供了条件和可能，金融员工碎片式的闲暇时间最适合写诗歌，因为可以随时、随地将所感、所悟的金融生活形成诗歌。要鼓励金融工作者的诗歌创作，不应该对金融诗歌过于苛刻，应该不拘一格、不拘形式，要让金融诗歌成为金融员工喜闻乐见的文学样式，强化金融员工的大众参与，形成金融诗歌作者大众化与精英并存、金融诗歌作品全民化与精品同在的局面。

二是真正培养一批金融诗歌人才。

要让诗歌真正地繁荣，必须唤醒诗人的灵魂。诗歌的真正繁荣和有灵魂的诗人的成长，才真正无愧于我们这个伟大的时代。同样，只有培养一大批金融诗歌人才，才能真正繁荣金融诗歌。金融文学队伍中不乏诗歌人才，诗歌作品中不乏金融作者的作品，但是大都是非金融诗歌作品，用诗人的灵魂去感知金融，让感知的火热金融生活流化成诗歌文字，让金融诗歌真正流行起来，需要金融作者们的共同努力，也是金融文联和金融作协的责任。

三是诗歌作品如何展示和反映金融生活。

金融生活是枯燥的，金融业务是严谨的，金融管理是严格的，但这种枯燥、严谨和严格的背后，也是火热的金融时代生活，也有许多可歌可泣的事迹，也有许多值得讴歌的现代诗歌元素。有金融转型的阵痛，有社会变革中的爱恨。金融生活更加丰富多彩、金融与社会的时代碰撞，都会对金融诗歌者的灵魂和内心深处形成强有力的撞击，这些都呼唤金融诗歌能够有所发展和有所体现，这也为金融诗歌这一金融文学样式提供了很大的用武之地，金融文学者应该顺势而为，积极探索金融诗歌的体制和表达方式，为金融诗歌的繁荣贡献力量。

诗歌本来就是一个入门门槛较低的文学样式，但是要创作出精品却很难。同样，金融诗歌也应该是一个金融员工全员的娱乐方式，培养金融员工的诗歌兴趣，培植更广阔的金融诗歌土壤才能有利于金融诗歌的发展。当然，培养一部分诗歌精英人才，打造一批反映金融生活的诗歌精品，是金融作协会员的责任，更是时代对我们的要求。我们要用诗歌的方式讴歌金融生活，要用诗歌的文字记录这个时代的金融工作者的灵魂记忆，这才不辜负我们这个时代赋予金融工作者的厚望。

（本文获"首届中国金融文学理论研究优秀奖"）

‖ **作者简介**

　　张泰霖，江苏省作家协会、江苏省民间艺术家
协会、南京市作家协会、中国金融作家协会、江苏金
融作家协会会员。著有"四春"诗文集面世，即《栽
春集》《栽春续集》《春江水暖》和《世纪之春》，
另在香港出版《张泰霖短诗选》（中英文双语诗集）。
2006 年 11 月由人民日报出版社出版《磨盘街十号》，
2006 年由江苏文艺出版社出版获奖诗集《春暖花开》，
2014 年由大众文艺出版社出版诗集《大美江宁》。

金融诗歌，我的实践与体会

张泰霖

一、金融诗歌是金融文学的心灵快餐时代的号角

　　在众多文学门类中，诗歌创作具有即兴性的特点，在各种场合的金融活动中，作者有了灵感和冲动，就能立即发而为诗，一首诗歌作品在现场就能产生，如果朗诵，就能产生艺术效果。我写的《漫步金融街》一诗就是在参加金融文学奖颁奖会时，目睹金融街的雄伟壮观，产生创作冲动写出来的。古往今来，诗人的即兴之作流传后世并成为经典的不胜枚举。当然，诗歌也有长篇巨制，那大都是诗史型的作品。诗歌的影响力与感染力不可限量。张虚若的《春江花月夜》有一诗压全唐之说。

二、金融诗歌有广阔的创作空间

　　金融行业丰富多彩的生活场景和金融中人瑰丽的精神风貌为诗歌创作

提供了广阔的空间，可歌可写的东西太多太多，等待诗人们去开拓、发现和体验。作为一名诗歌作者就得关心天下大事。近年来我写过杭州G20峰会，写过诺奖得主屠呦呦，写过引力波。我写的庆祝十八大的诗歌曾分获中组部颁发的二、三等奖。喜迎十九大，我又写了长篇朗诵诗。通过诗人的笔去发现金融之美，是诗人们乐此不疲的精神追求。对此，我认为金融作协的走访活动和经常的交流、研讨非常有益。

三、金融诗歌要传承和发扬中国优秀诗歌传统

中国是诗的国度。中国文学始于《诗经》，而后才有各种文体的出现。唐诗宋词是中国古典诗词的两大高峰。新诗百年，留下更多诗意的辉煌，这些都是我们金融诗歌常学常新的经典。在学习中，我们不难发现，凡是流传至今、脍炙人口的古典诗词和新诗，几乎无一例外的都是通俗易懂、雅俗共赏、激情澎湃的。这是我们必须借鉴，并身体力行的。如贺敬之的《回延安》、臧克家的《有的人》、徐志摩的《再别康桥》、余光中的《乡愁》、海子的《面朝大海，春暖花开》等等。房子是用来住的，不是用来炒的，诗歌是用来读的，不是用来猜的。我们写出的金融诗歌必须是诗风纯正、诗情激荡、诗意隽永、朗朗上口的那种。但在形式和风格上可以多样化。

四、金融诗歌要体现人民性

文学作品的宗旨就是为人民服务，诗歌也是这样，作为行业性诗歌也是这样，金融诗歌更是这样。从你的诗歌面世，并走向社会，作为作者，你既享受到一份荣誉，也承担了一份责任。我国著名的学者型诗人吴奔星曾说过"文学就是人学"。这里包含两层意思，一是文学是写人的，二是文学是写给人看的。人老，诗歌不能老，诗歌作品必须保持"年轻态"，以蓬勃向上优美绚丽的诗情去鼓舞人。"腹有诗书气自华"，只要我们的诗书是积极向上、高品位的，读者读后才能"气自华"呀。为此，习近平

总书记在文艺座谈会上的讲话多次强调文艺要弘扬正能量。

五、金融诗歌可以产生传世之作

诗歌和长篇小说一样也都可以获得诺贝尔文学奖。从金融诗歌中产生传世之作也是可能的。每一位爱好写金融诗歌的作者都应有此雄心壮志，关键是看我们如何去发现和展示具有千万之众的金融队伍所展示的时代风彩。古往今来，多少名篇佳作被人们传诵，我国国家领导人在各种国务活动中，引用经典诗词，传为美谈。习近平总书记在一次出国访问发表演讲时引用诗人汪国真的诗句"世界上没有比人更高的山／没有比脚更长的路"，受到广泛称赞。

六、金融诗歌源于生活高于生活

中国金融的生活圈遍及全国各地，波及全世界。这为我们创作金融诗歌提供了取之不尽、用之不竭的生活源泉。我们从平凡的金融生活细节中去发现宏大的人性光辉，写出无愧于时代、高于现实生活的诗歌作品，是时代赋予我们的使命。

（发表于《中国金融文学》2018 年第 2 期，获"首届中国金融文学理论研究优秀奖"）

第二辑

文学作品
与作家评论

▌作者简介

　　李毓玲，笔名吴言，中国作家协会会员，中国金融作协理事，中国文艺评论家协会会员，山西省作协签约作家、签约评论家。现供职于华夏银行太原分行。在《当代作家评论》《南方文坛》《名作欣赏》《文艺报》《光明日报》等报刊发表评论。主要作品有《向五十年代致敬》《同宇宙重新建立连接——刘慈欣综论》等。著有文学评论集《灵魂的相遇》。获 2013-2015 年度赵树理文学奖，第三届中国金融文学奖。

金融扶贫的全景画卷

——评阎雪君长篇小说《天是爹来地是娘》

李毓玲

　　农村、金融、信天游，是组成阎雪君颇具励志和传奇色彩人生的三要素，也是他文学创作的不竭源泉。进入新世纪后，他的工作地点已经是中国的心脏地带，长安街、金融街，但他始终牵挂着自己的家乡，还在家乡种植着百亩田地，也因此获得了近距离观察和感受中国农业发展、农村变迁、农民现状的宝贵窗口。阎雪君的新作《天是爹来地是娘》触及了很多时代的大命题，如精准扶贫、金融扶贫、集体资产流失、土地流转、大农业等；也呈现了当下农村生活的诸多矛盾，如新的恶霸势力滋生抬头，乡村伦理体系面临崩塌；还描绘了新农村的风情，塑造了农村各色各样的生动人物。可以说在金融扶贫的主题下，绘制了一幅全景式的当下中国农村画卷，上演了一场高亢嘹亮的信天游大戏。

直面时代大命题：扶贫·农业·金融

扶贫是社会主义的本质要求。如果把农业完全推向市场，无视我国农村自然条件差异和各地区发展不均衡的现状，那么只能造成贫富两极分化，加剧社会发展的不平衡，不仅不能实现全面奔小康的目标，也无从体现社会主义制度的优越性。扶贫在 20 世纪 80 年代改革开放后就已经提出，多年来已经成为各级政府的一项例行常规工作。十八大后扶贫作为治国理政的重要工作，以前所未有的力度推进，常规扶贫转变为精准扶贫，扶贫工作取得了突破性、实质性的进展。党的十九大提出，全面实现小康社会，实现第一个百年奋斗目标，一个都不能少。并且确定了 2020 年全面脱贫的最后的时间表，扶贫工作作为一项伟大工程不仅将载入史册，也终究会成为历史。

在社会层面上，扶贫工作也可视作 20 世纪 50 年代的支援边疆、70 年代的上山下乡之后，又一次社会人力资源向老少边穷地区的逆向流动，这对于消除贫富分化，打破社会阶层固化，均有着实质性的意义。近几年扶贫工作已不再是身处社会各级层面的扶贫干部自己的工作，已经越来越引起社会的广泛关注，引发了更多人的参与。现在的扶贫工作让人联想起中国共产党成立之初，走农村包围城市时的情状。而对于作家来说，这是一个深入了解农村生活，把握社会现状，拓展创作题材的大好机会。

阎雪君是从农村走出来的农家子弟，参加工作后又是多年在同农村直接打交道的信用社、农行工作；调入农行省分行后还直接参与了扶贫工作，在 1995 年就曾写过关于扶贫的报告文学《"财神"扶贫不靠钱》，那时他就提出了先进的扶贫理念，提出要同农民建立鱼水情，情感上首先要融合；扶贫要扶志，要解决农民思想上的贫困，如果扶贫只是助长了农民等靠要的思想，那脱贫也会返贫；扶贫要依靠市场，产业扶贫要按照市场规律来；扶贫还要扶教，让农民有文化，懂科技，变输血为造血。那时的扶贫工作还未达到今天的"精准扶贫"阶段，但他提出的这些扶贫理念在今天依然能应用到实践中去。

成为中国金融作协主席后，他又参加了中国作协组织的"深入生活，扎根人民"活动，又回到自己的故乡深入调查研究农村问题。所以，他很自然地处在了扶贫、农业和他的本职工作金融的交汇点上。在《天是爹来地是娘》中，令人惊讶的是，阎雪君触碰到了很多时代的大命题：农业扶贫、精准扶贫、金融扶贫。在他前期的长篇小说创作中，一般只写作一个方面，而这一次却对这些大命题进行了穿插交织的集中式书写。

在文学版图上，阎雪君力图以"香水沟"构建自己的领地。《天是爹来地是娘》依然是以塞外小村香水沟为背景。这部小说中，金融扶贫和精准扶贫相结合。正如书中所写，在精准扶贫以前，金融扶贫以"天女散花"的方式平均分配到农民手上，人均几十元，不仅没有起到实质性作用，还造成了银行的不良资产，加重了农民债务。进入精准扶贫阶段后，贷款同具体项目相结合，首先解决香水沟村的"打井建塔"问题，再扶持农民进行大棚蔬菜种植，最后在蔬菜销售上给予贷款支持，形成了产业扶贫。

小说中关于金融扶贫这一部分，是由香水沟外来工作人员完成的。其中有蹲点扶贫干部金炜明，既因扶贫从城市返回乡村，也带有寻找自己身世的使命。他对香水沟扶贫工作进行了整体设计，初步打造了香水沟的农业产业体系。信用社主任石头，是农民的贴心人，能设身处地为农民解决燃眉之急，在机井拍卖和大棚蔬菜销售上，为农民解决资金问题。他为了爱情甘于拉边套，是个有责任有担当，爱农村爱农民的好干部。最后石头为保护信用社资金献出了生命。

小说对农村金融的整个运行体系和整体现状做了全面的描述，这要得益于作者多年的在农业金融战线上的工作经历。农业银行作为国有商业银行，主要服务于国营企事业单位和乡镇企业等。信用社作为农民参股成立的合作金融机构，直接服务于农民，同农民利益更紧密关联。小说中农民的金融需求主要是信用社来提供的，金融扶贫也主要依靠信用社。因为民间非法集资、高利贷的猖獗，严重扰乱了农村金融秩序，甚至引发了信用社的挤兑风波。农村金融有着额度小涉及面广的特点，面对一线需要有灵活多样的形式，这也对金融创新提出了要求。

孟加拉国经济学家尤努斯，正是因为开创了农村金融的新形式而获得了诺贝尔和平奖。他认为贫困往往是结构性的，主要是因为农民缺少资金来源。于是创立了专门服务于穷人的农村银行，为农民解决小额贷款问题。小说中所描绘的产业扶贫，目前多针对具备劳动能力的农民，并且有政府配套的贷款贴息担保，解决了金融企业既要保证资金安全，又要参与扶贫工作的矛盾。小说中山桃贷款买运输蔬菜的汽车，就是种菜户联名担保的，山桃运菜时，优先照顾为她担保的。如果没有这种创新形式的信用担保，只一味要求抵押担保，山桃是不可能实现买车的。这就是金融发挥的作用。

小说对乡村贫困的根源进行了深入分析。农村的贫困有历史的、政策性的原因。比如农产品的价格，国家为了保证物价的稳定，农产品价格就上升到了国家战略层面。举例来说，玉米的价格在1980年代是每斤五毛钱，三十年过去了，现在的价格是每斤七毛钱。而这三十年中，我们的通货膨胀率是多少？房价又涨了多少？当北京核心区的房价涨到每平米十几万的时候，农民辛苦一年耕种的玉米不过收入三五万元。整个国家的工业化、城镇化过程中，农村和农民并不是最大的受益者，却是最大的付出者。在我国初步实现小康社会的情况下，现今我们有财力和能力支持和反哺农村，实现共同富裕，这就是扶贫的意义。

揭示农村社会矛盾：集体·土地·水利

《天是爹来地是娘》除了扶贫，还主要写了农村集体资产流失问题。自十一届三中全会实行联产承包责任制后，土地重新分田到户，农村经济很大程度上由集体经济恢复至以前的小农经济，集体经济在很多地方遭到削弱甚至名存实亡。土地承包虽然调动了农民的积极性，但也有自身的局限性，不利用形成大农业的规模经济，不利于农业机械化，不利于实现农业现代化。在集体经济时期积累的集体资产，如何利用和处置成为一个遗留问题。在中央出台关于农村集体产权改革的意见前，因没有统一明确的规定，各地各自为政，集体资产流失严重。阎雪君是最早关注到农村集体资产流失的作家，在《天是爹来地是娘》中，他借扶贫干部金炜明和村官何晓娜之口，表达了自己的观点。集体资产流失的形式有：先包后买，先租后买，转移债务，侵吞集体耕地补偿金，哄抢偷盗等。集体资产流失早、种类多、分布广、数量大。集体资产流失造成的后果是牵制、抗衡集体经济发展，盘剥农民，扰乱农村金融秩序，加剧农村社会矛盾等。

集体资产中最重要的莫过于乡村的水利基础设施。在20世纪70年代前，国家号召大搞农田水利基本建设。那时无论工农兵学商，都投入到兴修水利的义务劳动之中，是一派具有社会主义特色的时代景象。在干旱少雨的黄土高原之上，水利更有着命脉的意义。在河流的流经地区修建了具有引流灌溉功能的纵横密布的水渠，在没有河流资源的农村组织打井和修渠。那时的水渠除了季节性灌溉功能，还兼有公园的功能，成为城镇乡村的一景。小说中陆占春和池莲花定情的地方就是水渠边上。但随着土地承包后，这些水利设施失去主人，无人照管，逐渐年久失修，破败不堪。在这部小说中，作为最后的、最大的集体资产的机井的拍卖成为矛盾的焦点。

作为全书的一条主线，围绕机井的争夺由香水沟土生土长的精英人物来完成。他们是村支书贾英才，外出经商致富的池连泉，退伍军人陆占春。这三个同龄人从小一起长大，长大后却出现了分化。贾英才有"谋"和"狠"，池连泉有"勇"和"胆"，陆占春有"智"和"度"。贾英才一家仗着曾在非常时期搭救过一位老干部，在省里市里有了靠山，因而掌握了村里的权力，四弟贾英华还出任县委常委，更加壮大了家族势力。贾英才侵吞村里的砖厂，二弟贾英虎霸占村里的水电，三弟贾英龙承包了果园。贾家可谓人多势众，有钱有势，已成长为新型的剥削势力，作威作福独霸一方。池连泉敢想敢打，成为村里的首富。陆占春退伍后不忘故土，舍弃南方优裕的生活，回来建设自己家乡，有着带领乡亲们脱贫致富的强烈愿望。陆占春具备军队的历练和走南闯北的见识，比一般村民更有觉悟，也是最值得寄予厚望的一位。三个人的交锋在机井拍卖事件上表现得淋漓尽致。贾家凭借自己势力，不仅要低价竞购机井，还要垄断机井的使用，今后再利用机井盘剥农民。陆占春和池连泉都看穿了这一点，他们首先拒绝了贾家的内幕交易，俩人先联合起来，再联手发动群众，在拍卖会上成功打破了贾家的如意算盘，让这份集体资产仍然掌握在群众手中。

集体资产的争夺只是表面，而如何壮大集体经济已经成为农村发展迫在眉睫的问题。党中央在农村改革中做出重大创新，实现土地所有权、承包权、经营权的"三权分置",十九大报告又做出重大决策,明确第二轮土地承包到期后再延长三十年。这给农民吃了"定心丸"。继土地制度改革后,党中央又出台深化农村集体产权制度改革的政策,明确提出要多途径壮大农村集体经济。农村集体经济发展有很多成功范例,山西汾阳有个贾家庄模式,坚持发展壮大集体经济,走共同富裕、和谐发展的道路不动摇。在实行家庭联产承包责任制时,他们将集体和个人结合起来,实施一集中、五统一、三田到户,既保全了集体经济,又发挥了个人的积极性。如今贾家庄形成了"农"字号产业一条龙,形成农工商协调发展的大格局,农业现代化粗具规模。村民的富裕程度远超过家庭承包单干,实现了共同富裕。这些都得益于贾家庄的集体主义传统和老一代的带头人,他们没有丢失共产党人的优良作风,发挥了基层党支部的带头作用,

集体经济的发展同农村的政权紧密关联。在《天是爹来地是娘》中,矛盾斗争还未上升到政权争夺层面,没有写到乡村自治中的普选。实际这一矛盾在当前的农村也是很尖锐的。但究竟谁能担当起乡村的领军人物?不能任由贾英才们垄断农村政权。小说中村里没人敢当村干部,乡政府不作为,睁一只眼闭一只眼,马马虎虎过一年算一年,实际这是党性缺乏的表现。十八大后党建工作提到了前所未有的高度,新农村建设也应该抓党建,恢复农村党组织的运行,既能避免新型剥削势力的出现,制约独霸和垄断,实现乡村民主,也能增加农民的凝聚力和归属感。

乡村伦理体系的崩塌

阎雪君的文学领地香水沟地处雁门关外,自古是游牧文化和农耕文化的交合之地,民风粗犷豪放,并不像中原之地有着深厚的宗法制度传统。阎雪君笔下常有倾向于自然主义的男女风情描写,实际在较为正统和主流的金融界是不太被人理解的。但若能感受一下塞北农村的气氛,就会理解这样的初衷。这里的土地是裸露的,丰收的庄稼散发着蓬勃野性的气息,苦寒的生活阻挡不了信天游,也阻挡不了农民对情欲的向往。但是在市场

经济的冲击下，各种新生乱象层出不穷，仍然考验这乡村的伦理道德底线。

在《天是爹来地是娘》中，还是因为受制于贫穷，所以有了求生存的偷情；因有情人难成眷属，有了冲破伦理道德的移情、拉边套；有男性壮劳力都进城务工，独守空房女性的生理饥渴；有进城务工男女为解决生理问题的临时搭班组合……此外，阎雪君还写到了一个很前沿的命题：代孕。这样一幅图景，让我们看到的是乡村伦理道德体系的崩塌。那么，乡村的自治体系如何建立？

代表官方的村干部，在小说中是以贾英才为代表，他们走到了群众的对立面。即便有负责任的村干部，他们更多的是"法治"的代表。农村传统的宗法制度，乡贤传统，是"德治"的代表，能对政权起到制约平衡互补的作用。实现乡村自治这两端必不可少。但很明显地，农村现今的宗法制度已经渐趋消亡，那么究竟谁能担当起新乡贤，成为精神领袖？小说中还是能从一些人的身上依稀看到这样的影子。他们中有田守义、田春燕兄妹，李亮、李胜利父子。

田守义、田春燕兄妹代表的是正统的乡村伦理。田守义老人敬畏土地，热爱土地，坚守土地，虽然小说中并未寄予他过高的期望，甚至他还成为大农业的阻挠人，但田守义才具备中国农民的传统精神。他农忙时是好农民，农闲时还有钉碗盘的手艺，业余时间还爱唱戏，可以说是个内心非常丰富的典型中国农民形象。他守在破落的祖宅"登天府"里，就像守护着农民的传统。田春燕是妇联主任，负责计划生育工作。她有着自己朴素的伦理原则，认为土地就像母亲，人都是土里生、土里埋。死后埋在土里就如同把人的种子种在土里，种子发芽生出后代，就是轮回。她懂得"生是一个人最大的道德"，她既要完成计划生育工作，也能用灵活手段照顾村民传宗接代的愿望。她为了工作能强制村民绝育，还能充当接生婆。她一辈子跟生育打交道，自己却终身未婚。在田春燕身上，有着朴素的理想主义色彩，她有自己的精神追求。田氏兄妹的世界观中，有着"地是娘"的朴素伦理，看似简单但有着承载的坚实。

盲人李亮和儿子李胜利代表的是乡村的异数和奇人。李亮眼盲心亮，是乡村中神灵的代言人，是一部活着的"村史"，他能把朴实的乡村生活上升到"形而上"的高度。李亮用金、木、水、火、土五行运行解释香水沟现状——为了金，伐了木，缺了水，失了火，毁了土，风水坏了。他认为男女关系和人的生死跟土地有着极大的关系。他思考人的灵魂问题，"人生为阴阳合而为魂魄，人死为阴阳分而为鬼魂。土地养人，人养魂。人死归土，魂归天，故为天地人合一。"这种"天地人合一"的思想，是对土地和生命的热爱，也是"天是爹来地是娘"的具体阐释。儿子李胜利是香水沟的"堂吉诃德"，是村里的革命战士。他年轻时深受毛泽东思想影响，一辈子都热爱毛主席。他做临时信贷员敢于得罪人，想方设法收回贷款，最后丢了饭碗。见到不正之风，他都要"治理整顿"。虽然他的行为模式有些僵化，跟不上时代发展，但有他的"治理整顿"，乡村的歪风邪气总是有所忌惮。李胜利这一形象是作者着重塑造的，他是有着典型性和代表意义的。在农村有这样思想的人很多，他们真心感谢毛主席让农民翻身做主人。这也代表对集体主义的一种向往。

在小说中还看到了当年下乡知青的身影。有在黄土地落地生根的女知青上官云，也有返城后不忘乡村的魏仁。他们是20世纪那个特殊年代留下来的印记和缩影。我想不是巧合，魏仁和田春燕之间的爱情，上官云和李胜利之间的爱情，是知青和农民精神相通的结果，而不是一时的蝇营狗苟。

在《天是爹来地是娘》中，农民自主脱贫的重任是多位女性担当和完成的。小说中的这些女人们，本来是贫穷最直接的受害者，因为贫穷，她们不能追求自己的幸福，被迫以换亲形式成为牺牲品，比如燕百合和宋小蝶。但她们不甘于命运的安排，奋力抗争。燕百合不停地折腾，就是为了摆脱贫穷。她率先在村里开了澡堂，同陈旧的生活习惯做斗争；接着开车马大店，虽说遭遇暗算，但毕竟是因为自己是法盲，不懂得开店流程，不懂正规经营。宋小蝶也是如此，本来可以通过"小媳妇凉粉"勤劳致富，但最后还是成了皮条客，触犯了国法。她们受制于个人素质和观念等因素，不仅没有脱贫，也没有找到自己的幸福。另一位同样不幸的女性山桃却没有重复她们的命运，她因为家庭不幸离家出走，在外闯荡见了世面。再度返乡时帮助乡亲们打开了蔬菜销路，最终还找到了自己的幸福。田家三姐妹中，大姐田改梅和二姐田改竹深得家风遗传，都是不向命运低头的女性。田改梅承包荒山，田改竹种植大棚蔬菜，靠自己的双手勤劳致富。三妹田改兰也想发家致富，但却依靠的是二指宽的土地，走上了代孕的邪路，最终付出了生命代价。作者塑造的这些女性，都有一种孕育万物的地母精神。这也很好地注解了"地是娘"这一主题。

这些人中，李胜利通过种"思想"脱贫，田守义通过种地脱贫，田改梅通过种树脱贫，田改竹通过种菜脱贫，田改兰先通过种"人"脱贫，有钱后她丈夫又参加高利贷，企图种"钱"脱贫，最终鸡飞蛋打，家破人亡。形形色色的脱贫方式中，折射了乡村伦理的潜在运行规则。阳光大道终究要战胜歪门邪道。

艳阳天下的信天游

《天是爹来地是娘》这部小说是阎雪君写作题材的集大成之作。小说采取平行结构，大多数章节是独立完整的故事，然后用扶贫和机井拍卖串联起来，形成完整的一体。看得出，作者的农村生活经验是非常丰富的。作者善于观察，长于总结，收集了很多第一手的材料。有很多生动的风俗描写，比如儿时的灌田鼠，给骡马配种，失传的钉碗盘手艺。这些很多是作者的亲身经历，比如书中陆占春家安装电话后成为全村人的公用电话，成为全村的义务接线员，这是阎雪君为父母安装电话后的真实情景。作者显然也很了解当下农村的很多实际状况，比如大棚蔬菜技术，细到蔬菜如何间种套种等。

小说的另一大特色当然是信天游的运用。信天游在阎雪君的生命历程中一直占据着不可或缺的位置，不仅因为这是雁北民间的主要艺术形式，而且阎雪君年少时有从事民歌演艺的经历，造就了他作品中的信天游气质，成为他的独有特色，也使他本人和他的作品都有了浪漫主义色彩。信天游对他来说是信手拈来，随口就唱。在《天是爹来地是娘》中，信天游的运用有五十多处，同情节相呼应，贴切自然地嵌入到作品中，同小说融为有机的整体。比如写到石头和改梅的爱情，就用到了："墙头上跑马一搭搭

手高 / 人里头挑人呀就数妹妹好 / 路畔上长得一苗灵芝草 / 谁也比不上妹妹好……"信天游在此处胜过大段的文字描述,不仅描绘出了两人的缠绵,也升华了他们的爱情。

小说的语言俚俗生动,雁北方言的运用活灵活化。雁北地区地处多民族交汇之处,民风泼辣强悍,语言本身很具活力。大同人尤其嘴皮子溜,口才好,阎雪君就深得当地精髓。在小说里,形容人着急用的是:"人家滚油烧心哩,你还东吴招亲哩。"形容燕百合和宋小蝶两家换亲:"我不嫌你驴丑,你也不能嫌我猪黑。"很巧妙地形容出了所谓"门当户对"。小说中这样的语言比比皆是,这样的语言才是农民的语言,是从农民口中直接说出来的,不是从书本上读来的。我发现那些深谙民间戏曲,成长过程浸淫其间的作家,他们的语言都有一种野性的蓬勃的生命力,语言自有一种韵律感。山西的传统尤其如此,现代文学史上的丰碑,"人民艺术家"赵树理就是典型的代表,他是那一代作家中唯一的不是知识分子出身的作家,他深受民间戏曲影响,形成了自己独特的艺术风格。新时期涌现的山西女作家葛水平,本身就是学戏曲出身,所以才有她鲜明的小说风格和语言特色。阎雪君显然也是其中的一员。

就凭阎雪君对农村和农民这种深厚的感情,不用问也能断定他一定是个孝子,"天是爹来地是娘"就是他的由衷之言。他虽然早已是城里人,如今甚至是北京人,但对农民的理解和热爱依旧不减丝毫。他书里写了形形色色的农民,他曾总结过中国农民的特点:勤劳、真诚、实际、知足、乐观、热情、灵气、炽热、个体户、保守、软弱、精神胜利、认死理等——深刻的理解源于深刻的热爱。除了孝敬父母,帮助乡亲,阎雪君这么多年还资助了一百多位农村学生上学,还帮助其中的很多人解决了工作问题,他真正做到了回馈故土,造福一方。

《天是爹来地是娘》像农产品一样原汁原味,但欠缺一些深加工,精加工。平行结构显得松散,主线不够清晰。很多枝节删减后也并不影响整体,比如凌志这一人物。人物众多,出场人物达七十多人,虽然有利于勾勒乡村的全景画卷,但笔墨平均分配后,上述提到的那些重点人物就不够突出,略显扁平化。描写有些粗线条,重点放在了外在的故事情节,人物内心活动刻画不足。比如对富人郝利仁的描写有些概念化了，此人在小说中并未直接出现，只在书的开头出现了悍马车的背影，书的结尾出现时却是图财害命，这一过程是如何发展的交代不足，落入为富必然不仁的窠臼。书中过多的性爱描写，会冲淡小说主题的严肃性。这也是纯文学和通俗文学的分水岭。

阎雪君的文学土地非常丰饶，他在这篇土地上耕耘收获，建造了自己的文学天地。阅读阎雪君的《天是爹来地是娘》，有年少时阅读《艳阳天》的感觉。那时我们憧憬的农村是艳阳天式的，有好人坏人，阶级斗争，但是在一片和谐中运行，是那时每个人心中向往的田园牧歌。在当时的语境下，觉得《艳阳天》是很不错的。阎雪君年少时读的第一本小说就是《艳阳天》，也许农村生活的文学场景，那时已在他的心底留下了投影。不管时代发生了怎样的变化，我们都希望中国的农村是艳阳天，因为那里是我们的故土，是我们的根。正如小说的题目，天是爹来地是娘，敬畏天地父母，让我们知道自己的来处，也会知道自己的去处与归途。

（节选发表于《光明日报》2018 年 5 月 29 日，题为《原汁原味之外，也要有精加工》）

‖作者简介

　　罗鹿鸣，中国作家协会会员，中国金融作家协会副主席，供职中国建设银行湖南省分行。曾在《人民文学》《诗刊》等报刊发表以诗歌为主的文学作品。出版《屋顶上的红月亮》《围绕青海湖》等诗集与《真情的天空》等报告文学著作13部。作品被《读者》《中外文摘》《新华文摘》等媒介转载，入选各类诗歌选本，曾获"第八届丁玲文学奖一等奖""首届中国金融文学奖诗歌一等奖"等文学奖项。

金海银歌展歌喉

罗鹿鸣

　　我的理解，金融诗歌是以金融人、金融事和金融情感为主要描写对象的诗歌。这一类诗歌主要突出体现的是金融行业的行业特点，反映的是金融行业身边的人，身边的事，以及他们的喜怒哀乐。扎扎实实深入生活，从工作和生活里发现灵感的源泉，用朴实的情感抒写人与世界的相遇。

一、在平凡的工作中发现创作源泉，在金海银歌里大展歌喉

　　金融诗歌在创作中如何突出自身主题，如何创作出具有鲜明时代特征、具有现实意义、能折射出行业特点的诗歌作品？

　　主动介入金融工作与生活，反映金融与现实社会的关系与碰撞，彰显金融诗人的使命感和理想主义情怀，它比浪漫主义书写更直接，也更具现实深度与打击力。刘冰鉴的《邮储在春里，春天在马上》、陈忠的《诗说金融》、许烟华的《我在银行营业厅》、蒋晓明的《劳动者之歌》、邓亚

楠的《银行营业员》、张奎的《耕耘》、李钢源的《查库》等作品，都是对日常金融生活的观照，他们以自身独特的生活内容、工作场景为依托，形成了一种迥异于一般诗歌写作者的发声方式。

刘冰鉴的诗歌抒情意味浓厚，同时兼具经典的浪漫主义色彩："流转的希望带着澎湃的颜色／来自一条古老而又崭新的河流／来自归人心脏深处一次又一次的倾诉与召唤"（《邮储在春里，春天在马上》）。

作者诗歌中此处运用的重复修辞，加强了诗歌的情感张力。又如"你是一座移动的丰碑／尽管我保持了安静的微笑／我朴素的追赶／还是惊动了那朵欲放的梅花"，最后作者忍不住大声呼唤："我确定：他们爱上了我／就好像，我深深爱着你一样／／路长，水更长／我弃了舟子，牵上马匹／我看见了你，你正向我轻轻走来／我拥有了春天……"

诗歌结尾几句，作者通过肯定、迂回又肯定的手法，使得最后一句"我看见了你…我拥有了春天"诗意骤然扩大，同时我被作者澎湃的激情深深震撼了，也为她亮出的歌喉所折服，情感真挚，勃发自然，女性细腻的情怀抓住你的耳朵和眼睛，女性细腻的情怀以及她对工作的热爱让读者的心里也泛起无限思潮，诗走近心境，润物无声。

许烟华的诗歌《我在银行营业厅》用口语化的诗歌语言，叙述了他每天工作的银行职场，每天触摸到钞票的感受："每天 我的手 掠过钞票／像医生 面对女病人的裸体／她们美丽 充满诱惑／像纸那样轻／像纸那样白／可我觉得 有点脏。"

然后笔锋一转："她们 不属于我／何况 她们比时间 更快／更锋利／更不可捉摸／更轻易地改变。"这种言简意赅、深入浅出的言说方式，宛如一把匕首直击读者的心灵，显然作者在此之前对"钞票"有着自己的清醒独特的认识，使得这首看起来简单的诗歌，有较强的现实主义批判精神。诗人在平凡的生活中能抓住一个很小的细节，并以小见大，在语言的把握和调度上，也具有很好的节奏感，貌似口语的诗句，却给人以捉摸不定的虚幻感。

"走进银行的人／感觉很好 伸过防弹玻璃／把一枚枚硬币／摁在我这个银行小职员的脑门儿上。"诗歌中的一个"摁"字在此处运用得极妙，且具有很好的立体形象效果，又如结尾处："摁吧摁吧／即使不摁／我的笑／也是一张假币。"许烟华如同一位自嘲的内省的哲人，站在生活的高度上绽放出一个含泪的微笑。从生活中炼化出一个又一个发人深省的问题，并以诗歌的形式呈现出给读者的方式令人感叹和折服。

陈忠在《诗说金融》这组诗中，熟练地运用与当下经济生活元素、金融行业息息相关的词语，这些金融术语被他用诗歌的语言来诠释，不仅展示了他驾驭语言的功力，而且具有哲理，启迪心灵。像"货币""银行""信用""存款""按揭""透支""信托"等等金融术语俯拾即是，使得诗歌更贴近时代特色，更具有金融内涵，现代质感得以强化。金融术语的嵌入，无疑使读者在阅读时，审美感受将迥异于传统习惯，它会让读者讶异，不习惯，甚至有生涩、强硬、冰冷的感受；但同时，它亦刺激读者的阅读神经，带来新鲜的体验，产生新的审美期待。

二、从现实生活里挖掘创作的源泉，用朴实的情感抒写人与世界的相遇

拾柴的诗歌风格纯净通透，情感绵密、深情，富有女性的隐忍和尖锐。我在拾柴的诗中看到了她心目中完美、纯粹、真实的诗国。这些具有哲学与智慧的诗句是她记录和给予世界更具体细致的解密答案。在细微之处遇见最大可能还原生命的本相。这也是她在不断思考和提炼之后，生活赐予她的一汪清泉。

吴文茹的组诗《游弋，澎湃的春天》，以真诚的书写、自觉的思考，表述了对这个世界的全部爱意。这首诗歌带有明显的个人倾向与对外部事物的个人感觉，加上"千倾红颜，万亩良田／春燕的呢喃和风柳的耳鬓厮磨／我借着柔和的风势／倾泄成蓝天碧水／半生心念结草衔环／怀里的冷暖开成羞涩的花朵"这优美感伤的诗句，必然出现自然而鲜明的具象。尔后，她的话语一转，诗歌的后半部分从一个表面叙述抵达诗歌内在的核心，不再流于表象的描述，而是在思想上做了较为凝重的表达，给人以触动感，因而在最后"在这个澎湃的春天"打动阅读者。吴文茹一直倾心于自己的

书写，像一位不懈的倔强的语言跋涉者，她以谦卑之心思考着自己的进取，以不懈的精神考究着自己的每一次书写，从艺术的领域表达出自己的新声。

许烟华在自己的写作中保持了强烈的人文素养和社会责任感，他深情关注观察世间万物，有着自己的对社会独特的反思，因此，他的诗歌每每带有悲剧性和力量感。他写一只苍蝇一次次被明净的车窗撞翻在地，又一次次试图飞入窗外的深秋，一次次绝望到底。苍蝇在尘世的渺小，却被他的强有力的语言放大，给人强烈的现实阵痛感与打击力。诗句中表面描写的是一只苍蝇的对抗，其实是诗人内心与残酷现实生活的对抗，这种对抗极具生命本真的意识。

付顾的诗歌充满了对生活过往的回忆，出于诗之本质的有感而发。他在日常感触中升华了主旨，最后达成超越之感。他写青葱青春岁月里的伙伴小梅，写三十年后的同学重逢，以一种充满生活深情的方式，表达感受，解析人生。那些对人生的感同身受，那些对青春的领悟，细腻独白，令人回味。

喻灿锦的诗歌《从不》，在日常生活中提炼出生活的温度，在习以为常的生活小事件中发现生活之美，找到爱情的蜜。小说、寓言和童话主要通过人物或动物和故事情节来再现生活，散文主要是借助一定的人物、事件和场景来再现生活，戏剧主要是通过人物的矛盾冲突、语言和旁白来再现生活的，而诗歌则是通过抒情的方式反映生活的。因此可以说，抒情性是诗歌的灵魂。喻灿锦诗歌的抒情性，就是通过抒情的方式来打动读者。通过平平淡淡的生活小细节，发现爱情的美和生活本身的美。而在《该如何去爱你》中，她用反问的语句，一层层一次次地发问："请你告诉我，亲爱的／这一生／长长又短短的一辈子／我该如何去爱你？"这既充满了女性的温柔，又有女性对爱人的珍惜和感动，实际上是在表白她对感情的坚定。在日常生活中，爱无处不在，诗人细腻的心和发现生活的美，跃然纸上。

李晓涛的一组情诗《三行情书》，写得如痴如醉，把思念、相望、相守、回望、从前的月色、别后、春风等通过简短的句式，表达得朦胧空灵，情感的天空在诗意中展露爱的浪漫。

莫善贤的诗则是通过对生活中点点滴滴的观察，用诗歌与自己的内心对话。他的诗歌展示出了他强大的内心世界，表达了他对世界、人生充满哲理的感悟。浓郁的情感，加上深邃的思想，在恬淡平静温柔中表述，诗意盎然如夜空中的点点星光，温情脉脉、娓娓动人。

黄晋的诗歌《捧读史书的那一刻》，内敛而富有力量，他在该隐忍处节制自己的情感，有着独特的人文情怀，且独辟蹊径："发现／蜕变总在风雨后／真实掩不住深谷的柴门／而回荡着的岁月欢歌里／充满／沉醉的倾倒／梦魇的猖狂／以及英雄的叹息"他写出了诗人自我内省的确证："而合上史书之后／却癫狂的／是一次次把沉重的铅字／实践成自己的历程。"

三、从诗歌中回到故乡，找到人生与往事

海德格尔说，诗人的天职是返乡。对于故乡，每个人都有无尽的话语，无穷的思念。几乎每一个写作者，在开始写作时，故乡与童年经验也是创作的灵感源泉。

中国传统文化在诗人身上积淀深厚，像李雁新、席君秋、陈一夫、丁纯蓝、谢蓄洪等诗人，他们具有丰富的学养与阅历，接受了当代文化的新思潮，从而形成了自己独特鲜明的诗歌风格。他们以朴实的情感来书写人生与往事，表达对人生的深刻理解和对生活的由衷咏叹。他们本着一颗对诗歌的虔诚之心，去敬畏语言，去守护信仰，去将诗歌当作内心的宗教。他们在本职工作中积极进取，写诗，是出于兴趣爱好，正是这种鲜明的现状，因此看得更清楚、明析，更能以一种对诗歌的热爱切入现场写作的核心。

譬如李雁新，在他的组诗作品《听不到你开花的消息》中，兄弟、父亲、故乡、庄稼地等亲情内在元素充满在文字之中。毕业于湖南师范大学中文系的他，当过教师、编辑、记者、政府秘书，现就职于岳阳市银监局。他的写作，已经达到那种"云淡风轻"的境界，并在不断创新中获得理性的深度。人到中年，经过多年的实践，他在写作中卸下了重负。那是一种发泄，但更多的还是一种释放。在人生历练中酝酿成熟了之后，情感通过另一种渠道来解决，来转化成自我的精神食粮，来为它们找到合适的载体，那就是诗歌。在宁静的夜晚，如水的月光之下，作者打开记忆的闸门，让往事历历涌现。

诗歌是他的一条回乡的路，他踏着熟悉的文字，仿佛回到了故乡的庄稼地、古井、村庄，仿佛回到了童年，回到了父亲的身旁，回到了生活的原处。如"但我对它的思念／却越来越宽 越来越长／就像那条嵌入故乡肉体的／高速路。"作者在这段的比喻把对故乡的思切之情象化了，比作一条越来越宽的高速公路，动人心魄。

而席君秋的诗歌，则更偏向于伸向自己独有的视角、触角等具体感受，写时光，写久远的记忆，写美丽如初的心情。这些心灵上的独语，诗人没有借以惯常传统的手法来表达，而是用还原当时场景的形式，重叙了一场场关于青春、往事的独特感受。虽然这些事件都很日常化，但在诗人的笔下却幻化出了细节美，从而留给读者更多的想象。

陈一夫的诗歌《淡静》，具有一种空灵之美，非常切合诗歌标题。诗歌的最大特点在于它通过精练的语言表现出丰富的内涵，而又始终不露风骨，总是叫人寻味再三。他写淡静的心灵写温婉的雨，写雁儿飞。读他的诗歌，读者能欣赏和领略到他作品中的人生往事。我们再看看他所写的一些句子："进入空灵的水影／静静排列着无数个永恒／一滴水的坠落／都有一次合声；还有他在思索的瞬间的回忆与追问：'我曾经爱你／除了／在坟冢上／摆放的／玫瑰花／谁还能帮我找回／一点痕迹。'"我们惊喜地读到这些意想不到的句子，也震惊地感知那些带着诗人生活瞬间的感伤，在不经意间被打动，触及到灵魂深处的柔软。

丁纯蓝的诗歌充满了女性对生活中美好事物的发现，在她的作品中，月亮、歌声、桃花、少女等意象再现，展开了一幅幅温馨的画面。她写美好的月夜，写春天的花朵，写美好的爱情，热爱生活，对生活抒情。正如她的诗中写到的一样："人海茫茫，相爱是一辈子的福分，刻骨铭心的爱情足以温暖一生啊！"

谢蓄洪的诗歌，则通过画面与内心的交换，指向了当下的现实，比如他写战争，写敌人，写保家卫国、为和平正义而战的壮志豪情。以一层层递进的方式形象化抒发情感。因为诗歌是通过抒情来引起读者思想上的共鸣，诗人的感情是通过具体事物的感受来调动的。他通过把具体事物的形象再现出来的方式，让读者感同身受，一起感受作品中跳动的热血情怀。

总之，金融诗歌的创作具有非虚构性、切近生活、展现时代的特点。它鲜明的艺术特色是根植于生活的土壤，根植于朴实无华的工作之中，来展现对世界对人生的深刻思考。在平凡中发现美、创造美，让读者感受平凡中的激情。一滴水里可以看见一个春天，玄机和奥秘尽在诗中。当下，金融诗歌创作已经走进温暖的春天，并在中国诗坛茁壮成长，展露出了一批颇为真诚、富有灵性和智慧的诗歌作品和优秀的金融诗人。相信在不久的将来，金融诗歌将突破现有的层次，抵达更高层次的高峰。

（本文获"首届中国金融文学理论研究优秀奖"）

作者简介

　　冯敏飞，福建泰宁人。中国作家协会会员中国金融作协理事。已出版长篇小说 5 部，中篇小说集《孔子浪漫史》，散文集《人性·自然·历史》，"历史四季"随笔系列 5 部，金融读物多部。长篇小说《京城之恋》获福建省优秀文学作品奖一等奖及省百花文艺奖二等奖，长篇纪实《一眼看穿金钱骗子》（冯之凌合著）获第三届中国金融文学奖。供职于中国建设银行三明分行。

透过金钱进进出出热闹的表象

——浅析阎雪君的文学创作暨中国金融文学的现状和发展

冯敏飞

管窥金融文学现状

　　广义来说，凡金融从业者所写与凡写金融界的文学都可谓"金融文学"。狭义来说，只有写金融人生的文学才可谓"金融文学"。

　　我偏居东南一隅，无法俯瞰中国金融文学全貌。但偶然有两个管道，给了我孔见的机会。因为我从所供职的中国建设银行某分行退居二线，移居厦门，2016 年初开始兼职《厦门文学》责任编辑。这份杂志是国内外公开发行的文学月刊，面向各地作家。至目前 20 余期，我已编发 90 来篇作品，包括小说、散文、诗歌与评论。其中金融系统作家有（以发表先后为序）：王炜炜、阎雪君、符浩勇、刘宏成的小说，张靖、许曙明、王张应、潘家定的散文，陈一夫、罗鹿鸣、胡海升的诗，另有田丰芳的小说即将发表。一年多时间内，一个系统能有这么多作家的作品在同一家杂志发表，可谓蔚为壮观。特别是去年第四期，一下发了3个金融作家的作品，有人开玩笑说《厦门文学》快成金融作家第三刊了。为便于大家了解详情，特将这些作品列简表附于文后。

今年春，受委托参加第二届金融文学奖小说组个人初评，参评的已发表短篇17个、中篇15个，新作短篇20个、中篇17个，我全都拜读了（当然不敢说全都读得非常认真）。在新作组当中，经组织者和作者同意，我看中4个作品，"顺手牵羊"推荐给《厦门文学》，这就是刚发表的刘宏成短篇《七月雾》和即将发表的田丰芳的中篇《谁是谁的谁》；罗尔豪的中篇《约巴马的尖叫》经联系才知已发表在《黄河文学》，误列新作组，只好作罢；另有一篇未通过终审。由此看来，金融小说也是可观的。

浅析阎雪君金融小说新作

从某种角度说，我应当避谈中国金融作协主席阎雪君的作品。但在此，我觉得不能不坦率地谈谈。

阎雪君的小说我是一下子喜欢上的——

黄河在这里犹犹豫豫地拐了个弯儿，便毫不留恋地向东奔去。这地方儿，就是清河县。狭小的县城街道像一条长长的线，县信用联社就恰似线上圆圆的一点儿。

这是阎雪君中篇小说《唱不尽的信天游》的开篇。如此生动的、富有个性的描写，你能不一下子喜欢上吗？我给这小说写的稿签是：

小说写一个北方农村信用社主任老邢因公殉职的故事，其工作业绩优异，但方式与众不同，倍受争议，入党也受挫，发人深省。人物形象鲜明，生活气息及地方色彩非常浓郁，富有感染力。语言质朴而又鲜活，可读性强，是篇难得的佳作。

为此，我还请《福建文学》副主编、新锐评论家石华鹏写了一则评论《为小人物立传》，与这个小说一起发表在《厦门文学》2016 年第 6 期。石华鹏读这个小说，联想到鲁迅的《阿 Q 正传》：

如果说鲁迅先生笔下的阿 Q 是旧中国农民的代表，小说如一把尖锐的手术刀，深刻地剖析了旧中国农民人性的劣根性的话，那么阎雪君笔下的邢四，则是中国现阶段某类基层小公务员的代表，他们热情与粗俗、善良与匪气、争议与赞誉融于一身，较为深刻地描摹了这个时代的精神特质：活力、包容，以及人们为人行事的东方式智慧：实用、乐观。

邢四不是严格意义上的"公务员"，但在山乡村民的眼里，乡镇金融工作者与乡村教师、医生之类无异于"国家干部"。石华鹏剖析道：

邢四虽然是"国家干部"，但更多时候他却像一个农民，不拘小节，豁达，有时内心也有自己的"小自私"，邢四身上虽然有许多农民的脾性，但另一方面他又是一个能力突出的"公务员"，他的一切作为又是为了出色完成信贷业绩。农民的脾性和"公务员"的规矩混合成了邢四的身份特征——这种泾渭难以分明的身份特征，是许许多多中国基层公务员的"基本形象"和"共同心声"，他们从邢四身上能看到自己的影子和内心，所以说《唱不尽的信天游》所极力塑造的人物邢四，有了某种典型性。

此外，石华鹏还充分肯定：

信天游在小说中唱了四五次，贯穿小说始终，它构成了小说的一条情感线索，当故事和人物发展到一个节点时，与之对应的信天游便苍茫高亢地唱响起来。我一直以为，信天游是西北大地上的一种精神图腾，它总与酒神相伴，与情爱、欲望和生死相连。信天游为这篇小说增色不少，让小说具有了浓烈的西北风情味道。还值得一提的是小说的语言，生活气息浓郁，比喻、俚语、方言、对话无不活泼生动，精彩有力，为人物的塑造和故事的推进，语言立下了汗马功劳。

石华鹏强调："鲁迅先生开辟的这条为小人物立传的经典小说道路，我们的小说家已经遗忘或无能为力很久了。"

阎雪君没让石华鹏失望，很快为我们奉献了一部沉甸甸的长篇小说新作《天是爹来地是娘》（中国金融出版社，2017）。这部小说所涉行政职务最高的人物金炜明也只是个金融副县长，虽然在农民眼里是高不可攀的"太爷"，但在我们一般读者看来仍只不过是个"小人物"。

读《天是爹来地是娘》我感到格外亲切，因为这部长篇与《唱不尽的信天游》诸多相似与相同。在这部长篇新作当中，阎雪君发挥了他的长处，即深厚的北方乡村生活积累，鲜活的文学语言，以及充分利用"信天游"这样一种极具地域色彩的民间艺术。我印象最深的，是他对乡村生活场景描写非常生动。例如：

金炜明来到豆腐房门前，听到里面有叮叮当当地剐锅声，也听见屋里的人声嘈杂。

"砰——砰——"，他敲门，里面根本没人应声，也许太吵听不见吧，他又使劲敲了一下，忽听见里面有个女人尖叫："鬼敲门啦！"随即传出笑声一片。

金炜明很尴尬，不知是应该继续敲门，还是应该直接推门进去。

就在这时，屋里又传出一个男人的骂声："谁他娘的装正经呀，快自个儿踹一脚进吧，还等老子给你开呀？你以为你是乡长啊？哈哈。"

没法子，金炜明只好使劲推开了门，撩起破旧肮脏的厚门帘儿，迈进屋里。一进屋，他就发现原来屋里的地下、炕上、小凳上堆满了人，他还想看个究竟，忽地冲来一股热浪，就把他的眼镜给蒙上了一层薄雾，他便雾里看花，迷迷糊糊了。

人众的场景很难写。如果没有相当的艺术功力，难以这样点面、动静拿捏得恰到好处；而如果没有深入的生活体验，则难以令人如临其境，如闻其声，过目不忘。

小说重在写人物形象。这点说难当然难，可要说容易也挺容易，有时只要寥寥几笔，通过一两个典型细节，一个典型人物便活了起来。阎雪君善于写乡村人物，一个个栩栩如生地从字里行间跳跃出来。例如这部长篇当中的：

——精神病患者：一身"文革"时期的衣着，到田间对着玉米地训话，发现几棵玉米有点东倒西歪的样子，便跳下田埂把它们扶正，说："这就对了，就得站有站相坐有坐相，懂得立正稍息的规矩。"

——老妇女：随众人观看人工为驴配种现场，她"刚捉住自家的鸡，手攥着鸡脖子，站在粪堆上也跟着喊，不一会儿，低头一看，她双脚陷进了粪堆，鸡也被她掐死了"。

阎雪君小说地方色彩浓，也非常注重时代特点。那个在村里有资格当信用服务站代办的李胜利偷偷对朋友说："以后生活好了，还可以娶个知青嘛。隔壁生产队有好几个人就娶了城里来的知青，知青有文化。"在那个年代，现代所谓的"村姑"在当时是战天斗地的"铁姑娘"，所以青年中的"女神"只能是女"知青"。

与《唱不尽的信天游》相比，《天是爹来地是娘》不只是篇幅上更长，而在人物、内涵及艺术手法上丰富得多。在这部长篇当中，我欣喜地读到了好些新东西：

一是更尖锐的现实矛盾。开篇第一章，金炜明一踏上金融扶贫之路，便碰到进城上访的拖拉机，农民拉了条幅："农业银行和信用社还我血汗钱！"高利贷猖獗，地方政府则明目张胆地逃废银行债务，金融管理存在不少混乱，有些地方官员腐败。与此同时，还有农村的贫穷与愚昧，计划生育违规与贩卖婴儿犯罪。小说中的各色人物动辄唱起信天游，但那一方天地绝非田园牧歌。

二是更多人性的思索。小说中有不少性描写，其中有些是否妥当，也许值得另当别论。但有些显然不是"味精"，而与整部作品融为一体，不可或缺，这就是关于土地与女人的哲思。对此，小说有三思：

——直觉认识：田春燕觉得"为了鼓励人们生孩子，老天爷先给点甜头，让人们在进行男女之事时，先给几秒钟的快活，却让人背负一辈子的辛劳与责任"。这就将人类的性生活，与动物配种区别开了。

——理性思考："村里许多活到九十多岁的女人，都是多子多福的。女人的地就如同农民的田，播种生长符合自然规律，但荒废田地，那就是纯粹的资源浪费了。"这就将人类性行为与自然规律相联系，天与不取，反受其咎。

——回观现实：村里智者李亮总结"男女性生活与土地的关系——地多，男女在家，性生活多；地少，男女外出，性生活少；无地，留守女人多，村里男人少，偷情多"。这就联系到农村城镇化历史进程中的现实问题。

这些思索都是以农村农民的、通俗甚至粗俗的语言表达出来，而不是城里的、玩弄名词术语的。

三是更多的艺术尝试。阎雪君是现实主义的，但他并不排斥多种艺术表现方式。在那个贫困的时代，徐建兰的男人因偷庄稼入狱，为了养活两个孩子，她只好去偷大队的山药，被守护员马户抓了，所幸马户早暗恋她，趁势一了相思。后来，他们将偷情的地点转移到粮仓——

多少年以后，两人回忆起来都有一个共同的感觉（这个感觉也许没有这种经历的人无法感觉到），那就是，在人们饥寒交迫时，能够在粮食堆里，也只有在粮食堆里做爱，才是最安全、最踏实、最有乐趣、最富激情、最有精神、最富有幻想的。

这段有点类似《百年孤独》开篇的描述很有意思。我没有这类经历，但不难想象此等浪漫，不难审美这类情节的文学意义：黑色幽默。田春燕是村妇联主任，负责计生工作，要强行做绝育手术，却又从事接生，信奉佛教，帮人们转移多生的孩子，更有趣的是她还能年年得先进受表扬。小贷公司支持妇女们贷款，贷款项目填写养猪，实际上她们用这些贷款买营养品多生孩子卖了挣钱，为此还有人贩来可以缩短怀孕时间的"宝贝速成丸"……这些细节不一定是真实的现实，但是够幽默，不乏戏谑，显然比正儿巴经的书写更具表现力。

　　然而，我想坦言：阎雪君这部长篇新作也更多遗憾。当然，这只是我个人的看法，而且是粗粗一读——未能认真拜读的一点初浅印象。我觉得这部小说比较粗糙。

　　小说存在一些"低级错误"，不过可谓"笔误"，很容易被谅解。读者难以谅解的是"高级错误"，即情节不太可信。当然，这些只不过是我个人觉得失真。如拍卖机井，12 万元起价，最后以 70 万元成交，陆占春的钱却只有 45 万，眼看下不了台，信用社主任石头突然走出，捧着两张支票，当场宣布："这是香水沟村八十二户村民联户担保，并用机井抵押的贷款——二十五万元整。"怎么不多不少刚巧是 25 万元？地方政府与当地信用社的矛盾终于到流血冲突的地步，突然出现吴乡长的老父亲，展出一张发黄的借据，说这是 40 年前他生病时，父亲从信用社借 30 元钱买药救命，而他"只知自己小时候得过一场大病，是几副草药救了自己一条命，却不知道这几副草药是用信用社的贷款买来的"，父亲则还说："这三十块钱的贷款俺一直没有还，每年只打利息，不是俺不守信用，俺是舍不得这张借据呀，在俺的心目中这不是一张普通的小借据，它简直就是一张救命符呀。"我觉得这情节太突兀。

　　我也写小说，我当然乐为同行辩护，何况还欣赏这部小说当中有"离奇"之嫌的情节。刘卫红死了，他的鞋被马叫驴捡到，没想到马叫驴走路的模样和说话声立刻变得很像刘卫红，并闯进刘卫红的家，说他是被某些人打死的，并说尚欠某家 300 元，又欠某家 700 元之类，显然很荒唐，但我相信这在艺术上是真实的。为什么呢？因为作者进行了"圆谎"，一是写他妻子"听到这儿，韩翠莲已是泪流满面，忍不住扑上去抱住马叫驴失声痛哭，在场的人无不为之唏嘘"；二是"后来，韩翠莲拿着账目去这些人家对账，竟不差分毫，她惊讶得不得了"；三是送刘卫红"上路"后，马叫驴"颤颤巍巍地爬起来，一个劲儿地问众人：'俺怎么就躺到臭烘烘的粪堆上去了？'"这也就是说：马叫驴确实失常一段时间，但恢复正常了。马尔克斯《百年孤独》中的经典细节：俏姑娘雷梅苔丝抓了床单飞升起来，连上帝也拦不住。这个荒诞的细节之所以能让读者和评论家们接受，就因为床单为它提供了现实逻辑。如果没有这一具体的现实依据作为中介，升天这一细节就无法令人信服。马叫驴变刘卫红也是有现实逻辑的，有中介铺垫，完全可以作为魔幻色彩让人信服。而上述所说40年借据之类也许在现实生活当中确有其事，但在这部小说当中，只是由于没有必要的中介铺垫，反而变得令人不信。

之所以说"文学是人学"，就是强调文学要写人性。作为小说，不论什么题材，不论什么风格，都应当写人物，写人的内心世界，内在的矛盾冲突。小说离不开故事，但重在故事当中表现人物。我总觉得这部小说在这方面读不过瘾，留有遗憾。县社为农民提供化肥专项贷款，副社长袁生贵却私自以化肥放贷，而且是高价，陆正责问，袁生贵诉苦说快退休了子女工作没着落想顺手挣点，但没想合伙人乱提价——

"老袁，这仅仅是种'方便'吗？如果我们人人利用这种'方便'，那农民还能信任咱们？信用社的信誉、信合人的良心……"陆正难过地说不下去了。

"陆正，我错了，我去叫他们把化肥拉走，把化肥款退给菜农，把贷款发到农民手里。"说着，袁生贵站起身要走。

冰冻三尺非一日之寒，袁生贵想要某种补偿的心理非一年两年所积累，就这么几句司空见惯的大话、两三分钟就解决了他内心的问题？

有人说女人的敌人永远是女人。那个不愿随丈夫贺富贵进城的田改竹，在发展大棚菜产业中与技术员赵壮相好，而贺富贵则与赵壮的妻子吴丽娜鬼混放高利贷。贺富贵出事被抓，吴丽娜没脸活下去了，来请求与赵壮破镜重圆——

改竹听罢这才明白，原来这个女人就是害人精吴丽娜呀，她气不打一处来，恨不得上去狠狠扇她几个耳光，可她没有这样做，只是冷冷地瞧着她从地上爬起来，跌跌撞撞跑出门外。

听到摔门的响声，改竹猛地惊醒过来，她想天已黑了，这女人人生地不熟的，出了事可就不好了，忙跑出门外，拉住了要寻死寻活的吴丽娜。

不仅如此，田改竹还把吴丽娜带到自己屋里——

整整一夜，改竹屋里的灯一直没熄，人们也不知道她们说了些什么，赵壮在院子里转悠了半夜，几次想进去，可又一直没有进去，他也不清楚这两个女人究竟说了些什么。

第二天一早，田改竹从屋里出来，竟然推荐吴丽娜到北京办事处当帮手，情敌摇身一变而成好同事、好姐妹。这当然是可能的。问题是：这180度大转变当中，她们的内心如何？找不到答案，非常可惜。说实话，我挺喜欢越剧与黄梅戏，就特别喜欢那种男女大段对唱，淋漓尽致地抒发由衷的情感。如果能将田改竹与吴丽娜这当中的内心世界展示出来，想必是精彩的，而现在这样我认为是苍白的，顶多是一段好故事而已。

小说结尾时，全县金融界负责人到香水沟实地考察，人行的高行长兴奋地说："看来，咱们的金融扶贫路子是对头的，效果不错呀。"金炜明的金融扶贫任务是完成了，而且挺出色。然而，我觉得阎雪君的任务没完成。金炜明的金融扶贫经验也许值得推广，但那不是小说家的任务。探索社会治理之路，那是政治家的任务，于小说家是一种奢望。

作为一个小说读者，我希望是通过这部小说，感受金炜明在金融扶贫当中所获的崭新的人生体验。从这角度来说，我觉得失望。我读到了金炜明的官话，以及他跟其他当代基层官员大同小异的工作场景，而没能读到他的内心世界。阎雪君也许想写金炜明"这一个"人。在第五章写北京老知青魏仁——

他觉得金炜明除了扶贫，是不是对自己的真实身世也要进行探究？自己也是多年没见到金炜明了，这几天两人在明登府大院里相见了，也聊了很多。魏仁在聊天时也特意观察金炜明，觉得他长得跟那个人太像了，他担心有人只要留意一点，就会一眼看出来。好在这个秘密只有他知道，别人是不会把那么远那么大的北京跟这么小、这么偏的香水沟联系在一起的。想到这，他那颗紧张和忧虑的心稍微放松了一些。其实，后来发生的事证明他还真是想错了。

读到这一段时，我不觉两眼一亮：有戏了！好的小说，特别是长篇，总要有某种神秘性，有历史的纵深度。可惜我也"还真是想错"，这么诱人的悬念抛出来了，后面不见踪影。小说没有写金炜明的命运与内心，而只是写他的一段工作经历，这部小说的成就也就大打折扣。如果以金炜明为主线，浓墨重彩写他的隐秘的身世、复杂的现实生活，与那些生动有趣的农村众生相密切关联起来，那将是一番怎样的画卷？

以上只是我个人不成熟的看法，仅供参考。总之一点，希望有机会修订再版的时候，这部小说能够更精致一些。

略谈金融文学的繁荣

一、高度与难度

评价一地一系统文学成绩的指标是作品与人才，衡量标准必须高于所在某地或者某系统。中国文学成就如何，要视有多少作家与作品走向世界；福建文学成就如何，要视有多少作家与作品走向全国；金融系统文学成就如何，也必须视有多少作家与作品走向全国。

知名文学评论家孙绍振常公开告诫说：要做一个有追求的作家。他说当年莫言与李存葆（《高山下的花环》）同时开始在全国打响，李存葆作家没追求，停留在那；莫言有追求，走向世界了。

走向全国的难度，在于突破一地一系统的樊篱。人们常说科学没有国界，其实文学也如此，过多强调一地一系统的属性弊多利少。《厦门文学》杂志是厦门市财政出钱办的，理所当然重视培养当地作家，鼓励歌颂当地山水人文，但绝不限于此。如前所述，仅这一年多，全国各地金融系统的作家就有十余位在《厦门文学》发表了作品；我所发稿的作家分布全国20多个省市自治区了。河南开封的金融作家张靖已在《厦门文学》发表两篇散文，都是写云南的。

但从主观来说，我可能只擅长写某地某系统；从客观来说，有种种诱惑你只写某地某系统。相对来说，金融系统是比较封闭的，与外界打交道比较少。这样，很多金融作家是关起门来写，作品的格局很小，满足于写本系统的"好人好事"，距"文学作品"还有着明显的差距。

二、坚守与超越

其实，文学创作与地域、系统性并不矛盾。所谓"越是民族的越是世界的"，就是强调地域或者系统的特色，也即一般文学理论所强调的"个性"。

美国文学史上最具影响力的作家之一威廉·福克纳，一生写了19部长篇小说与 120 多个短篇小说，其中 15 部长篇与绝大多数短篇的故事都发生在约克纳帕塔法县，1949 年获诺贝尔文学奖，"因为他对当代美国小说做出了强有力的和艺术上无与伦比的贡献"。莫言的写作背景大都是高密，但他并不只是山东作家，而走向了世界。对地域的坚守，并不一定影响文学作品的远行。

中国煤矿作家协会主席刘庆邦，早在 1978 年进京生活了，可他至今坚持以"人与自然"为母题进行现实主义写作，其作品可以简单地划分为乡土和矿区两大题材，照样享誉"中国短篇小说之王"。可见，对行业系统的坚守，也不一定影响文学作品的远行。

对地域与系统的坚守之所以不影响文学的远行，关键在于能够超越地域与系统的局限，那么地域与系统发生相反的变化，成为一种特色优势。石华鹏将阎雪君笔下的邢四称为"中国现阶段某类基层小公务员的代表"，换言之就是邢四这个乡镇信用社主任的典型意义已经超越了金融界。

目前我所编发的金融题材小说仅一篇，但读的不算太少，只是大都不满意。有一个中篇小说写支行行长历经千辛万苦终于成功清偿 3000 万元不良贷款，写得挺"好看"，稍改一下如果投给上海《故事会》之类很可能可以发，但作为小说我不看好，连修改的余地都没有。作者很委屈，说这小说已在他们省金融作协获了奖。我说你这小说只是写了一个清贷故事，表面看很热闹，实际上没人物，没内涵，很多情节经不起推敲，没救。

有些人认为强调"主旋律"只是突出政治上或者业务，而忽略文学性，结果顶多是个较好的宣传品。其实，中国有着"文以载道"的悠久传统。即便如此，"文"也是不可或缺的，有如没船怎么载你远行？没有文学性的政治或业务内容，怎么可能为人喜闻乐见？

宣传品与"文学作品"是有区别的，文学作品理当超越宣传品。如果刘庆邦的小说只是宣传煤矿，我为什么要看？为什么看了他一个，还想看他第二个第二十个？就因为他虽然是写煤矿故事，但那是新鲜的人生体验，从一个行业的意义超越为人生的意义。所以，非煤矿的我爱读，非中国的外国人也爱读。

文学创作首要是观念问题。作家可以附加某种标签，比如"金融作家""部队作家""福建作家"等等；作品也可以附加某种标签，比如"纯文学""意识流小说""现代诗"等等，但作品的价值必须是面向全人类的。如果你要给作品的价值附加某种标签，那只不过是某种宣传品。试打个比方，你强调牡丹卡，那只是工行的宣传品；你强调长城卡，那只是中行的宣传品，而你只强调信用卡，那就是金融文化了。当然，通过牡丹卡或长城卡等某一种信用卡，也可以代表金融文化，这就需要某种超越。"金融文学"要走出金融界，不能没有这种超越。

三、聚拢与放飞

金融作家是业余作家。以前，金融作家大都如"地下工作者"，刻意低调再低调。我以前也如此，当地的文学活动都极少参加。现在，有了中国金融作家协会，意味着从行业最高层重视，金融作家可以从"地下"转到"地上"了，可以从不正常步入正常。更重要的是，中国金融作家协会通过办刊、评奖、培训等活动，可以发挥聚拢金融作家的作用，交流学习，相互促进，共同提高。我这一年多的编辑工作，也得感激中国金融作协。如果没有这样一个全国性的行业作家组织，《厦门文学》不大可能短时间从全国各地归集那么多金融作家的作品。

对于金融作家的创作，还是应贯彻"百花齐放"的方针，少约束。只有在尽可能自由的状态下，才可能发挥最好的水平。具体来说，金融作家写什么，应当让他们选择自己最熟悉、最兴趣、最有把握的题材，尽量不要强求"金融作家写金融"之类。

事实上，金融行业也许特别难写。别人写出来的，我觉得难有佳作。而要自己去写，我也没把握。我写短篇小说《信用卡》（《福建文学》1995年第三期）的时候，还在地方政府部门供职。而调入金融系统后，倒是觉得心有余力不足。我对储蓄、会计柜台员工的工作、生活题材很感兴趣，常常想象他们在那三尺柜台里是一种什么样的人生，但我迄今没敢去动笔，也没读到这方面的来稿。在《厦门文学》已发稿的那些作家，除阎雪君之外，都是写其他题材。某作家开始给我一组写金融的短稿，实在不敢恭维，硬着头皮选两篇送审也没通过。而该作家第二次送一组其他题材，简直判若两人，很快发了头条，并被转载。

我们可以跟现代文学大师卡夫卡攀同仁，因为他的职业也是金融（保险），可他似乎也没有写金融——至少那些著名的长篇都不是。他的短篇小说《万里长城建筑时》，写中国百姓被驱建造毫无防御作用的长城，表现人在强权统治面前的无可奈何，而他实际上过着"穴鸟"——我们现代叫"宅男"的生活，一生中几乎没有离开过故乡。文学创作更重要的是靠个人兴趣，或者说想象力。如同男女，有缘的不远万里也一见如故，无缘的长年对面办公也不来电。所以，作家需要放飞。

当下，中国正处于转型时期，社会各方面正发生着剧烈的变化。金融是现代经济的核心，金钱在近几百年来都是全世界文学的热门话题（当然是批判居多），金融文学大有可为。作为金融作家，我们应当大书特书金融事业历史性的重大改革与发展成就，应当冷静地思考金融给当下国人精神带来的深刻影响，还应当热情关注身边同仁内心世界发生的细微的、深刻的新变化。后者，至少在我看来还是稀缺的，而最可能走出系统行业的文学作品或许正是这类。

让我们沉下心来，穿透金钱进进出出那表面的热闹，直击金融人心灵深处的微妙变化，创作出更多无愧于时代的文学作品！

（本文获"首届中国金融文学理论研究最佳论文奖"）

┃作者简介

　　龚仲达，湖北蕲春人。中国金融作家学会会员，高级讲师，《东坡赤壁诗词》副主编，《中国金融文学》诗词版责编。在《人民日报》《金融时报》《长江文艺》《散文》《中华诗词》等报刊发表小说、散文、现代诗、格律诗。出版散文集《那花那果那阴凉》，诗词集《月下清泉吟稿》。曾获《中国青年报》"辣椒杯"全国征文二等奖，湖北省"长江杯"小说二等奖等奖项。

金融题材小说语言艺术初探

——从龚文宣长篇小说《新银行行长》谈起

龚仲达

　　文学，是一门语言的艺术。

　　语言是作家用来塑造艺术形象，反映社会生活的工具。离开了语言就不可能有文学。所以高尔基说"语言是文学的第一要素"（高尔基《和青年作家谈话》）。

　　近年来金融题材小说中出现一批无论在人物塑造还是语言艺术上，都令人耳目一新、爱不释手的作品。比如阎雪君的长篇新作《天是爹来地是娘》、杨军金融历史题材的《大汉钱潮》、胡小平反映银行人生活的《催收》、鲁小平描写投行业务的《高溪镇》、徐建华反映二十年多前银行故事的《板凳银行》，王炜炜反映金融体制改革下人和物的《黑白蝶》等等，这些作者在小说语言的艺术上，都有较高的造诣。

一、金融作家龚文宣和他的长篇小说《新银行行长》

龚文宣的长篇小说《新银行行长》（原名《奔腾的灌江》）于2012年由金融文学杂志连载，2014年又被《长篇小说选刊》刊载，2015年更名为《新银行行长》再由中国言实出版社在国内出版发行，并作为文学出版交流项目，由言实出版社授权美国太平洋国际出版公司在美国出版发行。这是一部反映国有商业银行股改前金融状态的现实主义作品，具有强烈社会意义和阅读价值。作者还通过一段发生在苏北平原灌江市某银行内部世故人情的故事，以及在"银企结合"中发生的一段凄美动人的婚外情故事，把这种几方面糅合在一起的感情宣泄出来，确实感人至深。同时，作者又通过这些故事，尤其是银行权力运作和那段婚外情的悲剧结局，展示了对权力与人性的深层思考，给人以理性的启迪。

二、《新银行行长》的语言艺术特色

我以为龚文宣的长篇金融题材小说《新银行行长》是一部当代金融题材小说的范本，尤其是语言艺术，值得研究，也值得金融小说作家学习与借鉴。

（一）银行术语的大众化

这部45万字的长篇小说，是在2006年前夕中国国有商业银行行业改制上市，激流涌动的背景上展开的。国有商业银行实行股份制改革涉及多个层面，很复杂艰难。对于这个绕不过去的银行新术语，龚文宣删繁就简，避难就易地写道：

"银行改制的问题。几家国有商业银行中，工商银行已经率先完成股份制改造，听说其他几家银行也有提交股改方案的，等待中央批复。对于T银行下一步怎么走，需要掌握上面的意图，再来安排辖内事务。"千言万语都说不清、道不白的大事，他仅用78个字，就讲得通透明了，尽人皆知。银行为防止房地产过热，不仅不能上新项目，而且还要在上年的贷款盘子中钢性压缩 5% 的规模。银行该怎么应对危机，压缩规模呢？这在学术论文中需要成千上万字去诠释，而文中只用 8 个字："资金回笼，只收不放。"可谓言简意赅，一看就懂。

（二）绚丽多姿的地方文化色彩

文学作品中所反映出的地方文化色彩，是作品档次高下和成熟与否的重要标志之一。因为地方色彩往往会成为一个地区、一个民族、一个国家文学艺术的特色与精华所在。

《新银行行长》中对地方性的民风民俗、人物风情，做了不少生动多姿的描写。例如：

清明节高庆兴为母亲扫墓时，那上坟、填坟、添土，尤其是拜祭的描写可谓细致入微：

"在墓碑前的香案上，插上三炷香，按照人三鬼四，每人要磕四个头。高庆兴先朝母亲墓碑合掌四拜，再跪下来，磕了四个挨地头。"这细节悲怆肃穆，催人下泪。

民俗描写离不开地方特色饮食，小说中提到一种号称"灌江美人"的珍稀淡水鱼——"四腮鲈鱼"，对其精致的做法、新奇的吃法与独特的味道的描写妙趣横生，凡此种种，不一而足，为读者喜闻乐见。愈是有地方性就愈是有民族性，愈是有民族性就愈是有世界性。这早已是文学艺术界一个不争的命题。

《新银行行长》发表之后，一路出彩，一次次地印证了"愈是有地方性就愈是有民族性，愈是有民族性就愈是有世界性"的正确性。灌江地区丰富多彩的地方性民俗文化风情，也给龚文宣的语言艺术涂抹了一层绚烂的地方文化色彩。

（三）生动而简洁的表现力

高尔基在《在和青年作家的谈话》中说："真正的语言艺术是非常淳朴，生动如画的，而且几乎可以感触到的，应该写得使读者看到语言所描写的东西就像可以触摸的实体一样。"用这段描述来形容《新银行行长》的语言艺术，是毫不夸张的。无论是写景、写事，还是写人，文宣的语言都是那样的简洁、生动、质感，富有表现力。

作者在小说的开篇对从西向东长约160公里的灌江是这样描述的，它"像一根细长的喇叭，上面较窄，宽几百米至一两公里不等，越往下越宽，到黄海入口处，宽达八九公里。"一根细长的喇叭——这是一个多么贴切、形象而生动的喻体。

作品中有名有姓的人物约20余人，绝大部分人物个性鲜明，呼之欲出，龚文宣最擅长用白描的手法勾勒人物的外貌。如：

"高庆兴大约一米七八的个头，身形结实硬朗，腰杆挺直，那张看上去黑且不那么平正的脸，棱角分明，透出逼人的英气。"

"鲁箫肤色白皙，围着一条海蓝色披肩，身穿杏红色冬装套裙，端庄而得体......从她身旁路过时，闻到一股淡淡的幽香。"

"韩德仁五短身材，谢顶，小眼睛，苍白的大扁脸上呈现脱水的病态。"这样一位病重之人，还忘不了始终把象征权力的"大号黑杆签字笔握在手里......"，可谓入木三分。

"一位猜不着多大年纪的白眉老僧，戴一副老花镜，手中夹了一支铅笔，坐在一只小石凳上读书。雪白的眉毛足有两寸半长。"

以上描写，每个人都不超过50个字，像线条简洁、功夫老到的素描，各具情态，神韵尽出，跃然纸上。

如何判断写作佳句佳段？按照古代诗论，有一个可通用的标准——"诗能入画即佳句"。《新银行行长》中的人物描写，都有入画感，可作为我们进行金融文学创作时人物外貌描写的范本。

俄国文艺理论家车尔尼雪夫斯基，在140年以前首次提出了"艺术源于生活"的著名观点，毛泽东同志75年以前《在延安文艺座谈会上的讲话》又把这个观点升华为"艺术源于生活又高于生活"。《新银行行长》中的这些人物就是源于生活，而又高于生活的。

高尔基说过："文学就是人学。"因此文学创作的过程，也可以说是一个个人物形象典型化的打造过程。这种过程是创造，而不是模仿。黑格尔说："靠单纯的模仿，艺术总不能和自然竞争。模仿和自然竞争，就像一只虫子爬着去追一只大象。"模仿生活是不可能高于生活的。所以，我们进行金融文学创作，要尽快地从模仿中走出来，你只有站在艺术创造的层面上，你才称得上是在真正地进行金融文学创作。

（四）以白计黑的表述方式

严羽《沧浪诗话》云："语忌直、意忌浅、脉忌露、味忌短。"说的是文学的语言不能太直白，意义也不能太肤浅，内涵不可以暴露，回味不可以不绵长。著名的文学理论家以群先生在他的《文学基本原理》中说："凝练含蓄也是文学语言的特点之一。要求用尽可能经济的笔墨去表现尽可能丰富的生活内容，而且给读者以广阔的想象余地，使读者感到紧凑而又饱满，集中而又回味无穷。"文宣的小说语言凝练含蓄，以白计黑，多暗示、富禅意、有余味。如：

在苦禅寺，那位白眉老僧，在测字时对高庆兴"飛雪"作了一番玄妙无穷的解释后，抖了抖手中的笺纸，面带惋惜："好一个雪字了得。"刹那间留下了一大片令人遐想的空白。临别时，他又送给了高庆兴四句偈语：

"平川好走马，顺水易行舟。龙蛇有归处，酣畅梦始终。"

似是而非，似非而是，禅意难参，玄机难解。

我个人理解，龚文宣的小说属于单线推进、呈网状结构，处处有暗示、伏笔。开头给高庆兴四句偈语，实际上，已经暗示了剧情主要人物的最后命运，以及与鲁箫的结局。

高庆兴与鲁箫的婚外恋东窗事发之后，栗枝一气之下赶走了鲁箫母女，与高庆兴单方面签订了离婚协议书。中秋长假高庆兴无家可归，有三个细节回味无穷。

1. 平时那么多的好友，现在呢，连一个说话的知心人都没了，似乎只有司机小陈。

2. 饥饿难耐，无家可归的高庆兴，去小饭馆一口气吞下了五个大肉包子，喝干了差不多五斤高度白酒，烂醉如泥。"浑身抽搐，脸色铁青，像一只行将终了的老螃蟹，口中不时地冒出一两个小泡泡。"

3. 在急救室里，处于半昏迷的高庆兴灵魂出窍，借助于一连串蒙太奇般的画面，折射出了高庆兴单位、家庭、事业、人生、婚姻、爱情，如同走马灯一般的变故。有医生通报病情的声音，有石婧亲妹子一般的呼唤哭诉，有鲁箫呼唤她起床的声音；鲁箫的身影可望而不可即，高庆兴在银行干校的临时住处竟变成了他人的新房；银行出大事儿了，内部员工盗取巨款潜逃，大河公司扯起萝卜带出泥，问题败露，梦幻中，高庆兴、韩德仁、陈其浅、褚世同，还有省行百顺行长都被"双规"了，他又见到了那位白眉老僧，高庆兴很想老僧再帮自己指点指点迷津，可老僧并无帮他之意……

这些细节语言或含蓄凝练、或百折千回、或以白计黑、或亦真亦幻，颇多暗示意义，无疑给读者增添了巨大的故事追问与想象空间。让人读出了世态的冷暖炎凉，感受到了一个很有才干、很有事业心、年富力强的金融精英深陷情感与事业的泥潭之中，痛苦和无助地挣扎；蕴含了对权力与人性的深层思考，给人以理性的启迪；暗示了掌控命运之舟的不易，往往一念之差就会使人坠于万劫不复之渊。

（五）富有哲学意蕴的平白叙述

细细把玩《新银行行长》的语言艺术，我由衷地发出平中见奇，陈词见新，"字字为我心中所欲言，而又非我之能所自言"（王国维《清真先生遗事》）的感叹。他那看似平白的叙述中，可以咀嚼出善良的本性、挚诚的情感、精湛的人生经验与深刻的哲学意蕴。

1. 捧出一颗善良而赤诚的心。李贽的《童心说》认为"夫童心者，绝假存真，最初一念之本心也"。文宣的语言常给人以"绝假存真"的感觉。如：

T银行原会计科长魏来喜是一个既能干事，又敢于坚持原则的人，得罪了韩德仁行长，被釜底抽薪，以加强基层领导班子力量为名，远调到下面支行，一蹲就是十余年。老母亲长年患病，夫妻长期分居两地，家庭苦不堪言。高庆兴设法把魏调回城里，拜托熟人安排在另外一家银行任职。魏来喜感恩不尽，魏太太趁高庆兴不在家给栗枝送来了一大袋子冬虫夏草。栗枝不收，魏太太哭着死活不走。高庆兴知道后没好气地对妻子说：

"出手还真大方，至少要花三个月的工资。他娘常年有病，又没医保，你知道他娘治病一年要花多少钱？""五万，我还想给他送钱呢。"接着吩咐栗枝道：

"等我不在家时，你抽空给魏太太打个电话，叫她先过来取。如果她不来，就送去，就说送给他老娘吃的，否则，你告诉她老魏调动的事情就黄了。"他轻轻地拍拍妻子的手说，"有句老话，穷人一口，富人一斗，一口不嫌少，一斗不嫌多。帮助困难的人要有诚意，带着杂念，想人家的，是钱情两讫，小人为之！事过之后，人家不会留下什么念想的。我宁可让人一辈子感恩，也不愿用钱物勾兑人情。"

作者向读者捧出的是一颗善良而赤诚的心啊！读到这儿，我被深深地打动了，不禁对人世间的虚情假意，伪笑佯哀，作秀灌水，顿生出切肤之痛。"天下之至文，未有不出自童心焉者也。"（李贽《童心说》）

2. 淘渌励志与开慧的珠玑。《新银行行长》许多片段还具有励志与开慧的正能量。

励志，如：

（1）一个朝山顶行进的人，容不得他眷顾山脚下那些花呀草的，尽管奇香异味，馥郁袭人。

（2）人要是像树一样该多好啊，落叶后再长出新绿，长了叶子再落下，一年年拔节向上，一次次接受大自然的洗礼，岁月的洗礼，乃至生命的洗礼！

第一段激励人们摆脱一切私心杂念，摒弃一切诱惑欲望，向着理想的目标义无反顾地前进，对于正处在上升时期的人们尤为重要。第二段旨在暗示生命是单程车，人生没有彩排，当争分夺秒，做好该做的事，过好每一天。

开智，如：

（1）银行是个逐利场，人的欲望会在这里滋生、繁衍、膨胀。这一二十年来，只要行长出事，莫不与贪、欲有关，几乎成了恶咒，没几个逃出去的。像崔三炮这种人，更是天网恢恢。

（2）高庆兴对人的评价，有自己一套简便操作办法。那就是评判一个领导人的胸怀和能力水平，往往用不着去调查考察什么的，像号脉一样，望闻问切，就能估摸个七八成。比方说，尽说部下坏话的，基本上是个无能的领导。觉得自己比下属聪明的，则是愚蠢的领导。遇事往后躲的，则是平庸的领导。瞧不起班子里同事的，则是心胸狭小之人。从不对一把手提不同意见的，则是阴险狡诈之辈。

第一段既是警诫他人，更是警诫自己，贪欲乃万恶之源，堪称警世通言。第二段是讲知人之明，用人之智，完全可以作为职场上甄别一个人品质才能高下优劣的标准，在人言外，而又在人意中，非有大智慧者不能言也。

（六）散文化语言的阅读魅力

散文化的语言增添了《新银行行长》的阅读魅力。很多段落可以作为诗来吟诵，画来欣赏，音乐来品味；养眼、悦耳、怡心；如坐光风霁月，如沐春风化雨，如对挚友谈心。"三合"和"不隔"是作者主要的艺术表现手法。

先说"三合"，即：意与象合、情与景合、人与物合。具体地说，就是在写作之中寓意与意象、情感与景物、主人翁与所写的事物完全融为一体了。例如：

1. "对着床头的墙上，挂着一幅报春的梅花。水彩画，一尺见方，镶上玻璃框。画中是青草依依的山坡，坡下有条小溪，溪边上立着一棵梅花树。枝头开满粉白色的花朵，神清骨秀、高洁端庄。那片片花瓣，用淡淡的彩笔点染而成，劲秀芬芳、卓然不群。更惊讶的是，枝头怒放的梅花，雪片似的落英缤纷，包含一种深刻的人生哲理。高庆兴没想到宾馆房间里还有这么好的作品，他愣着欣赏一番。他喜欢山的味道，景仰山的气势，欣赏山的灵秀。"

2. "轻音乐变成了又一阵鸟鸣。这是黎明前的鸟鸣。风声、鸟声、松涛声，还有潮润的空气、清爽的林风，好像包围着万物，融化了夜色。令人联想到幽静中蕴含着的生动，现实里孕育着的畅想。这甘甜醉人的森林之夜，这接近曙色的夜之森林。通过音乐传递，另一种热烈的阳光的声音，渐渐地变幻出温馨的颜色，布满小屋的每个角落。"

在这两段如诗如画，如梦如歌的景物描写中：深刻的人生哲理与落英缤纷的梅花（挣脱羁绊的追求与轻音乐般优美、自在的鸟鸣），端庄高洁的情感与远山、青草、溪水、梅花所构成的风景（回归自然的惬意与甘甜醉人的森林之夜和接近曙色的夜之森林），卓尔不群的主人翁与凌寒怒放的梅花（情怀潇洒浪漫的主人翁与弥漫着潇洒浪漫气息的风声、鸟声、松涛声），完全融为一体，进入了浑然忘机的"三合"之境。

这种"三合"之境，如果用王国维的话来形容，就是："如空中之音，相中之色，水中之影，镜中之像，言有尽而意无穷。"（王国维《人间词话》）如果用袁枚的话来形容，就是："诗写性情，唯吾所适。忘足，履之适也；忘韵，诗之适也。"（袁枚《随园诗话》）

再说"不隔"，对于文学语言的表达，王国维先生提出了"不隔"的要求，"隔"就是语言和它所要表达的事物之间有障碍，"不隔"就是语言和它所要表达的事物之间没有障碍。王国维先生认为"语语都在目前便是不隔"，就是你所描写的事物如果都能栩栩如生地展现在读者的面前，那就是"不隔"了。语言怎样运用才能臻于"不隔"之境呢？王国维先生指出："大家之言情也必沁人心脾，其写景也必豁人耳目，其词脱口而出，而无矫揉装束之态。"（王国维《人间词话》）

请看小说中对灌江口"虎头潮"的一段描写：

"'好像在很远的地方，隐约听到闷雷声。'她侧身搂着高庆兴说。一双大眼睛，滴溜溜的，盯着前方仍然平静的水面。

只待两三分钟吧，平静的江面上突然激起一条白色的横线，快如闪电。也就是一瞬间，那条白线涌起的水沫变成一道拦截在江面上的水墙，由远而近，由近及至。当水墙急速升至两三米高时才看清迎面扑来的巨浪，伴之以隆隆的声响。那阵势犹如千军呐喊、万马奔腾，疾驰而来。当客轮一头扎进浪峰的时候，声震如雷，船身骤动，冰雹般的水花砸在舷窗上，窗前一片模糊。大约六七秒时间，感觉到客轮的船头才从水中翘起来。骇人的声响，越去越远。"

这一段灌江口"虎头潮"的描写动静相宜，气势恢宏，波澜壮阔，有声有色，使人如临其境，如见其形，如闻其声。"不隔"在这里得到了最好的体现，写景的鲜明生动与文辞的自然优美，没有丝毫的障碍，实现了乳水交融的统一。

结语

综上所述，龚文宣的长篇小说《新银行行长》，在语言艺术上的探索与实践，对于规避当代一些金融题材小说中语言上存在的诸多弊病，具有一定的借鉴意义与示范作用。因而，从语言角度，称它为当代金融题材小说的范本，应该是当之无愧的。

（发表于《中国金融文学》2018 年第 1 期，获"首届中国金融文学理论研究最佳论文奖"）

‖ **作者简介**

　　苏扬，本名韩芝萍。女。中国作协会员，中国散文学会
会员、中国报告文学学会会员。先后进修于鲁迅文学院、
江苏省文学院、浙江大学。现任江苏省报告文学学会理事，
扬州市作协特聘作家、散文诗创作委员会主任，扬州市文
艺创作研究会诗歌创作专业委员会副主任。供职于江苏扬
州农村商业银行。作品散见《诗刊》《诗歌月刊》《诗选刊》《星
星》等报刊，有诗文在菲律宾、美国、韩国、加拿大等地发表。
出版诗集《镜像》及散文诗集《青鸟》《苏醒的波澜》等。
获第三届中国金融文学奖，首届中国金融文学理论研究最
佳论文奖，首届丝路金融文学奖，首届江苏省散文学会奖
提名奖，第二届长河文学奖等。

中国当代金融文学的微观探究

苏　扬

　　1988 年，中国大陆出现第一本金融文学杂志《金潮》，该创刊号首次
提出"金融文学"这个概念，至今不过三十年。但在改革开放大浪潮与中
国文学大气候以及以王祁为代表的老一辈金融作家的积极推动下，中国当
代金融文学已呈欣欣向荣之势。中国金融作协和各省金融作协被中国作协
和各省作协吸收为团体会员后，金融文学的地位与影响力迅速上升，金融
作家的创作热情得到前所未有的高涨，金融题材的文学作品像雨后春笋，
受到社会和文学界的关注与重视，一些优秀金融作品根植于生活和土壤，
有的被改编成影视剧，有的出现在国家级重要文学期刊上，或入选各种选
刊和出版物。

　　中国当代金融作家在工作中各司其职，在文学创作中各尽其能，显示
出不同的特色。对近几年涌现的重点金融题材文学作品进行一次梳理，不仅
能管窥中国当代金融文学的现状，为金融文学研究提供理论依据，而且有
助于金融文学正本清源，促进广大金融作家兼容并蓄、取长补短，多出精品，

提高在全国文学作品中的竞争力，推动中国金融文学事业健康蓬勃发展。

一、金融题材长篇小说

在多元化的创作时代，长篇小说无疑是衡量和评判一个地区或行业文学地位的重要依据。一部思想艺术成就高超的具有丰富内涵和时代意义的长篇小说不仅能奠定作家本人在文学史的地位，而且能影响其所属地区或行业在全国的文学地位。例如，陈忠实的《白鹿原》。

令人鼓舞的是，中国金融作家队伍中也有不少优秀的小说家，在小说创作领域积累了丰富的经验，取得了丰硕的成绩。在此，以一些重点作家的重点小说为脉络，构建起中国当代金融文学的宏伟图景。

阎雪君长篇小说《天是爹来地是娘》

阎雪君长篇小说《天是爹来地是娘》由中国金融出版社 2017 年 5 月出版。很显然，这是一部被信天游唱火的金融文学作品。小说以京城金融干部、清河县挂职副县长金炜明前往香水沟村定点扶贫为主线，展开故事情节，描写了清河县香水沟村村民在农村集体资产及水土严重流失情况下的艰难生存状态以及基层金融干部帮扶香水沟村农民脱贫致富的可歌可泣的感人事迹。

小说亮点纷呈，发人深省，散点透视的故事，乡村隐秘的性事，精神病人的行事，捧腹一笑后，又禁不住热泪盈眶，这就是一部优秀作品的艺术魅力。

值得一提的是，阎雪君是首位在文学作品中提出农村集体资产流失问题的中国金融作家。包括鲁迅文学院常务副院长邱华栋在内的许多小说家、评论家纷纷给予了《天是爹来地是娘》高度评价，笔者也在近期专门写了一篇《忧患意识及现实主义精神的关怀与担当》，从六个角度分析和阐述了《天是爹来地是娘》的思想与美学艺术：

1. 小说的民族性和地域特色。

2. 小说体现忧患意识及现实主义精神的关怀与担当。

3. 信天游增添了小说的艺术魅力。

4. 内外矛盾对小说情节的推波助澜。

5. 小说为小人物立传。

6. 灵与肉交织的众生相。

从以上六个小标题可以对阎雪君长篇小说《天是爹来地是娘》的创作特色略见一斑。当然，一千个读者就有一千个哈姆雷特，作为对文本的尊重，笔者注意到，也有人指出阎雪君长篇小说《天是爹来地是娘》的一些不足，体现了文学批评的中肯与公正。熟悉阎雪君小说的人也许会发现，《天是爹来地是娘》是阎雪君对他以往金融题材作品精华的撷取和加工。《天是爹来地是娘》有两三个故事情节分别取自阎雪君的《今年村里唱大戏》《桃花红杏花白》《面对面还想你》等金融小说，将它们合在一起后，小说结构更加宏大，内涵更加丰富，思想更加厚重，但这种结合也造成有些章节之间松散不紧凑，个别地方语言转换也显突兀。当然，这并不影响《天是爹来地是娘》在中国当代金融文学作品中的杠杆地位，以及笔者对这部长篇小说的欣赏。

龚文宣长篇小说《新银行行长》

龚文宣《新银行行长》是一部反映金融改革题材的长篇小说，两年前，笔者曾写过一篇浅评《情潮跌宕的灌江》（《巴中文学》2015 年 4 期），后经精简后，改题为《追问人性与命运的理性思维》（《中国周刊》2015 年 12 期，《中国金融文学》2016 年 1 期）。

《新银行行长》以 2006 年国有商业银行业体制改革为背景，描写了 T 银行灌江市分行第一副行长高庆兴升任行长的艰辛曲折过程，以及在"银企结合"中他与南京大河房地产开发有限公司灌江分公司总经理鲁箫发生的一段凄美动人的婚外情故事。

《新银行行长》在结构、技巧和语言处理上，笔者也作了六个方面的概括：

1. 主线与辅线明分暗合。

2. 小说人物个性鲜明，各有特色。

3. 小说乡土气息和生活味道浓郁。

4. 小说体现多维艺术结构。

5. 结尾锦上添花。

6. 小说衍生的人性思考和社会意义。

《新银行行长》丰富多彩的人物描写，增强了小说的艺术性、周密性、趣味性和可读性。小说中质朴的方言俚语，还有许多民俗风情的生动描写，让人倍感亲切。多处运用了悬念、暗示、伏笔、铺垫等艺术手法，体现出作者娴熟高超的写作技巧，增添了文本的魅力。《新银行行长》虽然写的是灌江土地上的银行人和银行事，但作者的真正目的是通过灌江观照人间，反映社会面貌，揭示人性，追问人性。人性，既有真善美，也有假恶丑，这是人性的真实，也是社会的真实。那么，我们通过这部小说审视人性，就是审视社会与自己。有人评价，《新银行行长》是一幅大美的故乡画卷。笔者在这篇综述里加一句：《新银行行长》也是一幅银行人的生活画卷。

龚文宣说："就我的体验，反映故乡的金融生活，是我最熟悉的也最愿意写的。从第一篇描写银行营业所的金融小说《两代人》，到《河与海的交汇处》《蓝色经纬》《坚硬的老墙》《漩流》《硝烟》和《奔腾的灌江》等，无一不是写故乡的金融人的。因为，我所塑造的人物我熟悉。信贷员、会计员、科长、处长、县行长、市行长、省行长、总行长，他们可能是我的上级领导、我的同事、同仁，或者我的下级。都是在这块有着江风海潮气息的土地上展开的，讲银行人的故事。"

实际上，龚文宣《新银行行长》已记载在中国金融文学史上，它是中国作协《长篇小说选刊》增刊选载的第一部金融题材长篇小说。

杨军长篇小说《大汉钱潮》

长篇金融历史小说《大汉钱潮》分为上下两册，约八十万字，以汉武帝年代六次大的钱币改革为背景，讲述了币制改革的过程中，国家官铸、郡国私铸与民间盗铸三方势力相互牵连和争斗的历史事件，展现了大汉帝国经济改革、一场场钱币战争的壮观气象。

《大汉钱潮》是中国作家协会 2014 年度重点作品扶持项目，是国内第一部描写钱币改革题材的作品，也是一部以文学艺术手法叙事的汉币史。

长篇小说《大汉钱潮》有以下几种特色：

1. 选题独特。

2. 时间跨度长。

3. 古典与现代交融，即传统的章回体，现代的语言风格。

4. 想象力丰富。

5. 场景震撼。

6. 作者币史知识扎实。

7. 有金庸小说风格，惊险刺激。

8. 人物塑造形象生动，个性鲜明。

王炜炜长篇小说《黑白蝶》

王炜炜在小说和散文写作方面均有成就。2016 年 6 月，合肥工业大学出版社出版了她的第一部金融题材长篇小说《黑白蝶》。

长篇小说《黑白蝶》的写作特色：

1. 以明暗两条线索进行叙事。明线是寻找离奇失踪的女富豪赵梦蝶，暗线是两代人的情感纠葛及近几十年社会经济的发展变迁。

2. 开篇设置悬念，采用倒叙、插叙、混叙等手法，使故事情节层层深入，险象丛生。

3. 人物关系复杂，围绕金钱博弈，出场的各阶层人物中有名字的达 50 多人。

4. 金融文学特征明显，看似写一个女子的悲剧人生，实际写的是金融人、金融事。小说涉及的银行行长、信贷科长、营业所长和信贷员就有 12 人。

5.《黑白蝶》既有女性的细腻、温婉和周密，又有超脱于女性的大气、冷峻与严肃。

长篇小说《黑白蝶》如果对时间处理、人物身份、名称等进一步明晰，会产生更好的阅读效果。

胡小平长篇小说《催收》

胡小平的《催收》出版后，被多家银行作为员工教材和参考读物，因
此很快脱销，中国金融出版社已对该书第二次印刷。

《催收》之所以受到金融界的热捧，因为它是国内首部以贷款催收为题材的金融长篇小说。由于作者曾多年在银行基层机构工作，又有直接从事贷款催收的经历，所以，故事虽是虚构，但情节真实生动，自然会引起奋战在催收一线的基层金融员工的情感共鸣，也给信贷部门与地方政企提供了案例和切实有效的贷款催收经验。

《催收》主要以环球银行麻南支行与隆兴公司等企业在贷款催收上的博弈为主线，反映了银行、企业、政府及个人之间相互依附、相互制约、相互对立和牵连的错综复杂的社会经济关系与生存状态。

长篇小说《催收》的写作意义和特色：

1. 诚信是长篇小说《催收》的思想主旨。

2. 长篇小说《催收》向社会传播了正能量。

3. 长篇小说《催收》注重细节描写和人物对话。

鲁小平长篇小说《高溪镇》

据了解，《高溪镇》是鲁小平"重组、负债、损益"三部曲中的第二部。责任编辑龙世林先生评价："作品以独特的金融文化视角，生动地再现了一个中国当代版的'基督山伯爵'形象。"确实，《高溪镇》与法国著名作家大仲马的代表作《基督山伯爵》在结构和写法上有巧妙的相似，当然，故事完全不同。

《高溪镇》是一部很好玩的小说，上卷写某商业银行广场支行行长助理杨树安在接手高溪水库项目组长后如何被陷害坐牢，下卷写杨树安出狱后如何展开复仇计划。

长篇小说《高溪镇》写作特色：

1. 故事情节复杂离奇，引人入胜。

2. 语言精彩生动，趣味性强。

3. 采用倒叙、插叙等多种叙事手法。

4. 金融元素占领高地。

5. 钱权交易、钱色交易与商业利益突出。

6. "负债"主题意义深远。

7. 人物社会背景复杂，民族意识强。

8. 人物形象鲜明，显示多面性。

二、金融题材中短篇小说

赵宇中篇小说《镇上的阳光》

赵宇中篇小说《镇上的阳光》写的是从金融学院毕业的林允芝回到镇上银行工作的一段恋爱生活经历。所以，这部作品既可看作是金融题材小说，又可看作是爱情婚姻题材小说。

《镇上的阳光》叙事平和冷静，笔法细腻，结构简洁，语言融合通俗与现代风格。从主人公林允芝身上可以看到农村大学生的一些个性和特点：有点清高，又有点自卑，对社会有点悲天悯人，又有些冷漠寡情，对人生既有点消极敏感，又充满向往和积极上进。

《镇上的阳光》标题新颖，富有象征意义，"阳光"既寓意小镇上的一群年轻人以及他们对爱情与前途的追求，又意味着农民的希望和小镇丰富多彩的生活。

徐建华中篇小说《板凳银行》

徐建华中篇小说《板凳银行》写得生动活泼。反映了农村信用社自主经营、自负盈亏、自我发展的经营状态和在改革前期缺少监管暴露出的问题。

小说《板凳银行》采用顺叙写法，场景描写和人物心理描写准确到位，乡土气息浓郁，主人公童怀德形象丰满、逼真，故事有血有肉，体现了作者多年的生活积累和人生阅历。尤其对降龙坝集市的描写，就像一出活色生香的生活剧，一幅朴质清新的水墨画。

邓洪卫中篇小说《须晴日》

邓洪卫的《须晴日》没晴日，主人公施比高也没法比高。故而，不得不感叹作者善于"老谋深算"。

小说给人的感觉，这个社会似乎到处都是陷阱，到处都有算计，时刻都要提防。谁也看不到谁的真面目，大家都生活在套子里，老婆、情人、同事、保安都隐藏着秘密，甚至可以把你欺骗、出卖，自己既是受害者、牵连者，也是陷害者，而陷害者说不定也是受害者。

史铁生说："写作者，未必能够塑造真实的他人，只可能塑造真实的自己。"一个写作者描写的阴暗和光明实际就是自己痛过或爱过的阴暗和光明，当然，文学作品是在生活之上的。

《须晴日》是一部写金融人生活的现代金融题材小说。明暗两条线交叉写法。明线是主人公施比高在工商银行干了二十多年柜员，眼看要转到办公室了，谁知徒弟叶小娟跟男友内外勾结，盗取银行资金100万元逃跑了，他升迁的梦想不仅破碎，而且还面临被开除的处分。暗线是施比高对妻子当初不是处女始终怅然若失，内心渴望得到婚姻之外的补偿，却又遭到初恋情人、妻子以及徒弟叶小娟的暗算，最后人财两空。

小说叙事看似波澜不惊，但又暗流涌动，事件出人意料，但又在情理之中，而结尾又使"须晴日"意义升华。

胡金华中篇小说《分行行长》

胡金华《分行行长》中，鲲鹏市分行党委书记、行长栗博飞在任两年多，以沉稳干练的工作能力和丰富的管理经验，大刀阔斧地整顿行风行纪，清扫歪风邪气，奖惩分明，在全行系统提出"树正气、鼓士气、促稳定、谋发展"指导思想，解决掉一个个历史遗患，并不顾威胁利诱，与民间融资作斗争，提高大家风险意识，防止了员工的经济损失，率领鲲鹏市分行走出经营困境，展现了一个出色银行领导人的魄力。

小说不仅成功刻画了一个新时期银行行长的形象，还涉及一些基层干部和员工的生活，犹如一幅现实版的银行人生浮世图。

张奎中篇小说《银行小伙子》

小说除了成功地塑造了张成龙、宋兰、杜丽丽、张引明等几位主要角色外，三农金融部总经理贺西亦这个人物也塑造得非常出彩，"和稀泥"的绰号也很谐趣。贺西亦与张成龙的父亲年轻时既是朋友，又是情敌，但他胸怀开阔，热情随和，并毫无保留地给张成龙传经送宝，把所有的希望寄托在他身上，体现了一个农行老职工对年轻人"传帮带"的崇高责任心和使命感以及对银行工作的无私热爱。

农村新旧思想的矛盾冲突，两代人的感情纠葛，原汁原味的乡村生活，通俗质朴的方言俚语，清洌醉人的泥土气息，闪亮了这部优秀的小说。

刘宏中篇小说《特别信用》

刘宏《特别信用》的故事情节是：S银行花园支行副行长王新悦分管会计结算和内控案防，杨彤是从S银行辞职下海的过去同事，以向花园支行推荐重要客户为诱饵，搞票据诈骗交易，并非法吸收公众存款，后来杨彤炒期货破产外逃，即将升行长的王新悦被卷进票据诈骗案，进了监狱。

《特别信用》的写作特点：以第一人称直接叙事，比较大胆新颖。故事倒叙开头，按事件发展时间顺序展开回忆。人物心理活动描写、场景描写都非常周密细腻，银行内部的职能和工作也写得比较真实细致。

柴洪德中篇小说《银行轶事》

柴洪德《银行轶事》讲述了四十多年前发生在银行的几个老故事和几个有趣的人物，上到行长，下到普通保安。透过这些平凡故事，折射出银行鲜为人知的岁月史。

《银行轶事》描述的几个主要人物：复员军人陈志远工作勤快、踏实，分配到储蓄所一年不到就调到市行人事科。储蓄所主任范桂英能干、热情。转业干部黄团长在"文革"初期作为军代表带工作组进驻银行，成为市行副行长，工作有军人作风，关照被挨斗的银行老干部，关心下属生活，注意培养年轻人才。复员军人李玉兰是个孤儿，跟随黄团长从部队转到银行，任市中行支行保卫股的警卫，性格耿直，有股犟劲，得绰号"正子"。炼钢工人白志奎在钢铁厂分流时分配到银行工作，快三十岁了，婚姻大事成了银行人上上下下议论的话题，最后在银行同志们的帮助下，终于在附近农村找了对象。银行的安全保卫工作是头等大事，保卫股管理枪支也是重中之重，白奎安等保卫人员的认真敬业精神，使银行安全稳如泰山。

《银行轶事》的写作特色：朴素的叙述，打开银行人的生活黄页，散点透视的回忆，饱含对过去岁月浓浓的思念，表现了一个银行老员工对银行的深厚感情。

符浩勇短篇小说《苦乐金银岛》

符浩勇短篇小说《苦乐金银岛》由三篇小小说组成，反映了银行人的苦乐人生。

《始料未及》讲述的是省分行办公室刘秘书为了能顺利当选助理调研员，上交一台搁置了三年的旧电脑惹出一系列始料未及的烦恼，更始料未及的是，助理调研员的梦想也因这台旧电脑在综合考核时被否决了。

《时过境迁》讲的是县上派到靠山县营业所的挂职副主任杨威因前后身份的变化而带来的周围人对他态度的变化，以及杨威对周围人的观点变化，反映了现实社会的势利。

《寒夜来客》讲的是一个已退休的行长面对的世态炎凉和人情冷暖，原来门庭若市的家里，现在连他亲手提拔的下属都不来看他，结果寒夜登门的竟然是一个当初行里招信贷员时被自己亲手淘汰的年轻人。

符浩勇是优秀的微型小说作家，擅长人物塑造，文笔精练老辣。《苦乐金银岛》小题材反映大社会和大人生，具有警世与讽刺意味。

三、金融题材散文诗歌

目前，金融题材的散文诗歌还是冷门，写得好的不多。或许，有些作家和诗人认为金融题材比较难写吧，也容易写得枯燥无味。但笔者从近几年的《金融文学》杂志中还是能发现一些令人怦然心动的金融题材的散文诗歌。

陈绍龙的散文功底很扎实，平淡的格调，娓娓道来的叙述，情感质朴，含而不露，读之，犹如品一碗功夫茶。这里试析他的三个短章。

《金库里的阳光》写的是同事之情，银行人的友情，友情让金库这个特殊的与外界隔绝的地方，变得温暖明亮，生动有趣。

《银行"密语"》讲述的是工作之情，银行"密语"具有特定的使命，一般是对外不宣的，它的主要功能就是安全。让"密语"成为真正的银行密码，这也是银行人的职守。

《兰姐"造钱"》讲述的是婆媳之情，银行反假人员自己造假，造的是浓浓的爱。患了老年痴呆症的老婆婆什么都认不得了，却惦记着孙子的"幸福保险"，不断向兰姐要钱。为了哄老婆婆开心，兰姐私自"造钱"，这何尝不是一种"幸福保险"？

周锋荣的散文《弹响算盘的往事》叙述了算盘的发展、演变和替代过程，饱含一个银行老员工对算盘的深切感情。一把旧算盘，就像一个老伙伴，也像一段旧青春，在电脑日益发达的年代，淡出了大众的视线。只有记忆里挥之不去的算盘声，噼噼啪啪地弹奏着岁月往事，抚摸一段人生的痛感。作者有了真切的体验，才会有真实的情感，才会让一篇文章疼痛出彩。

解志勇微型组诗《金融人生》精练简洁，视角独到，形象生动。通过诗人的浪漫想象，使原本单调刻板的金融词汇都有了诗情画意和丰富的内涵，尤其一些巧妙贴切的比喻，将物象与意象融合在一起，展现出一幅幅金融人生的美丽画图，反映了诗人的智慧。

龚大勇组诗《银行基层员工剪影》从不同的角度颂扬了银行基层员工

的平凡朴素与真诚亲和的形象以及爱岗敬业的精神。稍微欠缺的是，诗句过于直白，如果能含蓄一些，再多一些张力和诗韵，会有另一番境界。

结语

很遗憾，因条件限制和时间仓促，尽管笔者丢下手中创作，花费大量精力阅读，但还是有许多金融作家的优秀作品遗漏，所以，本篇综述并不全面。例如：王祁早期的金融题材中短篇小说、付颀的长篇小说《影子行长》、张奎的长篇小说《雪漫巴山》等等，包括一些描写银行人生活的优秀散文、诗歌，都有待以后阅读补充。

（发表于《中国金融文学》2018年第2期，获"首届中国金融文学理论研究最佳论文奖"）

‖ **作者简介**

　　严新，贵州省务川仡佬族苗族自治县人。中国金融作家协会会员，贵州省作家协会会员。1992 年开始创作。曾在各类刊物媒体发表散文、诗歌、小说等作品，出版诗集《野宿之夜》、散文集《月光下的洪渡河》，现供职于中银富登村镇银行。

落寞深处教人愁

——从沈从文看贵州作家寿生之文学遗憾

严　新

一、20 世纪 30 年代中国文坛的新星

　　1934 年新年伊始，北大课堂上的"偷听生"群体里突然多了一位 25 岁的年轻人，这位名不见经传的年轻人名叫申尚贤，其家乡位于当时绝大多数北平人印象中几乎是个空白的小地方——遥远、偏僻、闭塞和贫穷落后的贵州省务川县。

　　申尚贤自幼在务川老家上私塾时就苦读诗书，古文功底十分扎实，16 岁起在贵州省城贵阳念了几年初中，于 1929 年（20 岁时）到北平，1930 年考入汇文中学就读高中，寄居在号称"中国拉丁区"（"拉丁区"原为法

国巴黎的文化大学城区，曾聚居过许多著名的文艺家，因 13 世纪法国大学用拉丁语教学而得名）的北平沙滩东老胡同 6 号，广泛接触了中外文学作品，接受了"五四"以来的新文化思潮影响，在写作方面表现出较好的天赋。高中毕业后，曾两次报考北大，尽管国文成绩相当好，但都因数学成绩太差而不中。1933 年底，这位对文学痴迷执着的年轻人决定从事文学创作事业，并在北大一位好心的国文教授的暗示下成为一名北大的"偷听生"。

很快，这位"偷听生"就以笔名"寿生"在文艺界和思想界崭露头角，他从 1934 年 1 月 21 日在《独立评论》发表第一篇时论《试论专制问题》开始，先后在《独立评论》《国闻周报》《歌谣周刊》等刊物上发表了许多思想性和艺术性都很出色的时论、小说及民间歌谣作品，据说在《大公报》也曾有文章刊发。其中，创办于 1932 年的《独立评论》在中国文化史和思想史上地位很高、影响较大，在《独立评论》上发表过文章的人几乎都出现"一举而成名"现象。从 1934 年到 1936 年短短 3 年间，寿生先后在《独立评论》上发表了 20 多篇文章，这是一个较为罕见的现象。尤为罕见的是《独立评论》创办历史上通常只刊发政论文章，唯一破例刊发过的文学作品便仅有寿生一人的小说作品。《独立评论》的主编——新文化运动领袖胡适对这位年轻人十分赏识，经常为他的作品专门写编辑后记，并将他的人与作品向文化界的好友们推荐。在 1934 年至 1936 年的 3 年间，寿生短暂地出现在中国文坛上，这期间他创作的小说作品与湖南作家沈从文、黎锦明，四川作家沙汀、周文等人同时期的一些作品具有相近或相当的水平。

令人不解的是，寿生的文学生涯虽然刚刚起步就已取得出色成绩，且其创作黄金时期还远远没有来临，原本具有巨大发展潜力、应有更大文学成就的他，从 1937 年起却忽然间从中国文坛上消失，在这以后的各类文学刊物上既看不到他的作品，也见不到他的名字，甚至最后竟然在中国现代文学史上差一点没有留下应有的印记，这是十分令人遗憾的。而与寿生同时代的湖南作家沈从文，从其 20 世纪 20 年代在《晨报副刊》上发表处女作《遥夜——五》（散文）开始，到新中国成立之初，在生命力最旺盛阶段的 30 多年间一直不断地进行着高产创作，在各类重要的刊物上发表大量优秀的（以小说为主的）文学作品，成为名盛一时的"京派小说"的代表人物，不仅在当时得到了整个中国文坛的公认，甚至在他经历了"文革"的沉默、晚年的改行、最后离开人世后，仍然不断赢得了越来越大的认可和声誉，成为中国现代作家中作品数量最多、作品流传范围最广、名气最大、屈指可数的几个享有世界声誉的大文豪之一。如果仅仅从后来的成果与结局来看，寿生与沈从文的文学成就的悬殊无疑是十分巨大的。

岁月河流悄悄逝去，沈从文与寿生这两位作家都已离开人世多年，他们的青年时代距今已逾大半个世纪。近年来，贵州文化界掀起了一股"寿生研究"的热潮，有不少研讨文章相继问世，讨论最多的焦点之一就是寿生为什么从现代中国文坛上消失这个问题，并有很多种观点与说法，但大多数是围绕寿生本身来谈。其中何光渝、刘扬忠、余末人等都提到了寿生30年代创作的小说与沈从文同期一些小说作品水平相差不大。鉴于此，本文不妨大胆地将两位作家联系起来分析并思考：作为贵州现代作家的一位杰出代表，寿生究竟曾经有没有条件，或者有无可能性会成为沈从文那样著名的作家，到底是什么原因导致了寿生与沈从文最后在中国文学史上的成就与声望有如此大的差异呢？

让我们穿越时间与空间的丛林，到尘封的历史深处去努力找寻一些零落的往事吧。

二、寿生与沈从文的惊人相似

作家是时代的见证人、代言人，其自身也是时代的产物。在每一位作家的文学成就背后，必然都有一段独特的成长经历。要分析一位作家的现有成就或潜在成就，必然少不了要分析其所在的时代背景、个人生活历程、思想轨迹和生存状态。当我们把目光投向历史现象的背后，透过大量史料和文学资料，我们可以看到：寿生与沈从文二人其实是有着许多令人惊讶的相似之处的。

第一个相似方面：出身背景

从时代环境上看，他们属于同一个时代的人。沈从文生于 1902 年，仅比寿生大 7 岁，他们在同一个时代环境里生活、成长，目睹了同一个时代的社会生活现实，见闻了同一个时代的人、事、物，感受了同一个时代里民族和国家的灾难、坎坷及兴亡等命运。他们都在旧中国乡土生活中度过童年，青少年时代遭遇并接受了"五四"以来的新文化思潮影响，先后热爱并投入了文学事业，他们亲身经历了军阀混战、抗日救国、国共内战、政权更迭、"文革"动荡、改革开放、经济发展、民族复兴……寿生于 1996 年离开人世，只比沈从文晚去世 8 年。寿生在世上活了 88 年，沈从文享年 86 岁，他们都是同一个时代的中国现代历史之子。

从地域空间上讲，他们都来自中国内陆地区的"小地方"。沈从文的家乡湖南省凤凰县在湘西边上，与贵州交界，距四川较近。寿生则来自位于贵州省东北部与四川省相邻、离湖南省不远的务川县。两县（凤凰与务川）之间直线相距不过数百公里，历史上都是川、湘、黔三省多民族流动迁徙的杂居之地，具有相近似的民族文化传统与乡风习俗。他们的家乡都具有山清水秀、历史悠久、文化源远流长、人杰地灵等共同特点。凤凰城三面环山，吊脚楼群构成的一座小城镇当中一条清清的沱江蜿蜒流淌，被新西兰著名作家路易艾黎誉为"中国最美的小城"。务川境内长达 125 公里的洪渡河风光秀美迷人，山河壮丽，被誉为"一条孕育了一个民族（仡佬族）的河流"，他们那都美丽的家乡培育了他们的文学天赋与才情，使他们成为流向远方的清清溪流，汇入文学的河流与中国命运同行。凤凰是大画家黄永玉、中华民国第一任民选内阁总理熊希龄等人的家乡。务川置县于隋开皇十九年，在贵州被称作"丹砂（朱砂）古县"，是"瓦木堡事变"中为国捐躯的民族英雄申佑的故土。这两块有着诸多相似之处的土地为两位作家的文化底蕴、眼界视野、思维方式乃至思想情感的培育和发展都提供了近似的、优良的土壤。

从家庭环境上说，他们同属于少数民族地区社会底层相对较为殷富之家的后代。沈从文是苗族人，其祖父曾在清代担任过贵州提督，在凤凰小镇也算名门之后，他在凤凰城营街的一座四合院度过童年，这座四合院后来成为名誉天下的一座故居，从世界各地慕名而来参观的人群络绎不绝，给他的家乡带来了丰厚的旅游收入。寿生的家庭则是务川丰乐乡大坪村（今属牛塘村）一殷富之户。在那个教育资源较为稀缺的时代，相对较宽裕的家庭条件使得他们能够在同龄人中有幸地接受私塾这样的传统基础教育，并支撑他们在有机会的时候就走出山门，去学习更多的知识、拓展更广的眼界，为他们的文学事业悄悄奠下了基础。与此同时，虽然家境在当地偏好，但他们的家庭却又是泱泱大国社会底层中的一员，这又使他们都见识了社会底层的大量人和事，积淀了深厚的生活阅历，多年后他们成为作家写作时，都能站在代表中国平民的角度和立场说话，其作品不管是哪种风格，都充分体现出中国社会深处的恢宏画面，都具有较高的思想价值和艺术价值。

第二个相似方面：生活境遇

从成长过程来看。两人都是少年离家，从小地方出发，浪迹天涯，辗转来到北平这个文化中心投身文学事业的。沈从文的青少年时代传奇色彩浓厚，6岁（1908年）入私塾，12岁进新式小学（模范国民学校），因爱逃学14岁毕业后就参军当文书，跟随土著部队在沅水流域川、湘、鄂、黔四省边区漂流了5年，19岁时在一次作战中部队被击散后脱离军籍。其后到芷江警所做过一段时间的屠宰收购员，20岁在保靖印刷厂当校对员时，受五四新文化新思想余波影响，他在经过四天的苦苦思索后，只身远赴北平求发展。跟沈从文一样，寿生也是6岁进的私塾，他16岁时独自一人背井离乡到了省城贵阳，考入贵阳一中就读初中，在贵阳5年多时间，目睹了旧时代贵州社会的阴暗，尤其是在经过贵州军阀混战的动荡时局后，寿生20岁时来到北平，在西城宏达学院补习功课时，有幸读到一些进步书籍，大受启发，21岁时考入北平汇文中学念高中。他们相差不过几年时间内一前一后分别来到了北平，都寄居在沙滩一带，怀着浓厚的兴趣和热情，热爱文学事业。有意思的是二人都是在报考大学不中的情况下成为了北大的"偷听生"，并都迅速投入到文学创作中，取得了良好成绩，活跃在当时那人才辈出的中国文坛上。

从婚姻生活来看。他们俩都幸运地拥有一个幸福美好的婚姻家庭。沈从文1929年在上海中国公学任教时，任教的班上有一个美丽动人的女学生叫张兆和，是学校里众多男孩们竞相追求的对象。沈从文也情不自禁地喜欢上了她，并悄悄地给她写情书，由于第一堂课沈从文就因性格内向胆怯而洋相百出，所以起初张兆和并没有把外表看起来木讷呆板的沈从文放在眼里，但最终却被这块"木讷的金子"的悠美文字和超凡才华打动，终于坠入爱河，并结为秦晋。二人从此相伴一生，共度人生欢悦与坎坷，尤其是在"文革"中沈从文受到不公正批判，精神上受到极大打击而患病时，张兆和一直陪伴在沈从文身边，悉心安慰和鼓励他，精心照料他，使他终于顺利度过了那些艰难岁月，这是中国现代文学史上的一段佳话。寿生16岁到贵阳一中上学时，结识了贵州省督军兼省长公署秘书长熊铁崖的几个子女，与他们几兄妹互相赏识，结为莫逆之交。其中那位妹妹名叫熊兰英，是毕业于西南联大生物专业的高才生。寿生在北大当"偷听生"时，与熊家的几兄弟住在一起，同舟共济。期间寿生由于家道逐步淡落，家中供送他的钱财逐步减少，在北平的生计较为艰难，熊家几兄弟慨然相助他度过难关。熊家兄妹对寿生了解、欣赏，寿生与熊兰英先是成了相知的好友，然后是发展成为相爱的恋人，最后成为执手偕老的伉俪。抗战爆发后，寿生经过几番辗转，欲回家乡务川隐居，熊兰英毅然抛弃娘家在省城的一切优越条件，跟随寿生到务川丰乐乡老家一个小山村隐居，解放后她在务川中学任教，兢兢业业教书育人，悉心呵护贫困学子，被历届务川中学的学生称为"熊妈妈"。不管寿生继续创作也好，还是进政府工作、从政也好，她都给予最大理解和支持，寿生与熊兰英的婚姻被务川社会各界誉为经典婚姻，在务川民间传为美谈。

第三个相似方面：文学创作

首先，他们在文坛上都得到了同一位文豪——新文化运动领袖胡适的赏识和帮助。当沈从文在文坛上发表了一些作品，有了些名气后，经诗人徐志摩的推荐，时任中国公学校长的胡适聘请沈从文当国文教师，使沈从文的生活和生存有了较为稳定的环境，有条件更好地从事文学创作事业。而胡适对寿生则更是偏爱有加，尽管寿生发表的第一篇文章里就有对胡适的批评，甚至在以后的文章里也时常有对胡适文章观点的批评与辩驳，但有着博大胸怀和非凡人格魅力的胡适反而因此更加赏识这位有着独立人格、勇敢无畏的寿生，不但在自己创办并主编的《独立评论》上刊发寿生的文章，还将其积极推荐。当时胡适在北大任文学院院长和国文系主任，欲聘请寿生到北大工作，后因寿生不愿去而作罢。

其次，他们都属于乡土小说作家类型。众所周知，沈从文是"京派小说"的典型代表，"京派小说"的典型的特征之一就是以乡土中国和平民现实生活为主要题材，沈从文在其创作生涯中，通过一部部朴素而悠美的作品，精心构建了他心中凄美而充满着浓浓人情味的"湘西世界"。而寿生则通过带着鲜明的黔北地域文化、触目惊心的平民生活现实、寓意深刻的故事和一针见血的文字，在笔下真实展现出旧中国历史社会的沉重现实。

再次，他们在作品中所表达出来的思想倾向与其现实生活境遇都是完全矛盾的，他们都生活在理想与现实的无奈中。沈从文在他大量的小说作品中，构建了一个充满了自然、人性美的"湘西世界"，他的这个世界完全就是一幅宁静、平淡、凄美的画卷。但现实生活中，沈从文自从少年离乡后，就一直居住在北平、上海、武汉、青岛、昆明等大都市，生活在他所厌恶的"冷漠、虚伪"的城市里。尽管他晚年在被批斗时多次在病痛中念叨"回湘西去，我要回湘西去"。但实际上自他离开家乡那天起，一生中就一次都没有能够回过家乡。寿生文章的内容历来与时政、现实生活密切相关，他的政论文章直指时政、国事，忧国忧民，追求自由、民主，他的小说直接反映现实生活中的各种现象，改造社会的愿望十分强烈。但现实中的寿生，才刚刚在思想界、文学界初露锋芒就无奈地选择了避世，在他那偏僻的农村家乡隐居10多年，直到新中国成立后才出来在家乡的县政府工作并度过余生。

另外，他们在晚年都无奈地选择了沉默，改行从事了对社会有贡献、有意义的其他事业。从20世纪50年代末起，沈从文因为过去创作出的作品与时代主流思想的不符，受到不公正的批判，而他又不愿违背良心写"讴歌式文学作品"，于1957年彻底放弃了文学创作，在周恩来的关心与授意下，他致力于古代服饰、历史研究，并取得了较高的造诣，成为这些领域的知名学者。1950年务川解放后，寿生先是在务川中学从事教育工作，后到务川县政府工作。由于50年代起，胡适受到了全面批判，而寿生青年时代在文学创作上又为胡适所赏识，他一度隐匿了自己曾经的文学经历，甚至连他的几个儿子和一些亲人也不所知。寿生于1955年至1966年任务川的副县长，1981 年至 1987 年任县人大常委会副主任，他一心一意扑在政务上，勤政廉政，几十年间走遍了务川的山山水水与村村寨寨，深受百姓爱戴，在当地有着极好的口碑。

从以上说的这些情况来分析，我们可以看出，寿生当初其实完全具备成为像沈从文那样有成就与名气的作家的条件，在一些方面的条件甚至更好，如：沈从文受到的基础文化教育较低，仅小学毕业就参军进入社会，最初没受过系统的文学教育，在北平刚刚开始写作时，连标点符号、词句都不懂运用，闹过不少笑话。他性格内向，在中国公学任教时，首堂课就洋相百出。而寿生则天资聪慧，自幼饱读诗书，从小学、初中到高中，接受了较为系统和扎实的文学教育，触景生情能随口成诗，口才出众，开会讲话脱口就洋洋洒洒一大篇。沈从文在 20 世纪 30 年代（30 多岁时）处于创作巅峰状态，而当时寿生才 20 多岁，用现在"干部年轻化"的标准来看，寿生当时在文学事业上应该还具有很大的发展后劲。

三、寿生的文学遗憾

相似归相似，条件归条件，但沈从文与寿生最后的文学成就与在中国现代文学史上的地位天壤之别却是不争的事实。而关于寿生从中国文坛消失之谜，近年来在贵州文化界兴起的"寿生研究热"中有各式各样的说法和解释，如寿生的三儿子申元初在《北平"拉丁区"的英雄》一文中提出寿生的"农民情结因素"，也有人认为寿生是胡适所赏识的作家，因胡适一度受到全面批判而受牵连因素。笔者在撰写本文过程中，曾采访寿生的儿子与其他亲友，谈及此问题，他们表示其标准答案谁也说不清楚。但笔者通过走访寿生的亲朋好友、实地考察、查阅史料等方式，认为寿生从中国文坛消失，其文学成果与沈从文差别巨大的原因，主要有以下几方面。

第一个原因：卢沟桥的枪炮声

1937 年，寿生出现在中国文坛才不过三年时间，正是他大显身手前途无量的时候。然而，一场中华民族四万万同胞的大灾难、国家的大悲剧却骤然降临——发生在当年 7 月 7 日的卢沟桥事变标志着抗日战争全面爆发！

侵略者的铁蹄夺去了数以千万计人民的生命，掠走了亿万计人民的健康、温饱、财产和幸福生活，也将千万个像寿生一样的知识青年的求知成才梦想践踏得粉碎，这是寿生这一时代千万青年志士的悲剧！北平是文化名都，是沈从文、寿生等作家成长、成名的圣地，卢沟桥的枪炮声使这座文化古都沦陷在侵略者的魔爪下。国破家亡的时局，寿生连做中国人的资格和基本的生存都受到了严重威胁，他被迫离开北平南下，离开了他施展文学才华的舞台，这是导致他从中国文坛上消失的直接原因。

这里要说明的是，沈从文虽然也经历了国土沦陷的民族悲剧，但受到的影响却比寿生小得多。这是因为比寿生大七岁的沈从文到北平谋求发展的时间要早七年，当寿生 1929 年刚到北平时，沈从文早已在这七年当中名声大振。寿生发表自己处女作品的时候，沈从文已经达到了自己创作生涯的巅峰时代，创作出了《边城》这样蜚声中外的传世之作，作品集已达 20 多部，已先后任过《京报副刊》《民众文艺》《红黑》《人间》《大公报》等知名报刊的编辑，并先后在上海中国公学、武汉大学、青岛大学任过教，抗战的爆发对他的生活固然带来了一些不利影响，但对他的名望与创作事业的影响却远较寿生小。抗战爆发后，他仍然不间断地从事文学事业，1945年还创作出《长河》这样优秀的作品。

第二个原因：独立特行的个性

沈从文与寿生都是有学问和知识的人，而且也都十分注重道德修养，具有自己独特的人格魅力。但是仔细研究他们二人的性格、气质与生活履历，他们个人思想性格上存在的一些差异也悄悄地影响着他们作为作家的发展与成就。

沈从文受到的基础文化教育虽然不高，但他传奇式的少年时代使他备尝生活苦难，当他将自己沈岳焕的名字改成沈从文时，标志着他打算将自己毕生所有的精力都付诸到"从文"这一神圣事业。故而他特别珍视自己在"从文"的道路上每一个机遇，为此，他不仅不顾他那有些难以逾越的腼腆而坦然接受别人的帮助，甚至还敢于主动向他人求助。沈从文 1922 年到北京后，先是曾试图想进清华大学留学预备班却苦无门路，然后报考燕京大学二年制国文班又因文化基础太差未得。无奈之中，他鼓起勇气大胆地给著名作家、时任北京大学统计学讲师的郁达夫写信，反映自己的理想追求与现实境遇，郁达夫被其生活困苦所震惊，写下了著名的《给一个文学青年的公开信》，对沈从文初入文坛起到了较好的引荐作用。随后他很快以休芸芸为笔名，在《晨报副刊》上发表了处女作品，不久又得到了著名诗人徐志摩的欣赏，徐志摩将他向胡适推荐时，他欣然受聘到胡适任校长的上海中国公学去任教。只要一有机会出现在自己面前，他都会紧紧抓住，所以他曾在武汉大学、青岛大学、西南联合大学、北京大学这些名校任过教，他兼任过《大公报》等许多刊物的编辑。这些，不仅从物质上保障了他的生存和生活，使他有足够的经济条件从事文学创作事业，还使他获得了更多有利的机遇资源和条件去不断超越自我，在文学创作事业上实现其作品量与质的不断积累与飞跃，终成为一代文豪。

寿生自幼饱读古典诗书，接受了较为系统的传统文学教育，具备相当扎实与深厚的文字功底，在文学创作上具有相当高的天赋。但他在长期大量苦读传统文化名籍的同时，也潜移默化地接受了大量儒家传统思想观念，形成了牢固的儒家学者性格。儒雅本是好事，但儒家文化里重面子、固执、清高等成分因素却对青年时代寿生文学事业的发展形成了很大限制。寿生不愿意接受也很少接受他人的帮助，更不会放下面子去主动求助他人。他本来 1929 年就到了北平，其文学功底远比 1922 年刚到北平时的沈从文好。但他仿佛是一块等着别人来发现自己会发光的金子一样，在北平过了 5 年才开始发表文章并崭露头角。当他发表了一些文章，受到胡适欣赏，并且热心的胡适主动邀请他到北大工作时，他却拒绝道："我连北大都考不上，怎么能进北大工作呢？"胡适让他把自己的作品拿来就行了，他却仍然固执地谢绝。连对他赏识有加、心胸开阔、古道热肠的胡适先生的帮助都要拒绝，寿生更谈不上接受其他人的帮助了。名人作家也是人，文化圈子也是现实社会生活的一部分，拒绝他人帮助的同时，寿生无形中失去了很多机遇资源，这是他在现代文学史上文学成就与名气远不如沈从文的深层次原因。

第三个原因：消失在世人视野的作家

抗战爆发前及爆发后，沈从文一直受聘在几所知名大学任教，且持之以恒坚持着创作事业。因为他已有的名气、从事的职业等原因，他有足够的条件与同时代顶尖级的作家们交流，吸取更多思想与文化营养，潜心创作出大量优秀的文学作品，源源不断地在各种分量重要的刊物上发文章，他一直持续着他的文学事业。直至新中国成立后，他才在晚年沉默下来。

而寿生则一路南下，几经周折，对时局十分灰心，最后无奈地选择了回到贵州边地小县务川的农村老家隐居。

寿生的故乡——边地小县务川，地处黔东北边隅偏僻之地，聚居着仡佬、苗、土家、汉等多个民族，其中少数民族占绝大多数，当时的生产力十分落后、人民生活水平很低。县境内山势高大、峡谷幽深，交通区位条件相当恶劣。在寿生回乡隐居的时代，务川除了地处边远、交通不便及经济贫穷外，还信息闭塞、观念落后，在这样的环境里，寿生很难及时了解到国家时局的最新动态，很难看到新的书籍，接触到新的信息、观念，限制了他的进一步提高。这里需要说明的是寿生在务川隐居期间，其实也没有完全停止文学创作事业，他也仍然坚持创作了许多作品。但因无法与外界联系，谈不上发表，这导致了他在那些年代中国文学史上的"消失"。而且，他这些作品大多数后来在"文革"中被烧毁掉，更成了一个令人伤痛的损失。

回乡隐居的因素，是导致寿生文学遗憾的众多因素中，影响最大的一个原因，也是最为关键的一个原因。

四、落寞愁怅敲木谷

在寿生的青年时代，务川还没有公路，新中国成立后国家在20世纪50年代组织修建了一条土公路，21世纪初才改建成三级柏油路。在2002年前，进入或离开务川都必须翻越一道又高又大的山系，攀上这道大山系的一座又一座大山，在山脉最高处海拔2000余米的峰顶上有一个关口，是务川与外面世界相隔的县境交界处，当地人称之为敲木古。

务川于隋开皇十九年置县，在贵州算得上一个历史悠久的古县。千百年来，务川数不清的游子们大凡求学、从戎、入仕、经商、务工等，在背井离乡远行时，都要从这里翻越才能走出山门去闯外面的世界。他们当中许多人因为从这里翻越，而见识了山外精彩的世界，获得了远远比在家乡更大的发展机遇和空间，在各行各业都有人取得了各种各样的成就，所以自古以来在务川民间有"翻过敲木古，一条小虫就有希望变一条龙"之说。

作为寿生的一名生活在不同时代、客居在遵义的同乡，我曾经多次乘车（或驾车）进入（或离开）务川而翻越敲木古，每每路过敲木谷关口峰顶，都见到那里人烟稀少，逢暑则寒凉袭身，遇春秋便云雾笼罩，而冬天常常是天寒地冻、大雪封山。几乎每一次路过敲木古，无形中都有一种说不出的苍凉落寞感笼罩人身心。

从2002起，因为公路改道，出入务川已不再攀越敲木古的峰顶，改从山脉脚下绕行。不久前，我曾驾车从那山脚路过，将车停靠路边，仰望云层深处的敲木古关隘，遥想寿生当年步行遥远，历尽千辛万苦从山径上翻越高高的敲木古，走出山门，到贵阳，赴北京，读万卷书、行万里路，成为一名优秀的作家。但遗憾的是，他在翻出了敲木古10年后又翻回去，而且一翻回去就是一辈子都隐居在那个边地小县。于是——新中国成立后务川多了一个鞠躬尽瘁、深受百姓爱戴的好县长，但中国现代文学史上却少了一个原本可以像沈从文那样蜚声中外的大作家，这样的遗憾是难以形容和计算的。

（选自《月光下的洪渡河》一书，团结出版社，2014年7月出版）

作者简介

柏华丹，多次参加"贵州省《红楼梦》青年文化论坛"并发表相关学术论文。现为中国工商银行股份有限公司罗甸支行客服经理。

哈斯宝《红楼梦》人物论的审美意蕴

柏华丹

接受美学是于 20 世纪兴起的一种艺术理论，较之此前将受众的接受与评点视为一种被动的接受行为的理论不同，接受美学注重受众在文艺接受中的主观能动性。虽然文艺接受必须受文艺作品的一定制约，但受众在接受过程中也必须依赖于自己的审美判断力和艺术创造力，因此，艺术接受是一种能动的艺术再创造活动。

哈斯宝对于《红楼梦》的接受，不仅是一种被动的感受与享受，更是一种积极地结合自身审美经验与艺术修养的再创造，因而他对《新译红楼梦》的回批是基于《红楼梦》的一次极具个性化的艺术再创造，在这种创造中，他的人物论是最能显示其独特的审美经验与艺术修养的一部分。它具体表现为接受过程中的非理性停留和评点过程中的个性化抒写两方面。

一、艺术接受中的非理性停留

艺术接受这一活动根据动用的思维品质不同又存在艺术鉴赏与艺术批评两部分，"艺术鉴赏基本上是一种感性的审美体验，鉴赏活动所产生的感受和体验只是批评活动的起点。而艺术批评则是一种理性的思维和判断活动。"[1]哈斯宝的《新译〈红楼梦〉回批》对于人物的评论体现出一种无意识的在艺术鉴赏阶段的停留止步。这种停留是评论家不自觉地发自于对作品近乎痴迷的投入的一种非理性停留，它呈现出一种"无理而妙"的审美特色。

1. 人生自是有情痴，爱憎分明耽墨子

哈斯宝对整部《红楼梦》以及其作者都怀以炽热而纯净的感情。他在《回批》中直言"读了这部红楼梦，我更是欢喜爱慕，加批为评，译了下来。这种修心之道也是消遣一生之道"。[2]哈斯宝将翻译评点《红楼梦》作为一生之乐。"后日锦绣肺腑的贤哲之士读此《红楼梦》，案头必备高香清茶才应开读。点高香，是为报答作者写出这部如锦似绣的文章，留给我辈赏心悦目。沏清茶，是要洗涤我辈几天积下的愚心浊肠，赏心悦目，读此锦绣文章"[3]可见哈斯宝对《红楼梦》之喜爱与珍惜，这种喜爱稍显夸张到近乎疯狂地要用一生去做这样的一件事情。这种喜爱出自于心灵的本真部分，强烈而单纯！

"文学作品的接受是接受者审美情感介入的过程，其核心是接受者对他钟爱、钦慕的主人公的审美认同"[4]哈斯宝对《红楼梦》中的人物亦怀有深沉而浓烈的感情，或爱或憎！威廉·詹姆斯有言："意识总是对于它的对象的某些部分发生兴趣而把其他部分加以排除，它始终是进行欢迎或拒绝———言以蔽之，始终是在对它们进行选择"[5]，哈斯宝在对《红楼梦》中的人物进行艺术鉴赏时也在进行着仅凭内心喜恶为标准的选择，并将其中人物大致分为善恶对立的两派，他认为"贾宝玉、林黛玉就是灵秀正气的化身，薛宝钗、花袭人等人物则是残乖邪气的体现"[6]，他凭自己的衡量标准，站在宝黛的阵营，认为阻止与破坏"木石前盟"的都是奸佞之徒，

是十恶不赦之人，是没有一点好处的人！他对于破坏者一方的憎恶直接而犀利地浸透在其"回批"的字里行间。他对共同造成宝黛悲剧的一干人怀着激愤的憎恶与不遗余力的贬斥与咒骂，并给他们以不雅的称谓，他称史老太君为"老妖婆""老母猴"，称王熙凤为"小母猴"，贬斥贾政是"假正"。对于从一开始就对黛玉不怀好意的，从一开始就构成宝黛威胁的薛宝钗和花袭人，哈斯宝更是怀以痛恨之极的态度，他"不放过任何一个机会进行无情揭露、猛烈抨击，咒骂她们'猪狗不如'，'连老鼠也不如'，'真想唾她一脸'"[7]。对于他憎恶的一派，哈斯宝便把他们批得一无是处，体无完肤；对于他支持喜爱的一派，又把他们夸得十全十美。

哈斯宝的"人物论"是建立在对自己喜爱的主人公的审美认同之上的，根据耀斯在审美经验的五个审美认同层次，哈斯宝对贾宝玉与林黛玉的审美认同属于"钦慕式认同"与"同情式认同"。

他对贾宝玉与林黛玉持由衷的钦慕与赞美。在《新译红楼梦回批》中哈斯宝对于林黛玉的着墨实际上不及薛宝钗，也有研究者认为《新译红楼梦回批》是一部以论薛宝钗为主的批评作品，然而，全书中提及薛宝钗时作者全当作林黛玉的敌人而加以贬斥，这难道不是对黛玉喜爱的体现吗？更有甚者，作者在书中也有对林黛玉加以赞赏的直接表达："这个林黛玉，真是一位绝代佳人。佳人者，德言工容俱佳之谓也。四者缺一，便不得谓之佳人。"[8]除此之外，每提及黛玉，作者满口"颦卿""潇湘"的亲切称谓，字里行间，无不体现作者慕其才、赞其德之态度。

同情式认同即受众"将自己投入一个陌生自我的审美情感。也就是这个过程它消除了钦慕的距离，并可在观众或读者中激发起一些情感，这些情感导致观众或读者与受难的主人公休戚相关"。[9]哈斯宝在《红楼梦》的接受过程中不自觉地投入同情的审美情感，同宝黛的离合悲欢休戚与共，尤其是面对林黛玉失利时，哈斯宝赋予了她深切的同情。在其回批中常见"可怜颦卿怎么受得起""可怜潇湘"等语。

哈斯宝对宝黛的同情式情感认同已到完全沉浸在个人感性情感中的境地。作为接受者，哈斯宝觉得主人公贾宝玉和林黛玉是受害者，"他要挺身而出为他们鸣不平。回批的喜怒哀乐完全随着宝黛二人的悲欢离合而转移，简直到了呼吸与共的程度。"[10]他在论述文章的推来拉去之法时表示："为看宝黛二人的姻缘而展开此书"，"忍性等到宝玉出场，急着要看宝黛相会，不料宝玉却转身而去"。[11]在《新译红楼梦》第三十二回中哈斯宝自撰了一段哀悼黛玉的诗赋体文字，这俨然悲伤到与宝玉同一立场。在文本接受过程中，哈斯宝的整个情感已被宝黛二人的情感发展所牵制，对于情节的期待俨然不自觉地完全站在主人公的立场上，他已完全沉浸在这种情感牵引中而无法再保持理性地对作品及其人物进行客观批评。

　　无论是对薛宝钗一干人等的贬斥，还是对宝黛这一阵营的赞美，哈斯宝的人物形象分析其实都"远离了作者塑造人物性格所坚持的正邪交赋、善恶相间的原则"[12]尽管他的人物论就当时来说是独创的，地位是惊人的，但我们仍不能不正视其人物论的片面性、主观性。如在论薛宝钗时，哈斯宝认为"全书那许多人写起来都容易，唯独宝钗写起来最难。因而读此书，看那许多人的故事都很容易，唯独看宝钗的故事最难。大体上，写那许多人都用直笔，好的真好，坏的真坏。只有宝钗，不是那样写的。乍看全好，再看就好坏参半，又再看好处不及坏处多，反复看去，全是坏，压根儿没有什么好。一再反复，看出她全坏，一无好处，这不容易，但我又说，看出全好的宝钗全坏还算容易，把全坏的宝钗写得全好便更难。读她的话语，看她的行径，真是句句步步都像个极明智极贤淑的人，却终究逃不脱被人指为最奸最诈的人，这又因什么？忠臣执法，《纲目》臧否全在笔墨之外，便是如此。"[13]在这一段评论中，对于作者"'最奸最诈'通过'极明智极贤淑'表现出来，阴险狠毒的内在本质贯穿在几乎无懈可击的道学理论的表面现象中。在本质和现象的矛盾中，在二者之间深刻的对立和有机的统一中塑造出薛宝钗这样的典型性格"[14]的高超艺术技巧的认识非常难得！然而，哈斯宝对薛宝钗的分析与评价又真的足够客观公正吗？且看"看出她全坏，一无好处"等评语，显然是有失偏颇的。哈斯宝对于薛宝钗、花袭人等"奸佞之徒"的评价是全凭自身情感发展与自身好恶的。例如在回批第三十一回中他说"宝钗听了定亲的事，'始则低头不语，后来便垂泪'这一笔用意很深。低下头，不知费了多大力气才挤出眼泪，要么是乐极泪下，无论如何不是悲愁之泪。为何不一听便哭，必要等待好久？"[15]这一论断实则建立在哈斯宝对于薛宝钗奸佞虚伪，为了抢夺宝玉已经不择手段，不近人情的人物设定的基础之上的，然而用常理分析，一个姑娘接到出嫁的消息而流泪，是完全合乎情理的。就算作家想要设定一个那样虚伪至极的人物，通过这个情节也不能很好地证明。通观整部《红楼梦》曹雪芹塑造的薛宝钗确实有虚伪的一面，却也并没有抹灭掉她孝顺、宽容的品质，难道这些也都是为了证明她的奸佞吗？诚然，她的这一次落泪或许不是委屈的泪水，但是出于对家庭与对母亲的担忧与不舍都是可以成立的。因此，《红楼梦》的作者在塑造薛宝钗这一人物形象时，秉持的也是正邪交赋、善恶相兼的原则。而哈斯宝对《红楼梦》的评点实际上并不理性公正。

然而，哈斯宝对于《红楼梦》中的人物就是在这一种看似无理的评论中显示出他独特而奇妙的审美意蕴的。他的这一切"无理"实际上是来自于他充满人类童年时期的本真状态下的文学接受，他任性，无所顾忌，仅凭个人喜好的评价，并因情到深处而怅然止步，不愿进一步融入理性对其进行客观的文学批评，这是一种纯净的文学阅读与接受！

2. 此恨无关风与月，一笔一画总关情

文学作品自身性质对于受众的接受程度与效果有着直接的影响。《红楼梦》是对明代《金瓶梅》、清初《醒世姻缘传》等世情小说的继承，并通过作者超凡的艺术能力加工的一部世情小说，它本身的性质与作者的匠心独运都构成了受众的心容易被主人公感染，情感容易被其情节发展牵引的重要原因。

另一方面而言，接受者自身因素才是影响其审美体验及审美效果的主要原因。艺术鉴赏活动的发生，一定要在受众有一定的审美修养和艺术鉴赏经验的基础上建立。哈斯宝作为一个大文学家，他的博览群书是无疑的，其在艺术鉴赏中能充分调动"感觉、感知、想象、情感和理解"进行审美活动的能力必然是炉火纯青。另外，哈斯宝虽是蒙古族人，却精通汉语，在对汉语文学作品的阅读积累上不输给同时代的其他评论家。然而这些原因，都只是哈斯宝能对《红楼梦》进行艺术鉴赏的一个前提条件而已，真正要形成他如此独具特色的审美效果，是离不开他独特的自身经历、文化修养与民族传统等内在因素的。

从自身经历来看，关于哈斯宝的生平，所存资料甚少。历来的哈斯宝文论研究者们也无过多论断，唯一可知的是哈斯宝是一位精通蒙汉两文、博览群书的蒙古族"隐没闲贤"。从其回批中我们得知，他常与书朋画友结交，左右有书童服侍，且可以推断其有一定的阶级地位和经济基础足以保证他平日有足够的时间"闲来赋诗"。据传，哈斯宝乃内蒙古卓索图蒙人，这样一个经济文化发达、封建关系的发展同内地密切的民族条件给哈斯宝接触并深入汉文化提供了契机，这是他对《红楼梦》的接受基础。另外，在回批中"奸佞挡道""坎坷不遇"等词的多次出现，强烈地透露出哈斯宝怀才不遇，抑郁不得志的愤懑。哈斯宝作为文学接受者，在对《红楼梦》的阅读与接受的过程中对书中的主人公贾宝玉和林黛玉产生了审美认同。在这种认同中，哈斯宝显然不自觉地将主人公当成现实中的普通人，而不是作者刻画出来为了满足一定创作意图的虚拟人物。他已经不自觉地将主人公的际遇、命运与自身经历相比较，产生强烈的共鸣，并对他们报以深切的同情，为他们的遭遇愤懑不平，从而联系自己的遭遇，对自身遭遇的不淑之人的愤恨连同对书中的迫害者一齐发泄憎恨！他的这些独特的身份与仕途经历在他对《红楼梦》的个性评点中有强烈的体现，这些独特的经历与心志构成了他在《红楼梦》评点中的强烈的爱憎分明！

从哈斯宝的文化修养方面来看，他对汉文化的厚积薄发明显地体现在他的评点中。多处引经据典，多处将书中人物同历来小说中的"才子佳人"对比，无一不体现了哈斯宝深厚的汉文化修养。回批中引用了《礼记》、《汉书》《论语》《孟子》《诗经》等经典，这对于哈斯宝在评论书中人物时所依据的价值标准有着很深的影响。传统世情小说的阅读也给哈斯宝的阅读提供了比较对象。在回批第九回中哈斯宝明确提到曾读《金瓶梅》并赞赏不已，这给他提供了一个《红楼梦》的对比参照对象。在对黛玉的赞赏中，哈斯宝将《金瓶梅》等世情小说以及其他"才子佳人"中人物与之对比，瞬觉相形见绌，便更赞黛玉之才德超群，生而不凡！深厚的文化修养对于哈斯宝在评论《红楼梦》人物形象时对其主人公贾宝玉和林黛玉的深沉喜爱提供了直接契机。

从哈斯宝的个性气质方面来看，鉴于时空限制，资料匮乏，我们无法对他的个性气质有直接的了解，但是文学批评作品总是一定程度地反映评论家内在的性格气质，一个性格直爽，思维迟钝的人不太可能写得出工巧细腻的锦绣文章，一个性格拘泥的人也未必写得出恢宏大气的豪迈篇章。因此，在哈斯宝充满个性化的人物分析背后，或多或少都有其独特的性格气质影响着，以至于其评论如此不拘一格。哈斯宝直爽的性格，细心的品质，善良纯净的心灵都体现在他人物论的炽热情感与独到的分析中了。

从民族属性来看，哈斯宝乃内蒙古人。蒙古族游牧的生活方式、好战的民族性格形成了他们崇尚忠勇、贬斥奸佞的审美传统。在哈斯宝的年代，蒙古族同汉族的交流融合已经相对广泛，然而血液中带着的、祖辈相传的、相互传习的民族心理依然没有被完全抹灭，这就促成了哈斯宝在《红楼梦》的阅读与评论中对薛宝钗、花袭人等有如此激烈的批判。

常言道，"一个人的言辞谈吐间，藏着他走过的路、看过的书、遇见过的人、经历过的事"，一个作家的作品气质往往也是错综复杂的因素作用于这个作家的心理而最终形成的。对于文学评论类作品，批评家呈现出来的情感和价值观特征是其文本接受特征的外化呈现。受众自身性格气质、个人经历、民族属性、审美修养、文化经验等诸多因素融合于个体一身，致使每个人在对文本的接受与反馈过程中都呈现出与他人截然不同的个性特征。哈斯宝独特的民族、文化修养、性格经历作用于他对《红楼梦》的接受，从而使他在艺术接受中将进程停止在充满感性的文学鉴赏阶段，最终呈现出极具个性化的人物评论。

二、文学鉴赏中的个性化抒写

身处偏远蔽塞的蒙古族地区的哈斯宝，在对《红楼梦》进行艺术鉴赏时，能有如此独到的见解是很难能可贵的。他在文学鉴赏阶段的无意停留，使他的人物分析显示出极具个性化的抒写特征。

1. 独特的比较

随着《红楼梦》的不胫而走，各家评点尽出。除去"脂评"不论，除去对《红楼梦》的随笔式论著不论，仅评点式论著道光年间就不下数十家。在此就《红楼梦》人物论将哈斯宝同涉及到人物评点的几位评点家作比较。

王希廉在道光至光绪年间的《红楼梦》评点在各家评点中影响最大，较之于同期的张新之等人的"易""经"象说，王希廉对《红楼梦》的结构分析、写作脉络分析、梦境分析等论断都显然更客观科学。值得一提的是王希廉最精妙独特的评点当属他对《红楼梦》"笔法"探究。他指出"《红楼梦》一书，有正笔，有反笔，有衬笔，有借笔，有明笔，有暗笔，有先伏笔，有照应笔，有著色笔，有淡描笔，各样笔法，无所不备"。[16] 在王希廉的评点中也有对人物的评点，但是夹杂在他对《红楼梦》的翰墨技法的赞赏中："人物则方正阴邪、贞淫完善、节烈豪侠、刚强懦弱，及前代女将、外洋诗女、仙佛鬼怪、尼僧女道、娼妓优伶、黠奴豪仆、盗贼邪魔、醉汉无赖、色色俱有。"[17] 这些对人物的概括分析相当细致准确，然而此论实则为论其创作技法做证明，而非真正地深入观照人物形象，相较于哈斯宝的人物论还显得不够深刻。另外，王希廉还提到《红楼梦》实为宝玉、黛玉、宝钗三人而做，还分析出几个主要人物的宾主问题。这一评点与哈斯宝在《新译红楼梦》中突出的重点近似，但哈斯宝如此译介是涉及小说的创作与读者的接受问题。王希廉的评点体现的是他作为受众的接受效果。作为评点，它依然"受着八股文作法的影响和封建地主阶级的制约"[18]。相比之下，哈斯宝融入深厚情感的人物论显得更加深刻且生动！

姚燮的评点对于《红楼梦》的传播是有积极意义的。他将书中多处事件汇集起来，甚至还罗列出了书中人物的死亡。这些细致的概括对于后人阅读《红楼梦》有很大帮助。但是姚燮对于人物的评论却只是"三言两语，语焉不详"[19]。另外，在姚燮的评点中提到"天时人事，默默相吻合，作者之微意也"[20]，这一观点同哈斯宝的观点是相得益彰的。但是哈斯宝却将这一概念同人物形象分析结合起来做细致分析，这让他的人物形象分析显得更加有说服力。

涂瀛的评点与哈斯宝的人物论最有可比性。他的《红楼梦论赞》以简明扼要的文字来评断书中主要人物。在评论中，他结合有关情节对人物进行鞭辟入里的分析。涂瀛的人物评点与哈斯宝的人物论粗看之下有许多共同之处，例如，他们都大胆肯定贾宝玉与林黛玉，也态度鲜明地贬斥贾母、宝钗、贾政等人。但是细致比较之下，涂瀛的人物分析较之哈斯宝更为客观冷静，而哈斯宝的人物分析却在一味的感性中显示出一种难得的赤诚的"无理而妙"。从表面来看，涂瀛论及《红楼梦》人物的笔墨显然是不及哈斯宝之丰富的。哈斯宝不惜篇幅，不厌其烦地表明他的立场，这较之涂瀛来说显得更加赤诚而且动人。

不管是与哪个时代的评论家相比较，哈斯宝在人物评论中显示出来的固执、任性与热烈都是独具特色的。

2. 独特的表达

哈斯宝《红楼梦》人物论的一大审美特色得益于他的个性化表达。他炽热的情感凭借其在表达技巧上的匠心独运得以恰当抒发。在《新译红楼梦》回批中，他利用独具特色的语言、引入精湛高超的绘画理论，使其炽热的情感力透纸背！

（1）个性化的语言。在哈斯宝的回批中，独特的语言是他发泄情感，表明态度的有力武器。首先，他引经据典，善用比喻。从传统儒家经典，到世俗谚语，哈斯宝大胆而又恰如其分地引用他人之语，使自己的观点表达得准确到位，使自己的论断更具说服力，使整部回批投射出浓烈的文化意蕴。在写作回批时，哈斯宝善于比喻，除对《红楼梦》的技法探究中他使用了"捕蝴蝶儿"的精妙比喻外，在论人物时，他个性化的、犀利的将贾母比作老母猴，王熙凤比作小母猴等，在他的这种比喻中，让读者在感受到他的强烈的情感外，更添加一分对他纯真可爱的喜爱。其次，哈斯宝在回批中的语言还透出些许幽默。在回批第一回中，他论及"葫芦庙"时，他道"一开卷就是葫芦庙，这正是不知道他葫芦里卖的什么药的时候。读者不要被他骗过了"[21]，如此幽默诙谐的语言构成他回批的审美特色之一。再次，哈斯宝在评论中显示出"情到深处，忘乎所以"的赤诚来，在回批第十九回中，哈斯宝俨然忘了文学作品的虚拟性，竟将自己拉入书中的时空中去，酣然道"潇湘你'一缄情泪红尤湿'，小生我'满纸春愁墨未干'"。直接与人物对话，是哈斯宝人物论中最独特的语言特色之一，这种独特的语言表达显示出了哈斯宝对《红楼梦》及其主人公的投入与痴迷，也更显得他的人物论真切动人！

（2）独特的理论。哈斯宝不仅是一位超群的文学家，还是一位卓越的画家。在《新译红楼梦》中哈斯宝还插入自己精美的人物插画，这是他的作品极其独特之处。在回批中，哈斯宝更是大胆地，合乎时宜地引用绘画理论来比喻《红楼梦》的写人技巧。如回批第十三回评点宝玉被贾政打以后的各人情状，他一句"依次看去，种种情景跃然纸上，真是作丹青也画不出"[22]，引绘画的境界形容此处写人之妙境，形象而生动。再如第十五回回批中引一"绘画入门，必须领会十画九遮"理论喻此节写宝黛钗。独到的绘画理论融入人物论中，也是其个性化评点的体现。

3.独特的审美

哈斯宝在《红楼梦》的接受中体现了他独特的审美观，以独特的审美视角评判书中人物。这种审美观除了受自身情感牵引外，还受汉文化的熏染。在品评书中人物时，他以汉文化中的一些原始审美特征为标准。例如，在评花袭人时，他引了孟子的一句"观其眸子，人焉廋哉"。这一品评体现了汉文化中对人物的原始审美中的人物品藻观，它暗合了刘邵的"九质之征"[23]，即可以通过人的神、精、筋、骨、气、色、仪、容、言观察到人的内在的智能、德行、情感、个性。他通过"观"袭人之眼眸而断其德行。通过作者对袭人的眼睛描写而观察到她的奸佞的德性。以今天科学的眼光来评判这一观点难逃牵强之咎，但这正是他独特审美的体现。另外，哈斯宝对《红楼梦》人物的评判是以封建教条中的价值体系为标准的，例如，他尤为赞赏林黛玉、晴雯、紫鹃的知性守礼。认为她们多次拒绝同贾宝玉的"拉拉扯扯"的行为值得赞扬和支持。这显然是封建思想的桎梏，但正是这独特的审美观，显示出哈斯宝是以一颗本真的、纯净的、赤诚的心来品味《红楼梦》的。

4.任性的抒写

在哈斯宝的《新译〈红楼梦〉回批》中，他任性而自由地抒发自己的看法。在评点方法的选择上他也逃出做文章的规矩约束，任性而论。在第二十回回批中，他大肆地称赞紫鹃，并指出赞紫鹃即是赞黛玉，又不唯赞黛玉，也褒扬紫鹃。末了附上"我，是谁？施乐斋主人耽墨子哈斯宝"[24]的任性之言。在他的评点抒写中，他任性地想写什么就写什么，并非一字一句都关乎《红楼梦》本身。在评点人物和创作技巧的间歇，他时而抒发人生的向往，时而表达做人的态度，时而描述星云气象。不受做文章的套路约束，不受评点性作品内容特点限制，自由批评，自由抒写！文学创作在一定的维度内是自由的，文学批评便也是如此。在一定自由的限度内，任性、纵情的抒写是写好一部作品的重要法则。真情抒写，任性而论，既显作品之真实，且彰作者心之赤诚、可贵！哈斯宝在《新译〈红楼梦〉回批》，运用任性的语言、任性的情感，抒写任性的、不落窠臼的批评内容，既彰显了他洒脱豪放的个性，也彰显了《新译〈红楼梦〉回批》的真实可贵！

结语

哈斯宝的《红楼梦》人物论在非理性停留的接受特点与个性化抒写特点中显示出它独特的审美意蕴。介于《红楼梦》精妙的文本特点，以及哈斯宝自身独特的人生经历、个性特征、民族心理等因素，哈斯宝的《红楼梦》人物论显示出用情至深、至真的审美特点。在这种炽热的情感支撑下，哈斯宝写出了独具特色的《红楼梦》人物分析。在他的《新译〈红楼梦〉回批》中，他利用独特的表达方式、精妙的语言技巧、独到的写作理论、纯净的审美眼光完成了他的个性化抒写，将他对《红楼梦》人物的满腔热情表达得淋漓尽致！

参考文献：

［1］朱立元主编.美学［M］.北京：高等教育出版社,2016年5月第3版.

［2］［3］［6］［7］［8］［11］［13］［15］［21］［22］［22］［24］哈斯宝著，亦邻真译.新译《红楼梦》回批［M］.呼和浩特：内蒙古人民出版社,1979.2:20 –78.

［4］［9］［10］蒋艳柏.哈斯宝对《红楼梦》的审美认同[J].桂林航天工业学院学报,2017.1.

［5］杨清.现代西方心理学主要派别［M］.沈阳：辽宁人民出版社,1980:1522.

［6］韩进廉.中国小说美学史［M］.保定：河北大学出版社,2004.7:318.

［14］亦邻真,蒙古族文学家哈斯宝和他的译著.新译《红楼梦》回批［M］.呼和浩特：内蒙古人民出版社,1980:8–12.

［16］［17］［18］［19］［20］黄霖、韩同文主编.中国历代小说论著选［M］.南昌：江西人民出版社.1922：569–629.

［23］李泽厚、刘纲纪主编.中国美学史第二卷上[M],北京,中国社会科学出版社.1984:75.

（发表于贵州省《红楼梦》研究会《红楼》期刊 2018.3 ）

▌作者简介

李兴来，山东阳谷人。已出版《歧斋吟稿》《砚边拾零》，参与主编《水韵古风，魅力博平：全国名家诗词楹联作品集》《君子之文——聊城大学精品文学创作集》。就职于中国太平洋财产保险股份有限公司聊城中心支公司。

行业的缩影　时代的浩歌

——试论韩兆若先生保险小说的艺术特色

李兴来

改革开放三十年来，中国保险业出现了蓬勃发展的态势，市场主体不断增加，市场规模快速增长，保险从业人员数量不断攀升。但是，作为被称为 21 世纪朝阳产业的保险业，却一直没有进入文学作者的视野。韩兆若先生近年先后推出了《保险公司》《人在险途》两部长篇小说，真实地再现了中国保险业发展的历程和保险从业人员的酸甜苦辣，填补了文学领域的一片空白，对于读者了解保险行业有着极大的裨益，是当代保险行业发展的缩影，是关注保险人生活状态的力作，是记录当代保险业发展的史诗般的著作。

艺术源于生活，艺术创作更离不开生活。韩兆若先生的保险小说，在内容上贴近现实、贴近生活，与自己的经历密切相关，是生活经验和思想感情的真实表现。韩兆若先生作为资深保险人，有着丰富的从业经历。他从基层保险公司做起，曾在地市公司做过普通职员、市场分析及策划等方面的工作，调入省级公司工作的近十年中，相继担任市场发展部总经理、销售管理部总经理、党政办主任、人力资源部总经理以及工会副主席等职务，对保险公司的发展历程有着清晰的认识，对保险公司的经营管理有着深刻而独到的见解。他还有着广泛的社会阅历，曾担任过学校教研组长、外贸公司驻美国办事处主任、政府办公室科长、经委副主任等，广泛而深刻地了解社会各个层面、各个领域人物的生活状况。这些人生的经历，丰富了他的人生经验，拓宽了他的视野，也深化了他对社会、对行业、对人性、对情感的把握，为他的文学创作提供了第一手素材，增强了文学作品的可读性。

《保险公司》是韩兆若先生创作的第一部以保险业发展历程为主题的长篇小说，也是当代文学史上第一部反映保险业发展历程的长篇巨著。小说围绕魏经纶、李冬冬等四个年轻人的经历，真实地再现了保险业从独家经营到百家争鸣、从清闲安逸到惨烈竞争的发展历程。《人在险途》则通过朱含韵、朱大勇等营销员的从业经历、生存环境的描写，真实地反映了保险从业人员的生活状态、处世哲学和情感世界，是一部保险业发展的断代史。

鉴于当前社会对保险行业的隔膜和误读，无论是《保险公司》还是《人在险途》，韩兆若先生对保险公司的经营理念以及对各阶段引起市场形势变化的发展措施进行了详尽的解析。在《保险公司》中，通过女主人公李冬冬对营销模式进行了详细的解说，通过李总经理对保险市场形势进行了展望和分析；在《人在险途》中，通过朱含韵、姚桐等人的从业经历，全面地展示了保险营销员的各种展业手段，深刻地透析了保险营销员的精神世界。通过对小说的阅读，读者可以了解保险公司的发展历程、经营理念和经营模式，也可以感受保险从业人员的坚韧和艰辛。

钱理群先生说，真正的人道主义要关怀具体的、真实的人，强调每一个具体的生命个体的意义和价值。伟大的作家，从来都是把对人和生活的爱，当作一种稳定的心情态度和价值观，他们不仅自己心疼自己笔下的人物，而且能让读者也喜爱甚至心疼他们。韩兆若先生的保险系列小说，有着直面社会底层的苦难和不幸的勇气，以及关注弱者及社会底层的人道主义情怀，始终贯穿着积极健康的道德态度和文学趣味，也构成了他作品的结构原则和情节的发展原则。他以冷静的目光审视行业发展的历程，以悲悯的情怀关注着发生在保险从业人员身上的种种苦难，深刻地切入了保险从业人员的精神生活，讴歌了当代保险从业人员顽强拼搏、永不服输的精神，以及自强不息、乐观向上的生活态度，也再现了他们的生存困境和精神痛苦。他以含蓄而凝练的笔触描绘着一个个悲欢离合的故事，叙述着社会底层人员的苦难和眼泪、辛酸和无奈，写出了人性的丰富和复杂，表达着善良、责任、尊严、坚毅和挚爱等丰富而美好的情感和品质，表现出一种诗意的道德情调和温暖的伦理精神。在他的笔下，沉重地展示了朱含韵、朱大勇等人的不幸经历，记录了他们在逆境中不屈不挠、顽强抗争、相互关爱、相互帮助的点点滴滴，不断地拨弄着读者心灵中最柔软的心弦。

小说归根结底是写人的艺术，人物形象在小说的表现中占据着极为突出的地位。李建军博士在他的《小说的纪律——基本理念与当代经验》中说，"把人摆到中心位置，着力刻画神完气足的人物形象，是一个小说家的中心任务。一部小说若没有塑造出一群气韵饱满呼之欲出的人物形象，它就不可能获得长久的艺术生命力，这是被文学史上无数事实证明了的一个规律"①。韩兆若先生对人性有着深刻的认识，对人物性格、心理活动的描写刻画深刻而生动，注重从生活出发，着眼当代精神，善于从生活中的小事出发，挖掘出深刻的内涵，往往在简单的对话或场景中打动读者的心弦。在《保险公司》中，杨山坡为母亲做了一件花布上衣，杨山坡父母的淳朴节俭，以及内心的那种满足与自豪，在韩兆若先生的笔下刻画得活灵活现，让人如身临其境，有几分甜蜜，又有几分辛酸。韩兆若先生还善于在特定的生活背景下表现感情和观念的冲突，他在日常生活的刻画描写中，通过表现普通人的真实际遇和真情实感，将人物的性格、心理与现代社会的变迁融合在一起，通过各种矛盾和对比突出人物的形象。在《保险公司》中，作者通过保险分业经营过程中各色人物对前途的审慎考虑和利益考量，永

① 李建军：《小说的纪律——基本理念与当代经验》，南京：江苏文艺出版社，2009年7月第一版，第255页.

泰、永平公司开业过程的明争暗斗，各家公司在业务拓展中的激烈竞争等一系列事件的描述，别具匠心地将保险业务发展的矛盾、经营理念的矛盾、公司竞争的矛盾、人与人之间利益的矛盾以及感情生活的矛盾穿插在一起，同时巧妙地将复杂的人际关系、社会环境融入其中，波澜突起、扣人心弦，却又脉络清晰、杂而不乱，具有巧妙的结构、鲜活的细节和克制的叙述，形式上的低调叙述，看似平静却涌动着情感的热流，使人物形象更加丰富和立体，在内容、精神、情感、形式各方面都赋予了新的时代内涵。

韩兆若先生对语言的把握非常到位，在他的保险小说中，有着历经沧桑的深邃和饱读诗书的雅致，语言真切而又含蓄，不温不燥、从容不迫，行乎所当行，止乎所当止，力求简洁而准确地叙事和写人，绝无漫无节制的放纵和散乱，一言一行都非常符合人物的身份和性格，符合主人公所处的环境。在《保险公司》中，杨山坡培训回来后言辞中毫不掩饰对儿子的思念，付晓滨则告诫杨山坡当着魏经纶的面少提孩子的事情，不同人物的不同性格跃然纸上，人物形象也愈发真实而生动。

韩兆若先生的保险小说，通过一个个鲜活而具体的人物形象，通过他们跌宕多姿的人生经历，全方位地展示了保险业蓬勃发展的大势，也毫不避讳地揭露了保险业务发展中泥沙俱下的种种弊端。在《人在险途》中，通过营销员姚桐与信用社主任安洪祥的勾结利用，尖锐地揭批了权力寻租、权色交易的肮脏诡秘关系，也通过记者曝光、客户投诉等形式，毫不掩饰地揭露了严重影响保险行业社会形象的销售误导、电话扰民、保险惜赔等问题。在《保险公司》中，则通过对滨城港务局保险业务的争夺以及火灾理赔纠纷的描写，反思了保险行业在发展过程中所面临的囚徒困境，贬斥了降价销售、误导客户的不诚信销售行为，提出了以最大诚信为原则的保险行业所亟需面对的重合同、重信用的重要课题，也给投保企业敲响了警钟。

从《保险公司》到《人在险途》，韩兆若先生对保险业的观察视角有着明显的变化，从宏观形式的把握到细微生活的探析，更加注重人物内心的刻画，人物形象也更加的细腻与丰富。如果说《保险公司》是一幅波澜壮阔的写意山水长卷，《人在险途》则更像是一幅工笔花鸟画，更加的工巧精致、意蕴悠长。《保险公司》时间跨度较长，从魏经纶等四人进入保险行业到魏经纶离开滨城止，时间跨度将近二十个春秋，侧重以保险业发展为主线，通过个人命运、机遇的变化来反映行业发展的大势，对于人物形象的描写多为简笔勾勒，形象简明而清晰；《人在险途》中，自朱含韵从纺纱厂下岗到离开滨城保险营销行列，不过数年的时间，在人物的刻画上也多用重墨渲染，于细微之处表现主人公的情绪变化，显示了作者灵动敏感的匠心。

　　无论是《保险公司》还是《人在险途》，虽然作者的观察视角有所不同，艺术表现手法也有着很大的差别，但作为资深保险人对保险业发展历程和保险人生存状态进行反思与关照，作为"首度关注本土四百万保险人生存状态、深度展现中国保险从无到有曲折历程"的保险小说开山力作，无疑具有不可忽视的社会价值与人文价值，必将在当代文学史上留下浓重的一笔。

参考书目：

韩兆若：《保险公司》，北京：当代世界出版社，2012 年 2 月第一版．

　　（发表于《中国金融文学》2012 年 9 月 创刊号，获第三届中国金融文学奖）

徐建华，中国作家协会会员，中国金融作家协会"德艺双馨"会员并理事，交通银行作家协会常务副主席，江苏省金融作家协会主席。现供职于交通银行常州分行。2009年时代文艺出版社出版其"金融探索小说三部曲"：《银行风暴》《保险战争》《金钱人生》，其中《金钱人生》获得第一届中国金融文学长篇小说一等奖。2014年中国言实出版社出版其长篇小说《真的不重要》，被列入"全民阅读精品文库"，成功上架"微信读书"。另有三部长篇小说《极少数之地下钱庄》《极少数之资本的血》《极少数之野生娃》，已与"传奇中文网"签约，成功上架"百度阅读"，并由美国南方出版社海外出版发行纸质版。

情感真实　细节真实　表达真实

——兼谈金融文学的真实性

徐建华

一、关于钱

师师先生对钱作了深入的研究。他说钱的经济学意义是"固定的充当一般等价物的特殊商品"，但生活中的意义决非仅限于此。他举例说：

比如过年的压岁钱。年在甲骨文中类似竖立的蜈蚣，与传说中的"值岁神"太岁经常混淆。它很可怕，只有两样东西能对付它，除了鞭炮惊吓，就是用钱镇住它。这时的钱不仅是"特殊商品"，还表明："有钱在此，诸邪不得作祟。"这时的钱被认为能够驱邪避祸，就像道士手中降妖除魔的"法器"。

追思缅怀亲人，时尚的少数去墓前献花，传统的多数在坟前或者堂前烧纸。祭祀是否庄严诚敬，反而不是特别重要，重要的是上坟必需带烧纸，否则就像歇后语所说："上坟不带烧纸——惹祖宗生气。"烧纸就是冥钱，虽不是货币，但要花钱去买，相当于陪葬的"明器"。

洋人空脚撂手就去教堂，不上香也不祭献供品。我们朝庙礼佛如不带点什么，可能遭和尚诅咒"回去就肚子痛"。至于带点什么，最好带钱，庙里最醒目的除了诸神塑像，就是接受捐献的"功德箱"，捐了钱菩萨就保佑，光烧香不捐钱可能"心不诚神不灵"，人神之间也靠钱沟通。老百姓过节或红白喜事，礼尚往来必不可少的还是钱，这种钱叫"节礼人情"，相当于"礼器"。

钱溶解于生活中许多乃至所有方面，如何表达呢？古人很善于将一些看似偶然的现象提升到哲学层面表达，比如养蚕。

蚕种是粘附在树叶（现代人用纸张代替）表面的密密麻麻虫卵，很像用于打磨抛光的砂纸。乍一看没有生命迹象，但过些时候虫卵就自己孵化成蚂蚁般大小，开始吸食桑叶。再过些时候一动不动，身体僵硬像死了，其实只是休眠。如此一而再再而三休眠几次，身体由白变黄，再也不进食，吐丝结茧把自己包裹起来。以为它们终于死了，可切开茧壳看，仍旧活着，无非由蚕蜕变为蛹。又过些时候，它们破茧而出，由蛹蝶化成飞蛾，然后产卵，产下的卵就成为新的蚕种。

面对蚕的这种蜕变、蝶化、再生现象，古人并不止步于就现象论现象，而是想到"生命循环"，并进一步联想到人的生命也可能如此循环。婴儿在母体里像鱼（道家用黑白双鱼图表示），出生后由小变大，然后身体萎缩，直至安息。安息以后呢？会不会也像蚕并没死，而是蜕变成蛹，再化蛹成蝶飞出坟墓，以灵魂寄托的方式转世投胎回归人形？这样的思考最终形成"灵魂不死、生命轮回"的原始宗教。

古人把这样的观察思考方法——透过现象看本质，在《易经》中总结为："形而下者谓之器，形而上者谓之道。"

由此引申，钱作为一种现象存在只是"法器""明器""礼器"，提升到哲学层面它本质上的"道"是什么呢？早在西晋时期鲁褒就在《钱神论》中回答："钱是神物。"他说钱：

亲爱如兄弟，字曰孔方。失之则贫弱，得之则富强。无翼而飞，无足而走，解严毅之颜，开难发之口。钱多者处前，钱少者居后……钱之所佑，吉无不利，何必读书，然后富贵！由是论之，可谓神物。无位而尊，无势而热，排朱门，入紫闼。钱之所在，危可使安，死可使活；钱之所去，贵可使贱，生可使杀。是故忿诤辩讼，非钱不胜；孤弱幽滞，非钱不拔；怨仇嫌恨，非钱不解；令问笑谈，非钱不发……有钱可使鬼，而况于人乎？子夏云："死生有命，富贵在天。"吾以死生无命，富贵在钱。何以明之？钱能使祸转福，因败为成，危者得安，死者得生。性命长短，相禄贵贱，皆在乎钱。天何与焉？天有所短，钱有所长。四时行焉，百物生焉，钱不如天；达穷开塞，振贫济乏，天不如钱……故曰："君无财则士不来，君无赏则士不往。"

西晋时期儒教、道教兴起不久，佛教还没传入，大多数人处于图腾崇拜阶段。但不管以龙、虎，还是以山神、树妖作图腾，按照鲁褒"钱是神物"的诠释，"神物"就是图腾，钱也是一种图腾，而且是多民族共同的图腾。

汪云萍女士撰文说，她手中有一种专门的"避邪花钱"："直径45毫米，厚度3毫米，一面刻着八卦图和太上老君像，一面刻着'老君咒曰 六立九章 符神在此 永保平安 急急如律令'字样。"她把这枚"避邪花钱"像贾宝玉的命根"通灵宝玉"佩挂在身，据说"十分灵验"。

直至现代社会，国家禁止污损货币，这是从法律上保证钱不能遭到玷污。去钱币博物馆参观，最强烈的感触就是钱币无论铸造还是印制都十分精美，包括"通宝""元宝""宝钞"等字样，无论书法还是工艺都没有丝毫随意，其庄重、严谨、缜密的程度超过铸造神像，超过印制宗教画。

可另一方面，传统文化又反复强调："钱财如粪土，仁义值千金。"先贤著作大多是对钱的批判，几乎把钱当万恶之源。孟子甚至断言："上下交征利而国危矣。"亚当·斯密写下不朽的《国富论》，教会大家运用市场手段这只"看不见的手"赚钱，却又赶紧写一本《道德情操论》猛烈批判钱。马克思在《资本论》中更是辛辣地指出："资本来到这个世间，从头到脚，每一个毛孔都滴着血和肮脏的东西。"

二、金融文学的使命

西方谚语"一千个读者眼里有一千个哈姆雷特",同样可以套用在钱上:一千个人有一千种关于钱的表达。作为金融文学,仅仅是金融作家自己的表达,无非用文学形式表达他(她)所理解的钱。

媒体朋友调侃金融系统"有先进没事迹"。他们说金融系统的先进事迹与其他系统差不多,要么患了癌症还坚持工作,要么见义勇为流血流泪,要么帮困扶贫乐善好施,要么清正廉洁两袖清风……这样的事迹即使感人至深,与金融有什么特殊联系? 这样的事迹也算独树一帜的金融故事、金融文学吗? 为什么不能针对金融的特殊性,讲出金融系统独一无二的故事,创作出特色鲜明的金融文学?

我理解其中的难度主要在于难以把握真实性。由于金融的特殊性,金融题材的文学创作受到一定束缚,即便非纪实金融小说,能够涉足的空间也极其有限。

硕果仅存的当代金融小说,比如阎雪君、龚文宣、闫星华、付顾、符浩勇等的作品,如同百年老窖,醇厚绵长,越品尝越感觉其味浓烈、其色纯净、其香悠远、意境高深,而且人物丰富,不同时期不同角色的人物都栩栩如生、形象鲜活、个性鲜明、极其鲜见。套用普林斯顿大学布恩哥博士对中国金融文学的评价就是:"人性多元、人格多面,情感多重、环境多样、写实技法多变。"

他们大多采用远景透视,选取多年前的故事,描写多年前的人物,抒发多年前的情感,展示多年前的场景,空间上也尽可能高远、深远、辽远,尽可能远离自己,不写身边的人、不写身边的事,距离自己越远越好,距离现实越远越好,高中自去写民国老人《高振霄》,杨军去写《大汉钱潮》,杜崇斌去写北宋的《大儒张载》,姜启德 2012 年出版的长篇小说《梅兰迎福》也不过写到 1990 年就截止。

当然也有很多贴近现实的作品,像牟丕志、赵宇、王炜炜、郝俊文、祁海涛、邓洪卫、何奇等的小说,廖有明老师、罗鹿鸣、李劲等的诗歌,还有王祁老师、姜华、魏振华、陈绍龙、苏北、王张应等的散文,刘道惠的纪实性大堂经理日记《我的超柜时代》等，但总体上感觉，无论多么贴近现实，也保持了相当的距离。

现代哲学中的"距离论"认为，距离有助于保存不朽。但只要有距离，无论时间上还是空间上，对于当下的金融业故事，对于当下金融系统有先进没事迹的迫切事，仍旧是个事。

2016年中国金融工会另辟蹊径，把写作金融系统十大道德模范的事交给金融作家。

我接到的任务是写交通银行贵州省分行的一名员工。他的全部事迹就是：看见歹徒抢劫，冲上去，遭歹徒"噗噗"几刀捅翻，就结束了。这么点事迹怎么写报告文学？

可他确实是金融系统的十大道德模范之一，确实是先进，有先进没事迹怎么办？

之前理解的真实，尤其纪实文学的真实，太狭隘了，把纪实文学与报告文学混为一谈。报告就是非虚构，按照"照相写实主义"的要求："每一颗纽扣、每一根鞋带都不能添加或减少……"可文学就是虚构，虚构是文学的灵魂。报告文学把报告与文学叠加在一起，究竟算报告，还是算文学？

2015年度的诺贝尔文学奖颁给了白俄罗斯记者兼作家斯维特兰纳·阿列克西耶维奇，我仔细阅读了她的代表作《核灾难口述史》，努力理解她创造的那种"介乎纪实文学和小说之间"的"文献文学"，去理解她倡导的"以不同角度的复调手法，记述同一题材"的表现形式，去理解她所理解的艺术真实与生活真实。

同时又去琢磨畅销作家刘慈欣的《三体》系列小说，渐渐感悟到，包括海明威的《老人与海》、加西亚·马尔克斯的《百年孤独》等，都可以视同纪实文学，但又都是小说。怎么理解这当中的真实？比如《老人与海》中，圣地亚哥老人不真实吗？钓鱼的过程不真实吗？与鲨鱼搏斗的过程不真实吗？没有任何一点痕迹证明不真实，但又确实是虚构。可虚构就一定不真实吗？

雨果说"唯有人的心灵才是真实的……真正的人是在人的内部"。这个定义我最能认可，尤其小说的真实，照猫画虎的"照相写实主义"不过是模仿，模仿就可能"画虎不成反类犬"。只有情感真实、细节真实、表达真实，才是真正的真实。

基于这样的理解，我到达贵州后，不是主要了解对方怎么与歹徒搏斗，因为基本上没搏斗，不到一分钟他就遭两个歹徒捅了四刀，就倒下了。我深入到他的家庭、他的单位，从他的亲人和同事那里了解，他干吗去见义勇为？他图什么？什么力量促使他？

终于被我挖掘出他的真实，然后据实写作，几乎没修饰，尽量忠实地表达。我将其取名《致良知》，其实是致我自己的良知，我用自己的良知去感受对方的真实，跟对方在灵魂这个层面沟通，而不是互相表演各自的人格面具和精心伪装。

我对金融文学的真实性理解也由此发生颠覆性转变。如今我理解的金融文学真实就是情感真实、细节真实、表达真实，而不是情景再现式浅层真实、表演真实、幻影真实。

即便有些现象确实存在，也不一定是整个金融的真实，很可能只是局部真实。哪怕亲眼所见也未必真实，诚如佛家偈语："为什么只看见阴影，因为背对阳光。"

（发表于《中国金融文学》2018 年第 3 期，获"首届中国金融文学理论研究优秀奖"）

后 记

　　《当代金融文学精选》文学理论与评论卷的大部分文章，来自于 2017 年中国金融作家协会组织召开的首届金融文学理论研讨会交流获奖作品。本卷较完整地体现了中国金融文学当前的理论研究水平和评论发展状况。

　　本卷中既有中国金融文联领导对中华传统文化传承借鉴的建议，以及对金融文学发展方向的指导，也有将习近平总书记在文艺座谈会上的讲话落实于金融文学发展的举措。龚文宣副主席作为金融文学发展的亲历者和见证者，在几年前就著长文，对金融文学的发展历程进行了总结，对未来发展方向做了展望，并结合国内外行业文学和文学的发展历史，对金融文学进行了宏观上的比较和定位。本卷中的作品来自于金融作家，他们从自身的创作经验出发，对金融文学理论进行了思考和探索。部分文章从题目上看比较相近，也反映出作为行业文学，金融文学的理论研究还处于初创阶段，还有很大的提升空间。

　　本卷作品除对金融文学理论进行探讨外，还针对各类文学体裁进行了较为全面深入的研究，如小说、散文、诗歌、影视、报告文学等。除了金融题材的论文，还选编了金融人写的其他方面的评论文章，均是很有学术价值的论文，也显示了金融界评论人才的多样性。

　　本卷分为两辑，第一辑集中于金融文学理论的探讨，第二辑集中于作品与作家的评论。创作和评论是推动文学发展的双轮。2017 年召开首届金融文学理论研讨会是一个有益的开端，本次《当代金融文学精选》文学理论与评论作品的选编，将金融文学理论研究又向前推进了一步。金融文学理论与评论的发展，有助于总结摸索金融文学创作规律，提升金融作品的质量。金融文学理论的建立不能依靠外部力量，还要靠金融作家和评论家共同努力，携手开创金融文学的新局面。

廖有明 李毓玲 黄国标

2019 年 8 月 25 日